手がかりは一皿の中に　FINAL

八木圭一

集英社文庫

目次

プロローグ　7
第一話「京都・京料理と謎の京美人」　15
第二話「島根・のどぐろと幽霊騒動」　91
第三話「石垣島・毒ヘビと亀助危機一髪」　175
第四話「銀座・デリバリー誘拐事件」　255
エピローグ　325
解説　香山二三郎　328

亀助の家族構成

父方の祖父 鬼平

父方の祖母 百合

父 重太郎 警察庁次長

母 綾 華道の先生

姉 鶴乃 検事

主人公 北大路亀助 グルメライター

母方の祖父 故・中田平吉 老舗料亭中田屋の元社長

母方の祖母 中田きくよ 中田屋の三代目・大女将

母方の大叔父 中田安吉 中田屋の元専務

従兄弟 中田豊松 中田屋の役員

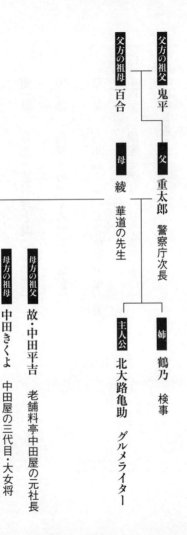

手がかりは一皿の中に　FINAL

食べ物に対する愛情以上に誠実な愛情はない。

ジョージ・バーナード・ショー

プロローグ

　銀座七丁目、並木通りに面した三つ星グランメゾン《ロオジエ》。その豪華な扉を開けて、螺旋《らせん》階段を降りた先には華やかで特別な世界が広がっている。白を基調としたエレガントな装いの店内は、今日も食を愛する人々であふれていた。高い天井からは上品なシャンデリアが下がり、美食に舌鼓をうつ人々を照らし出している。

　グルメライターの北大路《きたおおじ》亀助《かめすけ》も美食仲間とともにワイングラスを傾けていた。一時は暴飲暴食で体重が著しく増加し、服を全て買い換えようとしたものだが、格闘技ジム通いと体重レコーディングをはじめてからというもの、代謝も上がり、目標体重を維持できている。今日はドレスコードのある高級フレンチだけに、〝Ｂｒｉｏｎｉ〟のジャケットで決めていた。

「ところで、話っていったいなんなの？　もったいぶらないでそろそろ教えてくれよ」

　弁護士で大学時代のグルメサークル、〝ワンプ〟の先輩である河口《かわぐち》仁《じん》が右手でワイングラスを回しながら質問を投げかける。銀座でエステサロンを経営している荒木《あらき》奈央《なお》と、その恋人で、戦略系コンサルタントの小室《こむろ》敏郎《としろう》が目を合わせた。

ワンプの正式名称は〝ワンプレート〟で、グルメサイトの名前でもある。投稿数や評価に応じてレベルアップしていく〝1UP〟の意味もあり、店全体よりは一皿に特化して食レポートを書く仕組みだ。亀助はそのサイトのエースライターの職責を担っている。ミステリー好きの亀助は、探偵風にレシピの謎解きをしてみせる工夫がオリジナリティだ。実際には後でシェフに裏を取ってから書くのだが、そこはご愛嬌《あいきょう》だ。サイトでは話題性も必要なため、「僕のレシピが正しければ」からの「また罪深いシェフの魔法を暴いてしまった」という決め台詞《ぜりふ》がある。

新卒で大手出版社に入った亀助だったが、ワンプの創業者・島田雄輝《しまだゆうき》に誘われて転職した。現在は編集・広告部門の統括責任者として、各担当者をマネジメントしながら自身も広告案件のライティングなどを行っている。

荒木と小室が姿勢を正した。亀助もグラスを置いて、背筋を伸ばした。二人からどんな告白があるのか、ある程度の察しは付いていた。

「うん。実はね、驚かせてしまうかもしれないけど……。私たち、いろいろ話し合った結果ね。この男は、酒癖が悪いし、私のことを放ってジム通いばっかりしているし、そもそも、価値観が合わないし……」

荒木がそこまで言ったところで吹き出した。小室も一緒に破顔した。

「ああ、もうやめやめ！　こんな下手な小芝居を探偵や弁護士を前にやろうとしたって、不毛だわ」

「なんだよ。諦めるのが随分と早いな。メインディッシュどころか、まだ前菜しか出てきていないじゃないか。もう少し楽しませて欲しかったよ」

亀助は足を組み替えてから、グラスを片手に茶々を入れた。

アミューズブッシュの一口前菜は、丸いお皿に六種類が円状にかわいく配置されていたが、亀助の皿の残りはあと一つ。お気に入りだからこそラストに回したパルメザンチーズのムースと黒トリュフだ。右手の二本の指で掬《すく》い上げ、口に放り込む。濃厚な風味のトリュフとコクのあるパルメザンがぶつかり合うことなく見事に調和する。シャンパンを流し込む。完璧なマリアージュだ。

「大根役者で失礼しましたね。私、演劇部じゃなくて、バスケ部だったから」

そう言われて、亀助と河口も堪《こら》えきれなくて笑い出した。亀助が想定していた告白の内容は主に二つだ。荒木が妊娠したので結婚を決めたパターン。だが、荒木は一杯目からみんなと同じ〝アグラパール〟のシャンパンにしたのでその選択肢は消えた。つまり、妊娠はしていないが結婚を決めたパターン一択だと亀助は予想した。

別れるという選択肢などない。二人のマリアージュ、相性は完璧だと感じるのだ。

亀助は小室と同じ格闘技ジムに通っている。ジムで汗を流した後、飲みに行くことも多いが、二人が破局したという話は聞いていない。

「結婚、おめでとう！　ってことで、いいのかな？」

　亀助はグラスを掲げて首を傾けた。すると、すぐに小室も荒木もグラスを持ち上げた。最後に河口が「予定調和だな」と、白い歯をこぼしてグラスを持った。

「ありがとう」

　荒木と小室の声が重なる。亀助は一杯目のシャンパンを飲み干した。河口も同じタイミングで空いたようだ。

「じゃあ、おめでたい席だから、ボトルを開けちゃおうか」

　河口がそういうと、ソムリエを呼び「クリュッグの二〇〇四年のビンテージをお願いします。グラスを四つで」とオーダーした。二〇〇四年といえば「輝く爽やかさ」と表現された当たり年で知られる。

「やったあ！　嬉《うれ》しい」と荒木が大声をあげる。男性のソムリエも頬を緩めて、「おめでとうございます」と祝福する。

「奈央ちゃんさ、式をやるとしたら、ゲストをもてなすスタイルでやりたいって言っていたけど、どこで挙げるつもり？」

　亀助が問いを投げかけると、荒木が身を乗り出した。

「うん、それ。みんなが楽しんでくれる場所を考えたわけよ。そうなると、リゾートウエディングかなって」

「いいね。国内？　海外？」

河口が被《かぶ》せる。亀助も他人事《ひとごと》ではないので前のめりになっていた。

「海外も考えたんだけど、うちのおばあちゃん、腰が悪いから、長時間のフライトはちょっと無理だなって」

荒木がクリュッグの入ったシャンパングラスを掲げて見つめる。亀助も、クリュッグの芳醇《ほうじゅん》で重厚な香りを楽しんでからグラスを傾ける。まろやかでいて、コクがあり、力強さが感じられる。惚《ほ》れ惚《ぼ》れするような芳《かぐわ》しいアロマだ。爽やかな余韻も素晴らしい。祝福の場に、これ以上相応《ふさわ》しいシャンパンがあるだろうか。

「じゃあ国内のリゾートウエディングか。場所は、北海道？　軽井沢？　沖縄？」

亀助は選択肢を絞り込もうと人気のエリアを三つ投げかけた。

「やっぱり、沖縄でしょ。しかも、和テイストで、食事が美味《おい》しいところ」

亀助は目を瞑《つむ》って、推理の続きを始める。候補は絞られてきた。食事が評判の国内のリゾートというと、星野リゾートだろう。沖縄で人気ホテルといえば……。

「と言うことは……。僕のレシピが正しければ、《星のや竹富島《たけとみじま》》とか？」

亀助はゆっくりともったいぶりながら、右手の人差し指をあげた。《星野リゾート　リゾナーレ小浜島《こはまじま》》か、《星野リゾート　西表島《いりおもてじま》ホテル》も候補にはなるが、祖母の体調を考えてということは直行便がある石垣島からフェリーに乗り換えてすぐの竹富島にしたのではないか。

「さすがね。すごい推理力だわ」と、荒木が腕を組んだ。

「まあね。しかし、参加者の好みもわかっているホストだね」

亀助は、心の中で快哉《かいさい》を叫んでいた。ずっと行きたかったホテルなのだ。

「めでたいなあ……」

亀助は二人の関係が羨ましくなり、つい、こぼしていた。

「あれれ。もしかして、結婚したくなってきた？」

三人の視線が亀助を捉えた。荒木と小室が結婚するということは、四人の中で、唯一取り残されたということを意味する。

「いやあ。僕は焦ったりしないよ。寂しいからって結婚に逃げたりもしない。人生、結婚が全てじゃないからさ……」

「ちょっと、結婚を決めた人の前で失礼なこと言わないでよ。私たち、焦って決めたわけでも、逃げたわけでもないんだからね」

荒木が頬を膨らませたので、「これは失敬。そういう意味じゃなくてさ」と返す。

河口が「よく言うよ。いろんな紹介を断って、独身貴族を満喫してるくせにさ」と言って笑いを誘う。

「こんな食い道楽を許してくれる人はなかなかいないだろうね」

亀助はグラスの中のクリュッグの泡を見つめた。湧いては消えていく。すると、荒木が獲物を見つけたように食いついてきた。

「あのこは、どうしたのよ？　ほら、お姉さんが紹介してくれた検事の秘書さん」

斉藤天音《さいとうあまね》が料理を美味しそうに食べる上品な笑顔が脳裏を過《よぎ》った。正確には東京地検で検事をしている姉、鶴乃《つるの》に紹介された検察事務官をしている女性だ。〝凛《りん》とした〟という言葉が似合う前向きな天音の姿がなぜか亀助の心の奥底に居座っている。

「ああ、いい相手が見つかったらしいよ。色々あるみたいだけど……」

実質、振られたわけだが、そんなかっこ悪いことは共有する必要はない。

「そうだったのね……。でも、色々あるって、なによ？」

荒木にすかさず突っ込まれ、亀助は答えに窮した。

「なんか、姉さんによると、婚約破棄したとか、しないとか……」

個人情報をもらしてしまい、亀助は言ってから、すぐに後悔した。

「え、それってもしかして、探偵のせいじゃない？　責任持って謎解きしなさいよ」

「冗談だろ。そんな、まさかね……。でも、人のプライベートだし、謎解きなんかしちゃいけないミステリーだよ」

実は亀助も自分のせいではないかと考えていた。鶴乃によると、亀助に対して、最初は随分と好印象だったらしい。煮え切らなかった亀助に問題があったとみていいだろう。

「何言っているのよ！　間違っていてもいいから、勘違いでもいいから、早く会いに行きなさいよ。謎解きしてあげなよ。あんた、それでも、グルメ探偵なの？」

荒木が立ち上がり、声を荒げた。亀助は両足を組んだまま、両手を大きく広げた。

「それが、いま忙しくてさ。もうすぐ《中田屋《なかたや》》の仕事で、京都出張なんだ。やることがたくさんあってね。お金はあるんだけど、時間がないんだよね……」

途端に、荒木の目に失望の色が浮かんだ。

「そういうことを素で言えるんだから、やばいよね。確かに、常識的な検察事務官には相手にされないかも」

荒木が鼻で笑うので、亀助は内心いくらかムッとした。

《中田屋》とは、亀助の母親・綾《あや》の実家が銀座で営む料亭だ。綾の兄、つまり、亀助の伯父・中田貴幸《たかゆき》が四代目の社長を務めていて、祖母のきくよは最近引退したが、三代目の名物大女将《おおおかみ》だった。亀助はこの会社のマーケティングや宣伝の業務もこなしている。

「この、プライドばっかり高い、ボンボンのすっとこどっこい野郎。だから、いつまでたっても一人なのよ」

「すっとこどっこい探偵で、結構結構……」

亀助は、冷たい視線を感じつつ、グラスに入っていたクリュッグを飲み干した。

第一話「京都・京料理と謎の京美人」

1

亀助は一路、西に向かう新幹線〝のぞみ〟に揺られながら、ＭａｃＢｏｏｋで、前日に取材した飲食店の記事を執筆していた。最近は移動時間ですら仕事に追われる日々だ。体がいくつあっても足りないな――。

亀助は原稿を仕上げて、何度かチェックした後、記事の公開ボタンを押した。ＭａｃＢｏｏｋを閉じて大きく伸びをする。グリーン車なので、窮屈さはそれほど感じない。普通車両の人は大変だろうなと思う。

視線を移すと隣の窓側には、従兄弟《いとこ》の中田豊松《とよまつ》がいる。《中田屋》の専務を務めていて、歳《とし》も近く、慶應幼稚舎時代からの先輩でもある。豊松は広告代理店に五年ほど勤めたのち、父親が社長を務める《中田屋》に転職した。

てっきり、仕事をしていると思っていたが、ｉＰａｄを覗《のぞ》き込むと三歳になる一人息子、英輝《ひでき》の動画だと気づいた。戦隊シリーズのヒーローの変身ポーズを繰り返している。

「ヒデちゃん、もうそんなに大きくなったんだね。もうヒーローに憧れるお年頃か」

「この時期の成長はすごいんだよ」

「こんなかわいい子がいたら、家にすぐ帰りたくなる気持ちもわかるよ」

亀助が言うと、豊松が「本当にかわいいよ。親バカだけどさ」と呟《つぶや》く。

豊松は勝どきのタワーマンションに住んでいる。自宅で子供をあやすシーンが目に浮かんでくる。

「まあ、平日は妻に何もかも頼り切っているからね。休日くらいやらないとね」

豊松は、元CAの妻・亜美《あみ》と結婚して五年目だ。亜美がおそらく、この先《中田屋》の女将になるのだろう。今は子育てに専念している。

「大変だろうけど、子育てしていて、どんな時が楽しいかな?」

「もちろん、子供は言うこと聞いてくれないし、思い通りにはいかないんだけど、なんだかんだ愛情や想《おも》いは届くものだなって感じてさ」

亀助は英輝の笑顔を見て納得していた。親の愛情をたっぷり注がれた表情なのだ。

「やっぱり、息子の成長を実感できる時は幸せを感じるよ。それに最近さ、子供が好むものを見ていて思うんだけど、自分が子供の頃に楽しんだコンテンツとか、アイテムとか、ああいうのをもう一度追体験できるんだよね。子育てって楽しいよ」

豊松の話を聞いていると、子育ての大変な様子が全く感じられない。

「亀ちゃん、子供に興味がないイメージだったけど、もしかして欲しくなってきた？」

「いや、興味がないなんてことはないよ。ただ、慣れてないだけでさ……」

亀助が自嘲気味に笑うと、豊松が「じゃあ、英輝を今度預けようか」と軽口を叩《たた》いた。

「恥ずかしいけど、子供をあやした経験もないからさ。このままそれで生きていくって、やばいんじゃないかって思っちゃうよ」

豊松が声をあげて笑い出した。

「亀ちゃんが、そんなことする必要ないじゃん。亀ちゃんには亀ちゃんのやるべきことが人の何倍もあるんだから、それでいいんだよ」

亀助は息を吸い込んだ。果たしてそれでいいのか。永遠のテーマではある。

「それはさておき、今回はせっかくの京都だ。桜の開花はまだだけど、爽やかな初春だぜ。二人とも好きな京料理をいただくんだ。結婚や子供の話はいいじゃないか」

「そうだね。趣深い京料理はヘルシーだし、何食でも行けそうな気がするよ」

亀助が言うと、豊松はｉＰａｄで引っ張りだした京料理の品々を右の人差し指でスクロールし始める。亀助も覗き込む。湯豆腐、鱧《はも》、松茸《まったけ》……。

つい、右手で腹部を押さえた。朝食を摂《と》らずに出てきたので、お腹《なか》が空《す》いてきた。しかし、ヘルシーだなんて、勝手な言い分だなと苦笑いする。この京都旅行で確実に体重は増えるだろう。だが、仕事なのだからやむなしだ。

「今回の出張は、スケジュールびっしりだしさ、やることも多いというのに、妻にもさくらにも随分と嫌味を言われちゃったよ」

豊松が軽く両手を広げた。さくらは、豊松の妹だ。

「さくらちゃんには僕だって、〝ずるい。連れて行って〟と言われてさ。〝彼氏捕まえて連れて行ってもらいなよ〟って言ったら、余計にワーワー怒り出して、困ったよ」

豊松は「そりゃあ、怒るよな」と言って、引き笑いをしている。

「そういえば、大女将が来るってね。参ったな」

祖母のきくよは大女将を引退して、豪華客船で世界一周の一人旅に出ていた。帰ってきて、それほど時間が経《た》っていないというのに、亀助と豊松を追いかけて京都に来ると言いだしたのだ。

「来る理由はわからないのが怖いよね……」

亀助が言うと、豊松は腕を組んで黙り込んだ。

「まさか、交渉に参加しようとしているのかな」

亀助は「まさかね」と言ったが、京都に来ると言っているのだから、それ以外になんの目的があるというのか。

「引退した途端、元気が無くなったらどうしようかって思ったけど、世界一周してきたというのに、すごいバイタリティだよね」

「本当だよね。大女将の頃と何も変わってないよな」

豊松が笑い声をあげた。

「大女将も京都には縁があるからな。来たくなる気持ちもわからなくはない」

亀助は、久しぶりに三人で食事をするのも、いい機会だなと思うようになっていた。

「ずっと働き続けて忙しかったんだから、引退した今は、行けるうちにどこでも行ったらいいよね。今回は、東山の邸宅に住んでいる友人の家に泊まるらしいけどね」

今回、亀助と豊松は、京都にある外資系ホテルを駆け足で視察調査する。仕事とはいえ、ラグジュアリー好きな女性が参加したくなるのはよくわかる。

「京都に着いたらまず、亀ちゃんの祖先が眠るお寺に行くんだよね」

亀助は顎をひいた。父方の祖父母である北大路鬼平《おにへい》と百合《ゆり》の墓だ。

「どうしても、じいちゃんとばあちゃんに挨拶してから、京都を回りたいんだよね」

豊松は「反対する理由はどこにもないさ」と言って頬を緩めた。

「伝説の名刑事の孫なんだから、亀ちゃんの探偵としての活躍も頷《うなず》けるよな」

亀助は「冷やかすのは、やめてくれよ」と返して、首をすくめてみせた。

しかし、鬼平のお墓を訪れなかったこの数年来、亀助は思わぬ形で様々な事件に巻き込まれるようになった。それも決まって、食い意地が張り、食べに行った先で出くわすのだが……。

そして、鬼平が京都府警伝説の名刑事だったことも紛れもない事実だ。昭和の時代、警察功績章を複数回受章し、最期は凶悪犯による人質事件の際に身代わりとなり、銃弾を受けて殉職した。その一人息子である重太郎《じゅうたろう》は、京大を出て警察庁に入り、現在、警察庁の要職を務めている。

一方、母方の祖父である中田平吉《へいきち》は、大好物のフグの肝を食べ過ぎた末に、フグ毒に当たって命を落とした。しかも、京都で……。二人は終焉の地は同じだが、性格も生き方も大違いで、まるで対照的な結末を迎えたのである。

「鬼平じいさんは、僕が生まれる前に亡くなったから、会ったことはないんだけどさ。いつも見守ってくれている気がするんだよな。僕の家族の守り神みたいな存在かな」

亀助は自分で言って、照れ笑いをした。

「鬼平さんが守り神か……。強そうだな」

豊松が目尻を下げたので、「確かに」と亀助は笑った。

「それなら、今回もしっかり守って欲しいよな。《中田屋》にとって、大事な時だから。老舗料亭として、守るべきものは守りつつ、時代の変化に合わせて体力がある時に攻めていかないと、生き残れない」

亀助は唇を噛《か》み締めて大きく頷いた。足を組み替える。

「そうだね。めまぐるしい展開だったけど、うちのお店にとって、ターニングポイントになるかもね。木村さん、本当に信頼できる人なのかを見極めたいよね」

「それを確かめる目的もあるね。そういえば、即レスの人だったのに、昨日メールしたら、返信がないんだ。大丈夫だとは思うけど……」

亀助は「大丈夫でしょ」と頷くと、リクライニングしたシートにもたれ、目を瞑った。

一ヶ月ほど前のことだった。《中田屋》に世界的に有名な五つ星の外資系高級ホテルから、好条件での京都出店の誘いが舞い込んだ。オイルマネーという豊富な資本力を持ったアラブ系のホテルグループだ。京都は、特にアジア富裕層からのニーズが多く、まだまだ伸びしろのある魅力的なマーケットに映っているのだろう。

ただ、これまで《中田屋》は東京以外に進出したことはない。京都は日本における料理店の発祥の地であり、現在でも東京に次いで料亭の数が多く、老舗料亭も数多くあるため、おいそれと出店するわけにはいかなかった。しかし、海外の高級ホテルが《中田屋》を選んでくれるというのは名誉なことであり、検討しないわけにはいかない。

開業は三年後というが、先方は一日も早く契約を済ませたいという。出資はアラブ系だが、日本人担当者である木村吉郎《よしろう》とレバノン人のファアードが《中田屋》に二人でやってきた。木村は京大出身で、ホテル領域を担うコンサルタントだ。拠点のシンガポールから東京に出張してきていた。

「このプロジェクトはとてもワクワクするものです。私たちは最適なパートナーを探すため、関西に限定せず、リサーチを行いました。特に格式の高い料亭は絞られる。その中で、すき焼きの専門店を持つのは《中田屋》さんだけ。我々と価値観も合いそうだと感じまして、ぜひ、プロジェクトに参加してもらえないかと」

説明は論理的だったし、《中田屋》側としても褒められて悪い気はしなかった。だが、そこで亀助が切り込んだ質問が思わぬ展開を引き起こした。

「我々は東京から出たことはありません。正直、関西圏のお店にお声がけするのが、自然な流れでしょう。京都、および関西にも名門の老舗料亭や、すき焼き専門店がある。そこで《中田屋》を選んでくださった理由をお聞かせいただけますか」

京都には、料亭の名門中の名門、《京都　吉兆《きつちよう》　嵐山《あらしやま》本店》がある。湯木貞一《ゆきていいち》が創業し、日本三大料亭の一つと言われる《吉兆》は大阪に総本山を構える。日本で最も多角店舗化とグループ展開を進める最大の料亭グループと言っても過言ではない。

《中田屋》を選んだ理由は気になるポイントだった。近年、京都に進出する外資系のホテルでは、京都との共生や融合をコンセプトにしているイメージもある。すると突然、木村は動揺した様子で表情を曇らせた。そして、歯切れの悪い回答をし始めた。

「あの、その、先ほどご説明したとおりでして……。ブランド力のある《中田屋》さんが初めて東京以外に出店されるという話題性が欲しかったというのはありますが……」

亀助は決して、揚げ足を取りたかったわけではない。しかし、その慌てようには何か引っかかるものを感じてしまったのだ。

「私が何を言いたいかというと、もしかしたら、特別な理由があるのかなと。例えば、《中田屋》を推薦してくださった方がいるのかなと思っただけで……」

亀助は正直に質問の意図を言葉にした。すると、木村が亀助をじっと見つめてきた。

「参ったな。お見通しでしたか。実は京都でリサーチをしていた際に、《中田屋》さんに最初に声をかけるべきだという料理人に出会いまして……。もちろん、総合的に判断してオファーさせていただいたわけですが」

《中田屋》の面々から「ほう」という声が一斉に漏れた。なるほど、そういうことだったのか。亀助は、「それは一体どなたですか?」と尋ねた。だが、木村は、「内密にするよう言われまして……」と、しどろもどろになった。

和やかだった空気が一変してしまった。

「私が余計なことを言ったせいで、逆にみなさんを不安にさせてしまったようだ……」

木村は平謝りしたが、まさに、その通りだった。そして、微妙な空気感を引きずったまま商談は終わった。木村が帰った後、「その推薦者は、一体、何者なのか?」という議論になり、詮索も始まった。京都には贔屓《ひいき》にしてくれている客も多い。しかし、一体なぜ隠す必要があるのか、という疑問が消えない。

さらに、中田家でタブーと言われていた謎と結びつける人間も現れた。亀助の幼少期、平吉が京都の飲食店で、フグ毒に当たって命を落とした際、女性を連れていたことが警察の調書からも明らかになっている。事件性はないと警察は判断したが、居合わせた女性が何者なのか。平吉の突然死は愛人による他殺説のほか、自殺説もいまだにある。今回、その女性と関係しているのではないかという声まで出たのだ。

するとその後、木村から、「京都にいらっしゃいませんか？　ホテルの建設予定地をご案内して、ご紹介いただいた方にもお引き合わせいたしましょう」という連絡があった。

そこで、亀助は豊松とともに現地を視察し、謎を明らかにするため京都に出向くことになったのだ。つまり、観光に行くわけではない。《中田屋》の未来がかかった出張であり、社運をかけた一大プロジェクトとも言える。

「豊松くんは、京都は何年ぶり？」

亀助が質問を投げかけると、豊松が腕を組んで天井を見上げた。

「俺は四年ぶりかな。息子が生まれる前、妻と二人で〝祇園祭《ぎおんまつり》〟に行ったんだ」

祇園祭といえば、歴史を持つ八坂神社の例祭で、七月一日から一ヶ月に渡って開催される京都の夏の風物詩だ。近年は人出もすごいらしい。

「じゃあ、わりと最近だよね。人出もすごかったでしょ」

亀助が問いかけた途端、豊松がしかめっ面をした。

「すごかったよ。見渡すと、ほとんど外国人だったね」

亀助は頷いてから、窓の外に目をやった。いよいよ、京都に近づいてきたようだ。

「うちは京都には縁があるからな。平吉じいさんも京都にはよく通っていたよな」

中田平吉は京都を愛した男だった。京都に拠点を置く老舗料亭とも付き合いがあり、よく交流をしていたものだ。平吉の死後も、京都から多くの料亭関係者が《中田屋》を訪れ、平吉を偲《しの》んでくれたと聞いている。

京都駅の新幹線ホームに降り立った。新幹線の改札を出るとやはり観光客が多い。人混みを縫うようにして駅を出ると北口で並んでタクシーに乗った。トランクにスーツケースを入れると、後部座席に滑り込んだ。

「リッツ・カールトンまでお願いします」

亀助の声に運転手が頷くと、すぐにタクシーが動き出した。《ザ・リッツ・カールトン》は、世界的なホテルチェーン《マリオット・インターナショナル》が世界規模で展開するラグジュアリーブランドだ。日本では、大阪の梅田、六本木の《東京ミッドタウン》、沖縄の名護《なご》に続き、京都が国内四番目となる。かつて、関西の財界を代表した藤《ふじ》田傳三郎《たでんざぶろう》が別邸として使用していた場所に、藤田観光が《ホテルフジタ京都》をオープンし、長年に渡り親しまれたが閉館。その場所に新しく建設されたのだ。

タクシーは木屋町《きやまち》通りを北に進んでいく。やはり、京都の街並みは、唯一無二と言える。景観の条例が効果を発揮しているのはもちろんだが、その威厳を保とうという矜持《きょうじ》みたいなものが、地域に住む人からも空気からも伝わってくる気がするのだ。

「ちょっと心配だから、木村さんに一本電話を入れるよ」

そういって、豊松が電話をかけた。だが目を向けると眉を顰《ひそ》めて首を振っている。

「もしもし、中田です。つい先ほど、京都に到着しました。今日はよろしくお願いします。待ち合わせ場所について確認したいので、折り返しいただけますと幸いです」

少し焦りの入り混じった声で留守電に吹き込んだようだ。亀助に振り向いたが、再び窓の外に目をやった。

「まあ折り返し電話があるだろう。それにしても見慣れた景色だけど、心地よいよね」

亀助は「こんな中心部でもさ、緑も多くて、心が落ち着くな」と相槌《あいづち》を打った。一方で、やはり、一見して観光客とわかる外国人が路上で目に付く。

交差点で信号に捕まった。いよいよ、観光客が路上に溢《あふ》れている。

「もうすぐだな」と言ってほどなく、ホテルの重厚な外観が姿を現した。鴨川《かもがわ》のほとり、東山三十六峰を臨む立地だ。亀助にとっては初めてのご対面となる、《ザ・リッツ・カールトン京都》が偉容《いよう》を誇っている。iPhoneを取り出すと外観をカメラに収めた。

タクシーの精算をすませると、ドアボーイがすでにトランクからスーツケースを取り出してくれていた。車寄せからホテルの玄関までの流れにも鴨川を思わせるような水の空間が配置されている。建物自体は和モダンという言葉が合う上品な佇《たたず》まいだ。入り口には人力車も置いてあるが、そこを抜けて中に入るとまずは立派な盆栽が出迎えてくれた。エントランスも凝ったデザインだ。ドアボーイに導かれるままフロントに向かう。

「ツインで宿泊予定の北大路です。まだチェックインには早いと思いますが、荷物だけ預けさせてください」

感じの良い男性スタッフが笑顔で応じてくれた。スーツケースを預けて身軽になると、じっくり施設内を回りたいところではあったが、すぐにホテルを出た。

「本当に、ここからお墓まで歩けるの？」

豊松から念押しで聞かれて、亀助は頷いた。

「まあ、騙《だま》されたと思って、ついてきてよ」

これから徒歩でお寺に向かうのだ。二分もあれば着くだろう。観光客だけでなく、地元の人たちにも愛されている場所だ。

そうこうしているうちにお寺が迫ってきた。行き着いた場所は、《法雲寺《ほううんじ》》だ。悪縁切りの神様として知られる〝菊野大明神《きくのだいみょうじん》〟が祀《まつ》られていることでも有名だが、何を隠そう、亀助の祖先、北大路家の墓がある。

「こんな立地の由緒あるお寺に亀ちゃんの祖先が眠っているなんて、さすがだな」

門をくぐると、手水舎《てみずや》で手を清めてから中に入っていく。受付でローソクと線香を買う。ここの流儀に倣うのが作法だ。本堂で、手を合わせて頭を下げた。世界平和を祈る。

今度は、亀助の祖先が眠っている裏のお墓の前にやってきた。「おや」と首を傾《かし》げた。菊の花と百合の花が綺麗《きれい》な状態で供えられているのだ。誰かがお参りしたばかりのようだ。手土産のどら焼きを供える。亀助は手を合わせた。次は、《中田屋》の成功、亀助自身の成功を祈る。立ち上がると、同じように豊松も手を合わせてくれていた。

「お花もだけど、お墓、随分と綺麗にしているんだね」

豊松に言われて、亀助は大きく頷いた。

「菊と百合か……。一般的なお供えの花だけどさ」

亀助はふと視線を感じて振り返った。墓地の周囲を見回してみるが、特に異変はないようだ。

「どうかした?」

「あ、いや……、そうなんだよ。京都にいる親戚もよく来ているけど、人望が厚かったみたいで、いまだに犯罪被害の関係者とか、警察関係の人たちが来てくれるみたいだよ」

「亡くなってからもう相当な時間が経っているよね。すごいな。さすが伝説の刑事」

「ありがたい話だよね」と亀助は深く頷いた。特に鬼平が犠牲になったことで、助かった被害者家族の心の中で生き続けているのだとしたら、本人も本望だろう。亀助の心の中で生き続けているように。

「よし、成功も祈願できたし、お腹もすいてきたし、そろそろ、ホテルに戻ろうか」

亀助は豊松にアイコンタクトしてみせた。

「そうだね。仕事だから、しょうがないな」

亀助はホテル内の人気和食レストラン《水暉《みずき》》に予約サイトの一休．ｃｏｍレストランから予約を入れていた。

お寺を出てホテルに戻ると、すぐそこに立派な建物が聳《そび》えていた。

亀助は何度も立ち止まり、様々な角度から撮影を行う。美しい京都の景観に見事に溶け込んでいるのだ。ゆっくりと近づいていく。

2

《ザ・リッツ・カールトン京都》に戻ってきたが、まだランチを予約した時間まで余裕があるので、ホテル内を見学する。豊松は何度もスマホをチェックしているようだが、木村からの折り返しはないようだ。

「さすがにちょっと心配になってきたな……」

豊松が深刻な表情で言った。

「でも、もう京都に来ちゃったんだから、ジタバタしてもしかたないよね。お店の名前は聞いているんだから、連絡がとれなかったとしても行こう」

亀助は自分に言い聞かせるように返した。店名でネット検索して色々調べてはいた。ただ、一見《いちげん》さんお断りで、写真掲載なども拒否している店のようだ。

「そうだね。そろそろ大女将も来る頃かな。変な心配させないように内緒にしておこうか」

その提案に同意する。豊松は白い歯を見せると、フランクミュラーの時計に目をやった。亀助はエントランスを見つめる。すると、水色の着物姿のきくよが小走りに入ってきた。すぐに気づいて小さく手を挙げた。自分の祖母でありながら、若いなと亀助は感心していた。名物女将として名を馳《は》せた貫禄《かんろく》がしっかり残っている。

「まさかお前たちと京都で一緒に時間を過ごせるとはね」

きくよは満面の笑みを浮かべている。

「こっちこそまさか、追いかけてくるとは思ってもみなかったよ」

亀助が言うと、祖母と孫は同時に声をあげて笑った。三人で階段を使って地下一階に降りて、《水暉》に足を踏み入れる。先ほどとはまた違う、贅沢《ぜいたく》な景色が広がっていた。

椅子は組子細工を使っていて、デザイン性が高い。

案内された窓際の席に腰を下ろす。自然と窓の外に目がいってしまう。そこは滝が見渡せるようになっている。コースのランチは、会席、鮨《すし》、天麩羅《てんぷら》、鉄板焼の四種から選ぶことができ、亀助たちは会席コースを予約していた。当日朝に、きくよが「私も参加するよ」と言い出したため、二名から三名に変更してもらったわけだ。

「ワクワクするね」

亀助が言うと、豊松も目を輝かせている。きくよだけはすまし顔だ。

ほどなく、一皿目の先付がやってきた。〝汲《く》み上げ湯葉 天使の海老《えび》油煮 海老ゼリー〟と、ネーミングからして凝っている。カクテルグラスに盛り付けられたその料理は、色鮮やかで見た目にも美しい。「わお」と歓声があがるのを計算している料理長の笑顔まで浮かんでくるようだ。

「一皿目にこれか。もはや、アートだぜ」

何カットも撮影を繰り返す。亀助は写真を撮り忘れないように徹底している。うっかり食べそうになったことは何度もあるが、美しい料理こそ、食べるのがもったいないとブレーキがかかるのだ。

「カメラマンさん、私は先にいただいちゃうからね」

茶化してくるきくよに構っている暇はない。亀助は二つの仕事を同時にこなす必要がある。今回もワンプで、しっかり記事を書かなければいけないのだ。iPhoneを置くと、湯葉をのせた海老のゼリーをスプーンで掬って口に運んだ。海老の甘みと湯葉の優しい食感が口の中で溶けていくようだ。

そうこうしている間に、今度は御椀《おわん》がきた。〝すっぽん仕立て〟で、焼いた餅が入っているようだ。先に香りだけを楽しむ。

「おお、スッポンだよ。元気でちゃうな」

好物が出てきてテンション高めの豊松がすぐに味わい始めたのを尻目に亀助は急いで撮影を続ける。再び香りを楽しんでから、一口いった。丁寧な処理をしているので臭みが感じられない。

滋味深く、繊細な味付けになっているのだ。日本料理の伝統である「五味、五色、五法」に忠実に調理されていることがよくわかる。

「五味、五色、五法で、五感を刺激しようってわけだよね」

五色とは、白、黄、緑、赤、黒と色合いを整えることを意味する。五法とは、生、煮る、焼く、蒸す、そして、揚げる、の五つの手法だ。

お造りは鯛《たい》と、太刀魚《たちうお》の〝焼霜《やきしも》〟だ。太刀魚は皮がやや硬く口に残ることもあるが、軽く炙《あぶ》って〝焼霜〟にすると、脂が滲《にじ》み出て旨味が増す。炙りすぎると風味がぼやけてしまうが、このわずかに、サッと炙るという一手間が大きいのだ。

「普通は美味しいものを食べると無言になっちゃうけどさ、京都にいると、知ったかぶりして、京料理の魅力について語りたくなるよ」

豊松が目を細めたので、「それはわかる」と亀助も同意した。

焼八寸も洒落《しゃれ》た陶器に、見た目もこだわった料理がのっている。〝鰤《ぶり》塩焼〟に、〝稲荷《いなり》寿司《ずし》〟、〝蕗《ふき》の薹田楽《とうでんがく》〟などだ。鰤塩焼は、柚子胡椒《ゆずこしょう》おろしでいただく。天婦羅の中は、クリームチーズの味噌《みそ》漬けで、食感まで楽しめる。

「一つひとつ、本当に手が込んでいるね。さすがだよ」

豊松に笑顔はない。真剣そのものだ。

温物《あつもの》は〝雲子茶碗蒸し《くもこちゃわんむ》〟だ。撮影に時間をかけて、味が損なわれるのはナンセンスだ。亀助は五枚だけ連写して、すぐにスプーンを構える。

「白子の茶碗蒸しか。これで、五法目の〝蒸す〟が成立したかな」

亀助は、スプーンで食べ進めながら、「中は、椎茸《しいたけ》に、銀杏《ぎんなん》、百合根か……。柚子の香りがいい」と、音声メモに吹き込んだ。五味と五色はずっと前に成立しているはずだ。

「職人さんは何人いるのだろう。覗きに行きたいよな」

豊松がボソッと言った。亀助も同感だった。これだけの品数を作るのだから、相当数いるだろうし、超がつくほどエリートの職人ばかりだろう。

食事は〝鰯《いわし》の梅煮御飯〟だ。すぐに撮影してから、赤だしと一緒にいただく。

亀助は目を瞑って香りを嗅いだ。濃厚な梅の香の後から、煎胡麻《いりごま》の香ばしい風味が鼻《び》腔《こう》をくすぐる。一気にかき込んだ。

「ご飯の状態も申し分ないな……」

叩いた梅がふんだんに入っていて、ふっくらしたご飯との相性はばっちりだ。

それにしても、驚いたことに、きくよは何一つ残すことなく、同じ量の料理を全て平らげている。食欲が衰えないというのはすごいなと実感する。だが、口に出すのもややや失礼かなと考え、亀助はそのことを胸の中に留《とど》めた。

デザートは《ピエール・エルメ・パリ》のモンブランを選んだ。

「いやあ、京都ってすごいな。こんな相手とどうやって戦うかって考えただけで、武者震いしちゃうよ。亀ちゃん、やっぱり京都は違うよね。みんなが京都にきて、財布の紐《ひも》が緩むのはよくわかる気がしてくる」

豊松がいつになく興奮している様子だ。亀助は大きく頷いた。

「それは、重要だよね。手間暇かかっている料理だけではないんだよね。雰囲気でさ、京都だったら多少高くても、〝まあ、いっか〟ってなるんだよね。それは、大きいよね」

豊松は腕を組んで真顔になった。

「雰囲気料ね。もちろん、今回の京都出店は賃料だって安くはないだろ。でも、十分に回収できる見込みがあるしさ、京都という安心感があるんだよな」

「今日は、日本人客の方が多いかな。でも、外国人比率は当然高いよね」

亀助はフロア内に視線を向けた。アジアからと思われる客が何組か、それに、欧米の客も何組かきている。スタッフがにこやかな表情で、「楽しんでいただけましたか」と声をかけながらデザートの皿を下げていった。

「当然、スタッフの接客も素晴らしいな。みんな、英語がある程度できるのだろうね」

亀助が言うと、豊松が「確かに」と頷いてから、唇を尖《とが》らせた。

「うちだって、仲居さんたちに英語での対応をしてもらう必要は当然あるよね」

《中田屋》では、すき焼きは全て、スタッフが提供することになっている。当然、客から質問が飛んでくることもある。

「そうだね。あるいは、語学ができる女性をトレーニングして、すき焼きの提供をマスターしてもらうかだよね」

亀助もおもわず腕を組んでいた。人材をどうするかという点で、海外進出だとさらに課題が多い。その点、京都であれば、東南アジアからの観光客は多いものの、人材の確保など、多くの課題が解決される。《中田屋》では、関西圏出身の料理人も多い。

じっと黙って聞いていたきくよが姿勢を正した。

「さてと、私はもう引退した身だから、商談についてはつべこべ言わないけどさ」

きくよが、亀助に目を向けてきた。緊張が走る。

「私が京都に来たのは他でもない。亀助の将来のことさ」

亀助は思ってもみなかった発言に「え、なんだって？」と声が裏返ってしまった。

「豊松は気立てのいいお嫁さんを見つけて、かわいい長男が産まれたし安心さ。そんでもって亀助、あんたはこれから長い人生を亀みたいにノロノロノロノロ、一人で生きていくつもりなのかい……」

「亀に失礼だろ。僕のことが心配で、それでわざわざ京都まで来たってのかい？」

きくよがコーヒーカップに手を付ける。ゆっくりと口元まで運んで上品に飲んだ。

「そうだよ。あんたと、さくらだけ。でも、さくらは器量がいいからすぐ決まるだろ」

亀助は思わず豊松と目を合わせて吹き出しそうになった。

「ばあちゃん、プレッシャーなんてかけない方がいいんだよ。亀ちゃんはただ、じっくり選んでいるだけなんだ。結婚が目的じゃないんだよ。神様がさ、いいひとをいいタイミングで結びつけてくれるから心配しなくても大丈夫さ」

豊松が肩をもってくれたので亀助はその顔をまじまじと見つめた。

「あら、あんたは……。人生の先輩として、一緒に亀助の将来を心配してくれるかと思ったのにさ。なんだよ」

豊松が呆《あき》れた顔で両手を広げた。

「知っているだろ。亀ちゃんはさ、グルメライターに、《中田屋》の仕事と二刀流生活なんだよ。仕事が充実していて、その他のことは今じゃないのさ。そのペースをつかんでいる時に外野がとやかく言うものじゃないよ」

亀助は豊松を幼少期より兄貴分として慕ってはいたが、神を崇《あが》めるような眼差《まなざ》しで見つめてしまった。なんて物分かりのいい、頼れる上司なのだろう。

「そうは言ってもね。私たちは心配するのが役目だからね。私はかわいい孫が食欲に溺れているのを見過ごしておけないよ。亀は万年だって？　バカ言っちゃいけないよ。かわいい孫のかわいい赤ん坊を抱かせてもらったって罰は当たらないからね」

きくよが目に力を込めて言った。亀助もそう言われると、返す言葉がない。

「それで京都なのさ。うちの上客の娘さんが、前からあんたに会いたいと言っていらしてね。亀助の写真とブログを見て、随分と乗り気になっているのさ」

亀助は豊松と目を合わせた。

「ちょっと、ばあちゃん……」

「うちにもきたことがあったのさ。本当に笑顔が素敵ないい子でね」

きくよが有無を言わさずスマホを操作しながら画面を見せてきた。長い黒髪がよく似合う京美人という印象で、鮮やかな着物を纏《まと》った可愛《かわい》らしい女性だ。

「あんたの二歳下かな。ちょうどいい年の差じゃないか」

亀助はため息をついていた。

「ばあちゃん、京都の女性なんだろ。プライドもあるだろうし、うまくいかなかったら相手にも失礼だろ」

「何を言っているんだよ。私だってそんなことは百も承知なのさ。お見合いは、うまくいかないのが常だからね。その時はその時なんだから。それでさ、明後日《あさって》のお昼はこのべっぴんさんとお見合いをなさい」

亀助は耳を疑った。

「えっ、勝手に決めたのかい？」

「そりゃあ、あんたのスケジュールを聞いたからね。三日目の昼は未定だろ」

亀助が「待ってくれよ。豊松くんと大切な打ち合わせが」というと、豊松が「いいよいいよ」と、呆れた様子で手を挙げた。

「俺はもうお手上げだよ。亀ちゃん、せっかくだから行ってきなよ」

わざわざきくよはこのために来たのだ。そう言われるとぐうの音も出ない。

「よし、そうと決まったら、粗相のないようにね」

きくよは満足げだ。店を出ると、タクシーを飛ばして友人宅へ向かった。亀助たちはチェックインを済ませ、部屋に移動する。しっかりコミュニケーションを取るためにあえてツインにした。広い窓から鴨川の美しい景色を望める部屋だ。

「相当マーケティングをしたんだろうね。ターゲットとか、コンセプトが色濃く出ている。これは、僕たちもしっかり意識しなきゃいけないことなんだよな」

亀助が言うと豊松が心ここにあらずという感じでベッドに大の字になった。そして、耳にスマホをあてた。木村に再度電話をしているのだろう。亀助も固唾を飲んで見守る。すると、豊松が起き上がった。

「待ち合わせは十七時だぜ。いよいよ迫ってきたけど、木村さん、何をやっているんだよ……。頼むよ、もう！　どうしようか？」

焦燥感に駆られた豊松が聞いてきたので、亀助は頷いた。

「十七時に待ち合わせをしてホテルの建設予定地を見てから、例の料理人がいるお店に十八時に行く約束だったよね？」

豊松が「そうだね」と頷いた。

「携帯電話が壊れたとか、そういう可能性はありえるかな……。だったら、こっちに連絡くれてもいい気がするけど、とりあえず、待ち合わせの場所に早めに行こうか」

そう言ってから、亀助はひとつ、やれることを思いついた。

「あ、そうだ！　お店に電話してみよう。そもそも、予約が入っているか不安になってきたからね。僕がかけるよ」

「確かに、そうだね。じゃあ、ちょっと頼むよ」

亀助はネットで《一路平安》という名前を検索した。食べログで店舗情報がでてきたので、タップして電話する。すぐに女性の声が「《一路平安》でございます」と言った。

「すみません、今日、木村の名前で十八時から予約が入っていますか？」

すると、「はい、三名様で伺っていますよ」と即答があった。いくらかホッとする。

「そうでしたか。実は、予約をした木村さんと連絡が取れない状況なのですが、お店にはなにか連絡はありませんでしたか？」

「おやまあ、そうでしたか……。こちらには今のところ、何もございませんね」

相手のかなり困惑した様子が伝わってくる。

「どうなさいますか。キャンセルされますか？」

先方から言われて亀助はドキッとした。

「いえ……。あの、私は北大路と申します。私と連れの中田という人間の二人になってしまうかもしれませんが、必ず予約の時間に伺います。もしかしたら、木村さんも連絡が取れないだけかもしれませんし、待ち合わせの場所に向かってみますね」

相手は丁寧な対応だった。その内容を豊松と共有してから、ホテルを出て歩き始めた。

木村とは東山駅前で待ち合わせをしていた。三条京阪駅の隣駅で、祇園四条駅からも歩けるが、ほんの少しだけ喧騒《けんそう》を離れた場所だ。小学校や高校、大学もいくつかある。

約束の三十分前に到着した。豊松は電話をかけ続けたが、木村はやはり現れない。騙されてしまったのだろうか。実際、手付金を奪われたとか、そんな被害を受けたわけではないのだが、焦りだけが募っていく。だが、木村の気配すら感じられない……。

「もう待ち合わせの時間から十五分経ったよ。諦めようか」

豊松に同意を求められて、亀助は頷いた。

「なんなんだろう。気持ち悪いな。やっぱり、最初から全てが嘘《うそ》だったのかな?」

亀助もそのことをずっと考えていた。しかし、なんのメリットがあるのだろうか。

「詐欺だとしても、何がしたかったのかな。手の込んだ嫌がらせかな。それかお金を騙し取ろうとしたけど、途中で面倒になったとか……。予約は入っていたし、まずは店に行って話を聞くしかないね。いろいろ不可解だけど……」

亀助は豊松と並んで歩き始めた。二人とも黙り込んでしまう。

少し行くと祇園が近づいてきた。京都市内でも最も飲食店がひしめいているエリアだ。地図アプリに案内されるまま進んでいく。メインの通りから、一本路地裏に入った。

「この先かな」と言いながら、亀助は一軒の店の前で立ち止まった。ここで間違いないだろう。

暖簾《のれん》はなく、中の様子も窺《うかが》い知れない。《一路平安》と書かれた小さな表札があるだけだ。これでは一見さんは入りようがない。亀助は意を決して店内に足をふみ入れる。

白木のカウンターのみで、十二席くらいだろうか。席の半分が埋まっていた。

厨房《ちゅうぼう》には夫婦と思《おぼ》しき男女がいる。どちらも四十代前半くらいだろうか。男性は五分刈りで、いかにも職人という感じだ。一方、黒髪に割烹着《かっぽうぎ》姿の女性は整った顔立ちで美しい。女将と思しきその女性が深々と頭を下げてきた。

こちらも一礼すると、亀助に視線をよこして近づいてきた。

「はじめまして。先ほどお電話差し上げた北大路と言います。お伝えした通り、木村さんと連絡が取れず、今日は二名になってしまいそうです」

自分が謝るのもおかしな話だなと思いつつも、亀助は頭を下げる。相手は歓迎していいのか複雑な表情を浮かべているようだ。

「そうでしたか。お二人は何も悪くないですわ。木村さんからは、大切なお客様といらっしゃると聞いていました。私も木村さんに電話を入れましたが、繋《つな》がりません。どうなさったのかしら……」

話を聞く限り、木村は常連客のようで、不義理をしたこともない様子だ。店とはそれなりの信頼関係ができているのだろう。「事故で病院に運ばれたなんてことがなければいいけれど、心配だわ」という女将の推理は亀助も選択肢として考えていたものだった。だとすると、外資系ホテルの件が本当だとして、大将だろうか、それとも、女将か、どちらが、《中田屋》を推薦してくれたのか気になる。それを明らかにしなければならない。

張り詰めた空気の中で、亀助と豊松は案内された席に座る。

「木村さんのこと、もう少しお待ちになりますか」

「いえ、もう諦めます。お代は三人分お支払いしますので、はじめてください」

豊松が言うと、女将が顔を曇らせる。

「そうですか……。お代はお二人分で結構ですからね。お飲み物はいかがなさいますか」

女将に聞かれたので京都の地ビール《京都麦酒》のペールエールをオーダーした。瓶ビールをグラスに丁寧についでくれる姿を見守る。泡の状態が素晴らしいビールが満たされていく。丁重に扱わないと割れてしまいそうな薄いグラスで乾杯する。

「乾杯。とりあえず、楽しもう」と、豊松がごくごく喉を鳴らした。亀助も続く。きめ細かな泡が終わると、ホップの旨味と苦味がほどよく絡み合いながら喉へと抜けていく。

コースが始まった。美しい彩りの八寸がやってきた。鯛の子に、車海老、バイ貝、そら豆、毛ガニ、ホタルイカの酢味噌、そして、菊花の白和《しらあ》えだ。写真を撮影したいのは山々だが、禁止ということなのでグッと我慢して脳裏に焼き付ける。

京都近郊だけでなく、旬の食材を全国から取り寄せているのがわかるラインナップだ。気がつくと、あっという間に席は全て埋まっていた。人気店なのも頷ける。

客が料理をオーダーすることはない。コースで決まっているのだろう。大将と女将の二人ということもあり、どちらも忙《せわ》しなく働いている。

「八寸もすごく、クオリティが高いな」

豊松はそう言いながら、じっと女将の様子を窺っている。その心中はある程度予想できた。今回、一つはっきりしたことがある。

中田平吉が亡くなった際、一緒にいた謎の女が誰なのか。もしかしたら、女将ではないかという予測があったが、それはないだろう。あまりにも歳が離れすぎている。

ともあれ、料理はどれも大将の食への愛情が感じられるものになっている。京野菜を基本に据えた素材を生かそうとするラインナップは亀助の好みにも合っていた。

魯山人《ろさんじん》の美しい器に入った茶碗蒸しは薄味だが、鶏肉、銀杏、百合根、三つ葉などがしっかり引き立っている。大将は寡黙で、料理名を告げる以外は黙々と作業をしている。

一見さんお断りで、写真撮影NGということもあってか、お店の雰囲気も落ち着いている。女将が「お口に合いますか」と聞いてきたので、この機会を逃すまいと思った。

「どれも美味しくいただきました。あの……、うちの《中田屋》には、何度かいらしていただいていますか？」

亀助よりも先に豊松が言うと、やや空気が張り詰めた気がした。女将は困惑の表情を浮かべている。

「主人といつかお邪魔したいと思っているのですが、私たちもお店がありますので……」

顧客ではないのは明らかだが、なんと一度も来ていないのか。亀助にとっては意外な事実だった。次の質問を繋げられないまま、女将は他の席に行ってしまった。沈黙が流れる。

「何かを隠している感じがして、怪しいな……」

亀助は大きく頷いた。女将が来る度に、料理のこと、店名の由来などを聞いていくと、簡潔で的確な答えが返ってきた。《一路平安》には「お客様に、心の平安を味わっていただきたい」という思いが込められているそうだ。

甘味が出てきてしばらく経ったところで、豊松は女将を呼ぶと会計のためのクレジットカードを差し出した。女将は一瞬、戸惑いの表情を浮かべた。だが、豊松が「すみません。領収書を」と頭を下げると、大将に目で合図をした。大将が計算して金額を書き込んでいるようだ。それを受け取った女将から渡された勘定書きを見て、豊松が「嘘だ」と声をあげた。女将はカードを受け取って会計に行ったが、何が嘘なのか。法外に高いのか。

お酒もそれなりに飲んだ。亀助の感覚では、コースが一人三万円として、プラス酒代が一人一万円ならば二人で税、サービス料を含め合計十万円程度ではないか。豊松もそれくらいは覚悟していたのではないか。亀助が覗き込むと、勘定書きに二万円と書かれている。

「そんなばかな」と、亀助と豊松の声が被った。すると、女将がカードを返しにやってきた。「女将さん、額がおかしいです」と小声で言って、豊松が首を傾げる。

他に客もいるので、こんなやりとりは店に迷惑だろう。厨房からは、大将が深々と頭を下げてきた。何か意味深なものを感じるほど長いのが気になる。料理からおもてなしの心は伝わってきたが、最後まで言葉はほとんど聞けなかった。

亀助が先に店を出ると、二人に続いて、女将がわざわざ外まで出てきてくれた。「遅れてすみません」と、名刺を差し出してくれた。

〈藤原峅子〉と記されている。気になって〈峅子〉の読み方を聞くと、〈ユリコ〉と教えてくれた。名前自体は珍しくないが、漢字が珍しい。大将は藤原巧《いさお》だという。

「中田さん、北大路さん、あの、実は私、以前お二人のおじいさまに大変お世話になりまして……。私にとっても、母にとっても、特別な人なんですよ」

「なんと、そうでしたか……」

亀助と豊松は、同時に言葉を発していた。

だが、亀助にはピンとくるものがあった。豊松の表情を見ても同じように感じているはずだ。「私にとっても、母にとっても」と言ったのだ。

平吉は無類の女好きだったのだが、やはり、峅子の母親が愛人だったのではないか……。峅子が、というのは年齢的におかしいが、母親であれば違和感ない。

峅子が申し訳なさそうな表情を浮かべている。もし、ただならぬ関係であったとしたのなら、それを隠したかった理由もわかる。

亀助たちは一旦、店を後にした。豊松とはもう一軒くらい行こうと考えていた。事前に食べログでリサーチしていた近くのバーに向かった。

3

亀助と豊松は、《一路平安》近くのバーに入った。並んでカウンター席にかけると、亀助はラフロイグのソーダ割りをオーダーした。

「亀ちゃん、俺さ、女将の謎解きはできちゃったかも」

豊松が、最初の一杯目が来る前に、待ちきれない様子で切り出してきた。大将ではなく、女将の謎に限定していることは、亀助と同じ見立てなのかもしれない。

「それって、どんな謎解きかな？　教えてもらおうか」

ドリンクが提供される。豊松がもったいぶるように、ボウモアのロックのグラスを傾けた。

「あの女将さんのお母さんさ、平吉じいさんの愛人だったんじゃないか……。いや、もっというと、あの女将さん、平吉じいさんの隠し子じゃないかな」

亀助はため息をついていた。同じ推理なのだ。

「僕も同じ見立てなんだ。年齢的に、岬子さんが愛人ってことはないだろうから、お母さんが愛人だったんじゃないかって。もしかしたら、子供なんじゃないかって……」

豊松が、「ほら、やっぱり！」と顔を向けた。

「ただ、父親だったとして、〝特別な人〟という表現になるかな……」

「いやあ、十分に怪しいだろう。そういうしかない」と、豊松が苦笑いした。

亀助は、ふと思うところがあり、先ほどもらった名刺を取り出した。岬子と書かれているその名前に目が吸い寄せられる。「マジか」とこぼしていた。

「どうしたの？」と豊松が覗き込んできた。

「ユリコという名前は決して珍しくないけど、この漢字は珍しい。僕は初めてみたよ」

「それが、どうしたの？」と豊松が再度投げかけてきた。

「平吉じいさんの名前にある〝平〟という字が入っているんだ……。ほら」

「嘘だろ！」と豊松が叫んで、亀助から名刺を奪った。今度は店名に人差し指を当てた。

「もっというと、この《一路平安》にも、そのままズバリ、〝平〟が入っているよね。だから、僕は店名についての質問を投げたんだよ」

豊松が「さすが。亀ちゃんは勘が鋭いよね」と言って唸《うな》った。

「いや、でもこれって、決定的だな……。思い出すよ……。中田家ではさ、子供の名前を決める会議で、〝平〟をつける案が検討されたことがあるらしいんだ。で、男は簡単に見つけられるんだよね。一平でも、桔平《きっぺい》でも、いくらでも選択肢がある。でも、女性の名前は難しいというのを聞いたことがある」

亀助も全く同じことを思い返していた。母親からその話を聞かされたことがあるのだ。

結局、亀助も姉の鶴乃も、豊松の兄妹も誰一人、〝平〟は使わなかったのだが……。男性よりもはるかにハードルが高い名前を京都でつけられた人が現れたのだ。

「俺と亀ちゃんで京都に行くと伝えたら、木村さんが〝紹介してくれた方も喜ぶと思います〟って言ったんだけど、今思えばいろいろ関係があるような気がしてきた」

豊松は興奮を隠せないようだ。

「それはまだわからないけどさ。もし、そうだったとして、《中田屋》を薦めた理由はなんだろう？　純粋に、じいちゃんや《中田屋》に対する恩返しなのかな……」

亀助は腕を組んで目を瞑って推理してみた。

「いや、おかしいだろ。そんな単純なものじゃないんじゃないかな……」

豊松の中では何かが見えているような話しぶりだ。

「単純じゃないって？」

「例えば、財産目当てとかさ……」

亀助は、豊松を二度見した。

「財産目当てだったら、もっといくらでも違うやり方があるだろ。こんなアプローチになるかな」

「ほら、ここで恩を売っておいてさ、うちが京都に進出して、色々と計画が動き出してからあれよあれよという間に、乗っ取られたりしてさ。そうはさせないけど」

豊松は目を細めて随分と楽しそうだ。

「いや、そもそも、その話自体が怪しくなってしまったよね。木村さんが消えちゃったんだからさ……。仮にそんな計画があったとして、木村さんに逃げられたのかな」

「それは、ありえるな……。木村さんが詐欺師だったらすごい役者だな。コンサルになりすますって知性も要求されるしさ。レバノン人も連れてきて、お金もかかっているよ」

「だとしたら、なぜ逃げたのかな。木村さんの説明にそんな矛盾は感じなかったから信頼していたのにさ……」

「まあ、でも契約金を騙し取られていたら、笑いものになっていたからな。逆によかったよ。実害はまだないし、俺たちの京都出張費なんて授業料としては安いもんだよ」

豊松はグイグイと酒が進んでいく。もう五杯目だ。亀助もつられて酔いが回っていく。

「まあ、俺たちに課された任務は京都進出の妥当性を判断することだからな。相手の自滅だとしても、これで終了だね。あとは女将の正体を暴けるかどうか」

豊松の言うことがもっともらしく聞こえてくるのは、酔っているからという理由だけではないだろう。

「ただ、《一路平安》の料理はすごくよかった。料理に集中しているせいかちょっと無愛想で、壁みたいなものは感じたけどさ、大将の食への愛情が伝わってくる内容だったな。あの若さだからさ、すごい修業をしたんだと思う」

「腕は、俺も認めるよ。ただ、俺たちをどこか敵視している印象はあったな」

豊松が腕を組む。時計を見ると日付が変わろうとしている。

「飲み過ぎたかな。今日の続きは明日にしようか」

「そうだね。もし木村さんの失踪はフラグで、引き続き騙そうとするなら、向こうからアクションをしてくるだろうからね」

ホテルまでタクシーで戻って、すぐに眠りについた。

二日目も早起きをして、亀助はシャワーを浴びると、豊松と一緒にホテルで朝食を食べた。

「それにしても、昨日は不思議な会食だったね……。誘ってきた人が来なくて連絡つかないなんて、こんなの初めてだよ」

豊松が朝から浮かない表情で、眉間に皺《しわ》を寄せている。

「ねえ、亀ちゃん。昨日の続きだけどさ、女将の岬子さんのこと調べてみないか。プロの探偵に頼んでさ」

「プロの探偵って……。本気で言っているのかい？」

「ああ。もちろん、俺たちが考えすぎているだけかもしれない。平吉じいさんはなんの関係もないかもしれない。でも、それがわかったら俺たちは安心できるじゃないか。よくわかんないまま帰るのは気持ち悪いよ……」

亀助は腕を組んだまま考えを巡らせた後、頷いた。

「確かに、中田家の今後にも関わるだけに、調査してもいいかもしれないね……」

そうかと言って、気が進むわけではない。亀助は、自分が謎解きできていないことにストレスを抱えていることに気づいた。

「いや、ちょっと待って。今日もお店は営業するだろうから、昨日のお礼がてら菓子折を持って挨拶に行くのはどうかな」

「ああ、なるほどね」と、豊松が乗ってきた。

「昨日の会計、ありえない安さだったからさ。あれだけ飲んで、一人一万円だよ。それもピッタリに。東京から何か送らなきゃと思っていたけど、せっかく、今日も京都にいるんだから、手土産を持って押しかけるのもありじゃないかな」

豊松がウンウンと頷いている。

「でもさ、本人にまさか『女将さん、あなたは、平吉の隠し子ですか？』なんて、聞けないよな……。どうやって聞けばいいのだろうか」

豊松の指摘に、亀助も頭を抱えるしかなかった。

「まあ、それはおいおい考えるとして。とりあえず、仕込みの時間を狙って行ってみようか。ランチはやってないし、十四時くらいがいいのかな？」

豊松が頷いた。亀助は時計に目をやった。まだ朝の八時過ぎだ。議論も落ち着いたところで、二人でコーヒーをとりに行って戻ってきた。

豊松のスマホに着信があった。「あれ、まさか、木村さんじゃないよね」と言って、豊松はすぐに応答した。

「もしもし、中田です……。はい、はい……。え、警察、ですか……」

豊松が顔をしかめて亀助を見つめてきた。亀助は嫌な予感がして、耳をそばだてた。

「はい。おっしゃる通り、昨日は木村さんと会食の約束をしていました。でも、約束の時間に現れなくて……。結局木村さんが予約していた店に、私ともう一人で行って食事しました。はい。そうです……。え！　木村さんが⁉」

豊松が、動揺している。目が泳いだ。

「わかりました。今、ホテルにいますが、そちらに伺えばいいですか？」

亀助は大きく息を吐き出した。豊松が電話を切った。

「亀ちゃん、大変なことになった……。木村さんが遺体で発見されたそうだ」

呼吸が速くなっていく。いろんな想像が駆け巡っている。

「どこで？」と聞いたが、豊松が首を振った。

「はっきり教えてくれなかったけど、俺、アリバイみたいなのを聞かれたよ……」

「なんてことだ……。とにかく、警察に急ごう」

慌ててチェックアウトの準備をして部屋を出た。フロントに荷物を預けてから、亀助はすぐに、「あ、ちょっと待ってください」と声をあげた。

「豊松くん、パソコンも荷物も全部持って行こう。いろいろ証明できるものがある」

そういって荷物を抱えてタクシーに乗った。《京都府警東山警察署》に向かってもらう。それほど遠くはないようだ。まだ心臓が音を立てているのがわかった。

「亀ちゃん、頼むよ。おじさんになんとかしてもらおう」

「そ、そうだね……。僕たちが潔白であることはすぐにわかってもらえるはずだよ」

亀助はｉＰｈｏｎｅで〈京都　遺体　発見〉で検索をかけてみた。すぐに、鴨川の中《なか》洲《す》で中年男性がうつぶせになって倒れているところを通行人が発見したというニュースを見つけた。胸に刃物で刺された跡があったという。

「これか……」

亀助は豊松に画面を見せた。「刃物で」とつぶやいたまま豊松は黙り込んだ。

運転手がスピードをあげてくれ、十分もかからずに警察署の前に到着した。支払いを済ませて、警察署に入る。入り口で、電話をしてきた担当者の名前をつげる。待機するように言われて待っていると、すぐにスーツ姿の二人の刑事がやってきた。

「私が中田豊松です」

豊松がすがるような目で亀助を見つめてきた。

「私は、北大路亀助といいます」

会議室に案内される。豊松は目で、父親のことを言えと訴えているようだ。だが、どのタイミングで切り出せばいいのか悩ましい。

「こちらへどうぞ」と言われて入った部屋は壁がマジックミラーではないかと思われた。やはり、亀助たちは疑われているらしいと心配になってくる。

「どうぞ、おかけください」

亀助は豊松と目を合わせて一緒に腰を下ろした。

「改めて伺いますが、昨日、木村さんとお約束をしていたということで間違いないですね？　経緯について、差し支えのない範囲で教えていただけますか？」

豊松の父が、東京で料亭を経営していること、そこにオファーがあったことを伝えていく。そして、パソコンを取り出して、メールのやり取りも見せながら説明していく。

亀助はこんな状況にもかかわらず、豊松がとても落ち着いていて、説明も論理的でわかりやすいと思った。相手の刑事も頷いている。

一通り、警察からの質問に過不足なく答えた後で、豊松は亀助に目を向けてきた。

「彼と東京から来たわけですが、場合によっては警察に届け出た方が良いのかなと思っていたところだったのです。というのも、彼の父親は警察関係者でして」

二人の刑事がわずかに目を合わせた。亀助に視線を投げてくる。

「はい。あの、私の父親は北大路重太郎といいまして、警察庁に勤めております」

間が空いて、目の前の刑事が驚いた様子で頷いた。

「あなたが北大路さんの御子息ですか……。何度か、事件の捜査に協力されて、解決に導いてくれたと伺ったことがあります」

すぐにもう一人が反応した。

「まさか京都で事件に巻き込まれるなんて思ってもいませんでした。微力ながら、協力させてください。差し支えのない範囲で木村さんの状況について教えてほしいのですが、鴨川で倒れていた中年男性が、木村さんでしょうか？」

「運転免許証などから、木村さんとみて間違いありません……」

塚田と名乗った刑事によると、木村は間違いなく大手のコンサル会社に勤務しているようだ。亀助たちに語った出身や学歴なども虚偽ではなかった。外資系ホテルでのテナント誘致の話、《一路平安》の女将や大将の話をすると興味を示してきた。いずれ、岬子たちにも話を聞きに行く必要があるという。

聞かれたことには全て答え、話せることを二時間くらい話して、警察署を出た。重太郎の名前を出したとはいえ、特に詳しい情報などは教えてもらえなかった。

近くの喫茶店に入る。

「いやあ、ますますわからなくなったね……。じゃあ、誘致の話は本当だったということなのかな……」

豊松が元気なく呟いた。

「お店、予定通り行く？　どうしようか……」

亀助はどうするか迷っていた。《一路平安》の営業は十七時からだ。話を聞きに行くとすれば、迷惑がかからないように、十四時には《一路平安》に入りたい。

「木村さんのことを伝えに行かなきゃ。それにやっぱり聞きたいよね。だって、あの二人が本当に推薦してくれたのかもしれないしね」

豊松に言われて、亀助はｉＰｈｏｎｅを取り出した。

「突然押しかけるのも失礼だしさ、電話してみようか」

「そうだね。じゃあ頼むよ」

昨日もらったばかりの名刺をポケットから取り出した。岼子の名前が記された名刺を見つめる。そして、名刺にあったお店の電話を鳴らした。

〈はい、《一路平安》でございます〉

峠子の声だ。

「女将さん、お忙しいところすみません。昨夜お邪魔しました、北大路です」

〈あらまあ、北大路さん、昨日はどうも。今日はどうなさいました？〉

「昨日は、過分なサービスをしていただきまして、すみませんでした」

〈いいえ、そんなこと、いいんですよ。お伝えした通り、私はお二人には頭が上がらないくらいでして、お代をいただくのも忍びないくらいでした〉

電話の向こうで頭を下げている姿が目に浮かんでくる。

「実はちょっと、お伝えしなければならないこともありまして、昨日はあまり話せませんでしたし、ちょっとだけご挨拶にお邪魔してもいいですか？」

やや間が空いた。

〈あらまあ。なんでしょうね。私どもはお店の準備や仕込みもありまして、あまりお構いできませんが……〉

「もちろんです。すぐに失礼しますので」

電話を切ると、近くのお店で菓子折を買う。

「もうさ、遠慮なんかしていられないよ。人が一人死んだんだからな」

豊松の言う通りだろう。覚悟を決めて押しかけるしかない。店に向かう。

恐る恐る、亀助はドアを開けた。すると、峅子と藤原が恐縮して、頭を下げてきた。

「昨日はありがとうございました。逆に気を遣わせてしまい、申し訳ありません」

峅子が近寄ってきて頭を下げた。カウンターの中でも、大将が深々と腰を折っている。

「お忙しい中、無理を言ってすみません」

亀助は相手に負けないくらい深々と頭を下げた。

「これはほんの気持ちです」と、豊松が手土産を差し出す。

「まあ、お持たせだなんて、すみません。ありがたく頂戴しますね。どうぞ、そちらにおかけになって」

峅子が頭を下げると、すぐにお茶の準備を始めた。亀助は、「本当にお構いなく」と言いつつ、豊松とともに、カウンターのコーナーの端っこに腰をかける。

お茶をお盆にのせた峅子がやってきた。茶碗を置いた後、すぐ隣に腰をかけた。

「ずっと、いつかお二人に来ていただきたいと思っていました。昨日はあまり話せませんでしたので、こうしてお話しできて嬉しいです」

にっこり微笑《ほほえ》んでくれた。自然な笑顔のように感じられる。

「私たちのことはよくご存じなのですね」

豊松が問いかけると、「ええ、もちろん」と言って峅子が嬉しそうに頷く。

「亀助さんのグルメ探偵ブログもよく拝読しているんですよ」

るんですよね？」

亀助は、「なんと」と叫び声をあげていた。豊松と目を合わせる。

「よかったら、このお店のことを書かせていただきたいのですが、掲載は拒否されてい
亀助が問いかけると、岬子が申し訳なさそうな顔をして頭を下げてきた。

「そうなんです……。どうしても、常連さんにご迷惑をおかけしたくないもので」

「いいえ、よくわかりますよ」

亀助が言うと、豊松が「よく言うよ」と茶々を入れてきた。

「毎食毎食、ブログに書き続ける男が何言うんだよ」

すると、途端に岬子が頬を緩めたので、一気に場の空気が和んだ。昨日はこんな表情を見せてくれなかったのだ。亀助は、ここぞとばかりに客層を含め普段のお店の様子を聞いていく。岬子は自然な笑顔でいろいろと話をしてくれた。

「ところで、不躾《ぶしつけ》な質問ですが、お二人はどこで運命の出会いをされたのですか？」

亀助が切り出すと、恥ずかしそうにしながら岬子が目を細めた。

「実は、京都にある老舗の料亭で知り合いました。私は芸妓《げいこ》をしていたんです」

「そうだったんですか」

亀助と豊松は同時に相槌を打った。岬子が芸妓をしていたのは納得できる。そして、平吉は芸妓遊びが好きだった。

「平吉が、芸妓遊びが好きだったのは我が家では有名で……」

豊松が言ったあと、亀助は「お恥ずかしい」と言いそうになるのをぎりぎり踏みとどまった。それは岬子に対して失礼だろう。そして、豊松が切り込んだ。

「変な質問に思われるかもしれませんが……。女将さんだけでなく、お母様にとっても、平吉のことを〝特別〟だと言ってくださったのはどういう理由からなのでしょうか」

亀助は、内心ドキドキしながら見守っていた。固唾を飲んで、返事を待つ。

「実は私の母は、京都で水商売をしていました。勤めていたクラブに、平吉さんはよく来てくださったそうなんです。娘である私と、結婚した主人にまでよくしてくださいました。主人は料亭で働いていましたが、自分の店を持つのが夢でしたから、修業後に独立しました。しばらく大変だったのですが、平吉さんも応援してくれたんですよ」

店に通い続けた平吉の姿が目に浮かぶようだ。しかし、応援という表現も気になる。金銭的な援助があったのか。藤原は仕込みの作業中ということもあるのだろうが、さっきから言葉をほとんど発しない。一方で、岬子が嘘をついているようにはとても見えない。肝心の母親は昨年、癌《がん》で他界したというが……。

「お二人とも、京都のご出身なんですか？」

亀助が質問を変えると、豊松が眉間に皺を寄せたような気がした。

「私は、京都の生まれです。主人は、滋賀ですが……」

豊松が亀助に一瞬目線をよこしてから、姿勢を変えた。

「女将さん、私たちは平吉と同じように、京都が好きなんです。隣に座るこの男は、祖父も父親も京都出身で、もっと京都に縁がある」

豊松が再び、鋭い質問を放り込もうとしているようだ。

「ですから、京都に店を出すことを真剣に考えていました。昨日までは……」

峅子が少し不思議そうな様子で頷いた。豊松が亀助に再び視線を送ってきた。

「昨日までは、と言ったのは、女将さん……。どうか、驚かずに聞いてください。木村さんが事件に巻き込まれて、昨日の朝に亡くなられたそうです」

藤原の柳刃包丁を持つ右手が動きを止めた。亀助と目が合った。

「鴨川で男性が遺体で発見されたニュースはご覧になりましたか？」

亀助が言うと、峅子と藤原が目を合わせた。演技には見えない。峅子は口を押さえて震えている。涙を堪えられなくなったのか、後ろを向いてしまった。

「まだ詳しい事情はわかりませんが、私たちふたりは警察に呼ばれて、話をしてきました。お二人にも話を聞きにくるかもしれません」

亀助が伝えると、二人は小さく頷いた。

「私たちも突然のことでどうしていいのかわかりません。木村さんがいなくなったら、どうすればいいのか……。ただ、我々を推薦してくれた方がいると知ってありがたい気持ちになりましたし、これもご縁なのかなと思っています」

岬子が目を真っ赤にしながら大きく首を振った。

「木村さんは関西にくると必ず寄ってくれる常連さんでした。あの方におすすめの老舗料亭がないかと相談されたので、私たちは自信をもって《中田屋》さんを提案しました。でも、私たちの推薦なんかで大手の外資系ホテルが動くはずがございません。それはほんのきっかけにすぎませんよ」

豊松が遮るように質問を続けた。

「女将さん、平吉に恩義を感じてくれていることはよくわかりました。ですが、もしかしたら、他に何かあるのではないですか？」

岬子が明らかに動揺を隠せずにいる。

「平吉が京都でフグを食べて亡くなったとき、職人さんには無理を言って出してもらったそうです。職人にとっては本当に、迷惑な話ですよね……」

藤原が豊松に刺すような鋭い視線を送った。亀助は生唾を飲み込んだ。

「その時、平吉は女性と一緒だったそうなんです。もしかしたら、女将さんのお母さんじゃありませんか？」

豊松は怯《ひる》む様子も無く、一気に切り込んだ。亀助は心の中でため息をついた。

「大変申し訳ありません。私は、平吉さんとも、母親とも約束したことがありまして……。すみませんが、今はまだ……」

峅子は再び、真っ赤にしたままの瞳を潤ませる。表情を強張《こわば》らせたまま亀助たちに向かって一礼した。藤原は作業を進めているが、怒りを押し殺しているように見える。

「そうですか。では、その時がきたら、ぜひともお話しくださいね」

豊松が立ち上がって、深々と腰を折った。亀助もそれに倣った。店を出ると、欲しかった情報を引き出せなかったからか、豊松が黙り込んでしまった。

4

「亀ちゃん、木村さんは刃物で刺されたってニュースに出ていただろ。よく研いだ刃物がさ、あの店にはあったよな。しかも、大将は無口で何を考えてるかわからないし怖い」

タクシーの中で、豊松が真顔で見つめてきた。

「怖いけど、その可能性はもちろん、僕も考えたよ……」

亀助はため息をついてから、窓の外に向かってつぶやいていた。

「亀ちゃんもか。なら……」と、豊松の声が聞こえた。

「でも、さすがにそれはないだろう。それにさ、一人ならまだしも、二人であの演技ができるかな」

「事件ってそういうもんじゃないかな」と豊松が首を傾げる。

「ただ、木村さんは普段、シンガポールにいるわけだからさ。京都に来ているときに事件に巻き込まれるってことは、外資系ホテルの件が絡んでいる可能性は高いよね」

間が空いた。そこで振り向くと、豊松が眉間に皺を寄せていた。

「亀ちゃん、もしかして木村さんを殺害した犯人を探そうとしているの？」

言われて、そう思われても仕方ないなと思った。

「いや、そういうわけじゃないけど、もしかしたら、僕たちの案件と関わっているんじゃないかって……。犯人が捕まっていない以上、僕たちに接点を持とうとする可能性が、ゼロではないかもしれないなって……」

「ちょっと待ってよ。それって、犯人がまだ京都にいて、俺たちを狙うかもってこと？勘弁してくれよ。めっちゃ怖くなってきたよ」

そんな豊松をこれ以上、不安にすることを言うべきかは躊躇《ためら》われる。だが、用心して損をすることはないはずだ。

「実はさ、気のせいかもしれないけど……。京都に到着して最初に訪れたお寺で、誰かに見られている気がしたんだ……。あの時から、ずっと嫌な予感がしてて」

「だからさ、マジでやめてくれよ。今日、ホテルから一歩も出られなくなるよ」

亀助と豊松を乗せたタクシーが二泊目のホテル《パークハイアット京都》に近づいて

きた。世界遺産である清水寺に至る二寧坂《にねいざか》に面していて、八坂神社も近く、八坂の塔が一望できるという、なんとも贅沢な立地だ。

エントランスは外資系ホテルとは思えない純和風の門になっている。付近を見渡してみると、最も京都らしい景色だとも言える。瓦屋根の町家が軒を連ねているのだ。そんな二寧坂の美しい景観に違和感もなく溶け込んでいる。その門をくぐって中に進んでいく。ここは、他のホテルとは異なる特色があり、創業百四十年を超える老舗料亭《山荘　京大和》とのダブルネームだ。土地自体は《山荘　京大和》の所有で、《パークハイアット京都》が招かれた形で開業している。

「まあ、こんなセキュリティのしっかりした施設にいれば安心だろうけどさ」

豊松が苦笑いしている。心なしか早歩きになっているようだ。

建物にたどり着いて、ロビーに足を踏み入れると、優雅なラウンジスペース《ザ　リビングルーム》が目の前に広がっていた。アフタヌーンティーを楽しんでいるマダムが何組か見えた。

「非日常の世界だけど、僕たちは、平吉じいさんを追いかけて、迷路の中だな」

亀助がそう言うと、豊松が黙り込んだまま頷いた。やはり、二人だけで動くのではなく、探偵に依頼するのが得策だろうか。チェックインを済ませると部屋で向き合った。

「俺の考えは変わらないんだ。二回あの店を訪れて、改めて探偵に調査を任せたいと思ったんだけどさ、実際どう思う？　このままじゃあ結局、わからないままだよね」

豊松が予想通りの問いを投げかけてきた。

「確かにね……」

亀助は、そこで口ごもっていた。豊松が亀助の異変に気づいたようだ。

「亀ちゃん、探偵の名にかけて、自分で謎解きしたいんだろ？　だから、そんなに煮え切らない感じになっているんじゃないのか」

沈黙が流れた後、豊松が呟いた。

「そんなつもりはないけどさ……。なんか、木村さんが亡くなったこのタイミングで、ちょっと不謹慎な気もしちゃってさ」

「不謹慎かな。だって、女将さんも大将も隠すからさ。別に俺たちだって、興味本位で調べているわけじゃないのにさ」

「それでいうと、木村さんが亡くなってしまった以上、京都進出の話は白紙になったと思うけどな」

豊松が深いため息をついた。

「まあ、木村さんに騙されたわけではなかったと思えるのは、せめてもの救いだな」

亀助は「それは笑えないよ」と顔を歪《ゆが》めた。「なんか、罰当たりな気がしてさ」と首を傾げると、豊松が、真顔で腕を組んだ。

「でもさ、俺たちは最悪の事態を想定しなければならないわけだからさ。この後、また木村さんの後任が出てきて、やっぱり、うちにきて欲しいと言ってきてさ、同じことを繰り返すのは避けたいだろ」

亀助は、「そうなるかは疑問だけどさ……」と首をひねる。

「木村さんがなぜ殺されたかがわかったら、同時に解決する問題かもしれないしさ」

今度は豊松が首を傾げて考えこんでいる。

「豊松くんこそ、意地というか、ちょっと感情的になってないかな……。さすがに考えすぎだと思うけどね……」

亀助は冗談めかして言ってみたが、豊松の険しい表情は変わらない。

「亀ちゃんも怖いこと言うし、それならもうとっとと東京に帰ろうか」

豊松が言ってから時計に目をやった。

「もうさ、木村さんのことは警察に任せようよ。ここまでくると俺たちがどうこうできる話じゃないだろ」

亀助は頷きかけたが、やはり、心のモヤモヤが消えない。

「それは、もちろんわかっているよ。わかっているけどさ……」

「結局、亀ちゃんは、どうしたいの？　いや、噂《うわさ》通りの探偵力を発揮してくれるなら、それでいいんだけどさ。ああいう展開になった以上、さらに突っ込めるかい？」

豊松は少し苛立《いらだ》っている様子だ。

亀助は正直、豊松の空気を読まない質問攻めが良くなかったと感じている。だが、それを言っては気の毒だし、さらに腹を立てるのはわかっているから、それは言うまいと思っていた。もう一泊、同じ部屋で過ごさなければならないのだ。

「とにかく、もう一晩、警察の捜査を見守ってみようよ。今日はもうこの時間だし、とりあえずご飯に行かないか」

時計はもう十八時に近づいていた。

「とりあえずって、俺たちは明日には東京に帰るんだぜ……」

豊松は納得いかない表情で天を仰いだ。すると、豊松のスマホに着信があった。

「あ、ちょっと出る」と言って、通話ボタンを押して立ち上がる。「あ、刑事さんですか」と言う声が聞こえた。あえて、亀助に聞こえるように話し始めた。

「ええ。ええ……。犯人が捕まった……。それはよかった。安心しました。それで、どんな人が犯人だったんですか？　はい……。そうですか……。外国人ですか……」

豊松が亀助に目を向けてきた。

「いえ……。北大路が、犯人の動機や木村さんが巻き込まれた経緯について知りたがっていまして……。はい、もしかしたら、我々にも関係があるのではないかと……」

どうやら亀助はだしに使われているようだ。

「わかりました。では、彼にそのように伝えますね……」

豊松はスマホをテーブルに置き深いため息をついた。亀助も同じく、安堵《あんど》の息をつく。

「犯人が捕まったって！　とにかく、よかったよ……。これでひと安心だな」

「外国人以外の情報はなにか、教えてくれた？」

亀助が問いかけると、まだ表情を強張らせていた豊松が首を振った。

「発表もまだだからかな。詳しいことは言えないみたいだね。でも、女将さんも大将もどうやら無関係のようだ」

「まあ、そうだよね」と、亀助も納得した。もう少し情報が欲しかったが仕方ない。

「よし、じゃあ今度こそ、安心して飲みに行こうか。近場がいいな」

「それなら、一階のビストロにしようか」

亀助は、ホテル内に行きたい店があったのだ。すぐに支度をして部屋を出る。足取りも随分と軽い。ホームスタイルカフェ《KYOTO BISTRO》に入る。

まずは地ビールの〝丹後王国ブルワリー〟と、目を引いた〝京都フィッシュ＆チップス〟をオーダーする。豊松がため息をついて真顔になった。

「亀ちゃん、さっきは感情的になってごめん……」

「いや、僕もだよ。謎解きできないくせに、反対意見を言ってばかりだった……」

「そうだよね。俺たちの目的は一緒なんだから、仲違《なかたが》いをしている場合じゃないよな」

泡が最高の状態のビールが二つ運ばれてきた。

「じゃあ、仲直りしよう」

亀助も「乾杯」と言って、豊松と目を合わせた。喉に染み込んでいく。やはり、アルコールは心穏やかに飲んでこそ、心に染み入る。

「仕事とはいえ、亀ちゃんとこうして二人旅なんて、感慨深いよな」

豊松が歩み寄ってくれたので、いくらか救われた気がした。

「まあ、男が二人でくるところじゃないけどね」

亀助は自分で言って笑い飛ばした。

「明日はデートじゃないか。上手《うま》くいくといいね。着物で来たりしてな」

なぜか再び、天音の笑顔が脳裏を過った。天音は身長が高くないが、顔立ちからいって着物が似合いそうだ。芯が通っていて気立ても良い。

「正直、あんまり気は乗らないんだけどね……」

亀助は宇治の〝朝日焼〟の器に載ったフィッシュ&チップスに手を伸ばした。お芋も白身魚もカリッと丁寧に揚げられている。タルタルにつけていただくと、柚子胡椒がしっかり効いているので唸った。

「もう犯人も捕まって、俺たちも怖がってホテルにこもる必要はなくなったんだからさ、女の子のいるお店にでも行こうか？」

豊松がウインクする。亀助は「いや、いいや。お気持ちだけ」と言って、グラスを掲げて一気に飲み干した。二人とも地ビールが気に入ったのでお代わりする。

「次は、うちの夫婦と、亀ちゃんカップルで来てもいいしね」

豊松が表情を緩めると、時計に目をやった。

「いやあ、正直言うとさ、もしかしたら、また亀ちゃんが犯人を捕まえちゃうんじゃないかって、ドキドキしていたんだ。狙っていただろ？」

豊松が亀助との距離を詰めて、小声で囁《ささや》いてきた。

「冗談はよしてくれよ……」

二人で大笑いする。すると、豊松がポケットに手をやった。

「あれ、この番号、誰からだろう……。また、警察かな」

再び、豊松に着信があった様子だ。すぐに立ち上がり、電話に出る。

「もしもし、中田です。塚田さん、はい……」

刑事の塚田のようだ。店を出ようと背を向けて、足を止めた。ゆっくり踵《きびす》を返す。

「ええ、北大路なら、目の前にいますよ。事件のことで少し共有できることがある？　わかりました……。今、代わりますね」

豊松と目が合った。スマホを受け取って耳に当てた。他の客もいるので、今度は亀助が店を出る。出るとすぐそこは二寧坂だ。

「もしもし。北大路です。昨日はどうも。無事に犯人が見つかったようでよかったです」

〈北大路さん、犯人の動機について気にされていたとお聞きしました〉

重太郎のことを意識して連絡をくれたのかもしれないと感じた。

「ええ、まあ。なぜ木村さんが事件に巻き込まれたのか気になりまして。もしかしたら、我々が受けたホテルへのテナント誘致の話と関わっているのかなと。場合によっては、我々の会社への攻撃も今後、あり得るのかなと懸念していたので……」

〈ええ、おっしゃる通りでして。犯人の供述を鵜呑《うの》みにするわけにはいきませんが、どうやら、外資系のホテルが進出するにあたり、土地の買収に絡んで様々な思惑が錯綜《さくそう》していたようですね。木村さんは執拗《しつよう》に裏工作を持ちかけられ賄賂も渡されそうになったそうですが、ぞんざいにあしらい続けたそうです。あれだけのエリートだけにその態度が怒りを買ったようで……〉

「ひどい話だ。土地絡みですか……。巨額のマネーが動くわけでしょうから、肯《うなず》けますが木村さんが気の毒すぎる。ただ、だったら、僕たちは……」

〈ええ、北大路さんや中田さんの身に危険が及ぶ可能性は低いと思いますので、それだけお伝えしたくてご連絡しました〉

亀助は相手が見ているわけでもないのに頷いていた。

「そうでしたか。わざわざ、ありがとうございます」

席に戻ると、豊松はすでに会計を済ませて待っていた。亀助は塚田から聞いた内容を共有する。

「そうだったのか……。なんか、土地でもいろいろあるってことは、テナントはまだだいぶ先の話だね」

「そうなんだよ。木村さんは気の毒でしかないけどね……」

豊松は腕を組んで目を瞑った。

「亀ちゃんは反対だろうけど、俺は探偵に調査を依頼したい。社長にも電話で相談したんだけど、そうしろって言われたんだ」

亀助は反論せずに頷いた。豊松はすでに動いていたのか。

「うん、わかったよ。きっと、おじさんも驚いただろうね……」

豊松が表情を和らげてから頷いた。

「もし、今回の件で京都進出がなくなったとしても、それは仕方ないって……。お前たちはちゃんと仕事をしたって」

豊松が自嘲気味に話すと、亀助は相槌を打った。

「今回のケースを踏まえて、いかに発想の転換をしていくかがこれからの《中田屋》の未来にとって重要だと思うんだ」

亀助は豊松に向かって頷いた。

「そうだね。俺たちの考え方は間違っていないと思う。リスクを回避したと考えて、今日はもう、とことん飲もう。俺は飲み足りないよ……」

豊松が何か吹っ切れたように声を高くした。

「そうだね」と、亀助も同調する。

亀助は目を瞑って脳内のリストにアクセスを試みた。

「だったら、行きたいバーが、この上のフロアにあるよ」

店を出て最上階に上がった。バー《琥珀《こはく》》に入る。案内された席に着いた。窓の外の景色に吸い寄せられる。京都の街並みが一望できる。目の前には八坂の塔が見えるのだ。

「すごいな、この景色」

座ったまま、趣深い古《いにしえ》の京都の雰囲気を堪能することができる。バーテンダーにラフロイグのソーダ割りをオーダーする。目の前で流れる動きで注がれた一杯が来た。

「おつかれ」

「うん、俺たちは難易度の高い任務によく向き合っているよ」

豊松が自分に言い聞かせるように言うと、一気に呷《あお》った。同じものをオーダーする。

「大丈夫かい？」と亀助が心配するのをよそに、豊松はすごいペースで飲んでいる。よく見ると、目が据わっている。バーテンダーは「お強いですね」と笑顔だが、亀助は苦笑いだ。これ以上飲ませると面倒なことになりそうだったので急いで会計を済ませる。

「今夜は飲み明かそうぜ」

豊松はそう言いながらも、目を閉じている。豊松が亀助にもたれかかってきた。どんどん重くなっていく。緊張の糸が切れてしまったのかもしれない。気を張っていたのだろう。女の子のいるお店に行っていたらどうなっていたことか。

「もう、一体なんなんだよ、この展開は……」

するとスタッフが車椅子を持ってきてくれた。乗せるとスタッフが押してくれたので手がかからず、部屋へとたどり着いた。やっと一息つく。

シャワーを浴びてからすぐに眠りについた。

5

亀助は、翌朝五時過ぎに目が覚めた。京都に来て食べた料理の数々を画像を見ながら振り返ってみる。

その中には、《一路平安》の料理は当然ない。目を瞑って記憶を呼び覚ます。なにかがひっかかるのを感じていた。シャワーを浴びる。

豊松を起こさないように静かにキーボードを叩いて、ＭａｃＢｏｏｋで京都市にある探偵事務所を調べた。アクセスもよく、実績のありそうな事務所をいくつかピックアップした。今度はふと思い立って〈岼子〉で検索をかけてみた。何人かのツイッターが表示された。珍しい漢字だが、少なくとも日本に何人かいるのは間違いないようだ。

今度は〈岼〉で検索をかける。すると、京都府の住所が表示された。〝京都府綾部市位《い》田《でん》町《ちょう》岼《ゆり》〟とある。どうやら地名のようだ。さらに調べたところ、日本で京都府にしかない地名のようだ。まさか、うちの祖先と関係があるのだろうか。

今度は、〝京都府綾部市位田町岼〟の後に、〝北大路〟を入れて検索してみた。すると信じられないことに、古いニュース記事がヒットした。

〈京都府綾部市の立てこもり事件で、犯人の発砲を受けた警察官が殉職〉

それは紛れもなく、亀助の祖父である北大路鬼平が命を落とすことになった事件だった。京都府綾部市位田町岼の民家で、犯人の男が実弾の入った拳銃で、元妻を人質に立て籠《こ》もった。多くの警察官が出動し、事件発生から解決まで二十四時間を超える長期戦になったそうだ。

京都府警の捜査一課にいた北大路鬼平も最前線で説得に加わった。当時はまだ、ＳＩＴ（特殊事件捜査係）やＳＡＴ（特殊部隊）も現在のような組織編成になっていなかった。

警察の必死の説得も虚《むな》しく、元妻をかばった鬼平が銃弾を受け、殉職した——。

事件はこの土地で起きていたのだ。腕を組んだまま目を瞑る。心臓が音を立てていた。

「今さら、辿《たど》り着いたのか？　遅いぞ！」と言う鬼平の声が、聞こえてくるようだ。

亀助はしばらく固まったまま、身動きが取れずにいた。

藤原岬子はきっと、あの土地とも、あの事件とも無縁ではない。つまり、平吉だけではなく、鬼平とも接点があるということだ。当然、鬼平の名前にも、〝平〟の字があることは前からわかっていたことだ。

亀助は綾部市の土地に行ってみようかとルート検索をかけた。京都駅から綾部駅までは、直行で一時間二十分程度だ。

今日は十二時から、きくよのセッティングしたお見合いランチがある。距離があり、時間的なゆとりはない。それに、綾部市に行ったところで、何がわかるだろうか。事件が起きた家に関係者が住んでいないのはすでにわかっている。

それよりも、亀助が知りたい情報に近づく方法があるはずだ。

一人で朝食を食べた後、久しぶりに父親である重太郎に電話をすることにした。

起こしてしまったのか、豊松が寝ぼけ眼で起きてきた。

「いやあ、飲みすぎて気持ち悪いわ」

「大丈夫かい？　無理せずにギリギリまで寝ていたらいいよ」

「うーん、そうさせてもらうかな。亀ちゃんは、デートがお昼からだよね？」

亀助は頷いてから、「そうなんだけどね……」と返した。

「そうなんだけど、何かあった？」

「キャンセルさせてもらうかも……」

豊松が何事もなかったかのように「ふーん」と呟いた後、大声を出す。

「え、待って。亀ちゃん、当日にドタキャンだって？　なんで、キャンセルするんだよ」

「うん……。ちょっと、急ぎでやらなきゃいけないことができて」

「さすがに、大女将の顔に泥を塗っちゃうことにならないか？」

「まったくその通りだと思うんだけど……」

亀助はミネラルウォーターのボトルを傾けた。

「だったら、なぜ？」

「豊松くん、僕はね、《一路平安》の女将は隠し子なんかじゃないと確信を持てた。だから、それをどうしてもこの手で証明したいんだ。僕がやらないといけない」

豊松が顔をあげて、何度か頷いた。

「そこまで言うなら、わかった。まったく、不思議な京都旅行だぜ」

亀助は腕を組んで天井を見上げた。

「木村さんさ、最後はどんな思いだったのだろう……。シンガポールには家族もいるって聞いたし、さぞかし無念だっただろうなって思ったよ」

「それは、俺もそう思う」

豊松が表情を曇らせたまま呟いた。

「木村さんの記事がいくつかネットに出ていたんだけど、娘さんは来月、結婚式を予定していたそうだよ」

「マジかよ……」

「真摯な人だった。そんな木村さんが《中田屋》を選んでくれたことを僕は誇りに思うよ」

これまでの対応を考えてみても、木村は亀助たちの味方だったと感じるのだ。

「だから、僕はせめてもの恩返しじゃないけど、《一路平安》の女将の潔白を証明したい。僕のレシピが正しければ、彼女は隠し子じゃない」

「え、レシピがなんだって？」

豊松は亀助のサイトを見てくれていないようだ。「僕のレシピが正しければ」からの「また罪深いシェフの魔法を暴いてしまった」という決め台詞があるのだ。

「いや、ごめん。なんでもない」

豊松が思い出したように真顔になった。

「亀ちゃん、今日は東京に帰る予定だろ。探偵事務所に頼る必要がないってことか」

亀助はＭａｃＢｏｏｋで検索をかけた京都駅近辺の探偵事務所の一覧を見せた。

「京都駅近辺の探偵事務所は一通り調べた。今日、僕が答えに辿り着けなかったら行く。だから、ごめん、僕にもう一日だけ、くれないかな。裏どりしたいんだ」

亀助は「頼むよ」と言って、両手を合わせた。

「まあ、亀ちゃんの推理が外れていたら、探偵事務所に頼めばいいんだけどさ、大切なデートをドタキャンして失敗したらそっちが大問題だよ」

豊松は両手を広げて白い歯を見せた。

「でも、自信があるんだろ？」

亀助が頷くと「じゃあ、信じるよ」と言って豊松は笑った。

亀助はタクシーを走らせ、祇園四条の《フランソア喫茶室》へ向かった。国の文化財に指定されている建物で、欧風の喫茶店として古くから京都の人々に愛されている。先にコーヒーを飲みながら待っていると、きくよが目を細めながらやってきた。

「なんだい。まさか、私の好きなこのカフェに呼び出してくれるなんてね」

平吉から、このカフェに何度もきくよと訪れたことは聞いていた。

「急に呼び出して、ごめんよ」

ドリンクとケーキをオーダーしてから、亀助は、《一路平安》での出来事を伝えた。

きくよはじっくりと耳を傾けている。

「なんだい。そんな大変なことがあったなら、私がせっかく京都にいるんだから、早く知らせてくれたらよかったじゃないか」

「それは考えたけど、豊松くんとも余計な心配をかけたくないねって話をしていたんだ。引退して、旅行に来ているばあちゃんに頼るのもどうかなって……」

「おせっかいばあさんに相談したらややこしくなるってかい。それで、その木村さんがお亡くなりになったということは、京都進出のお話も白紙だろうね」

亀助は「そういうことだと思う」と、大きく頷いた。

「あんたは、それを直接伝えたかったのかい？　違うんだろ」

亀助は唇を噛み締めていた。BGMのクラシックが一際大きく聞こえてくる。《一路平安》

「ばあちゃん、ごめん。俺、今日やらなきゃいけないことができて……。《一路平安》の女将さんが、平吉じいちゃんの愛人の子供なんかじゃないってことを証明しなきゃいけないんだ。だから、お見合いしている場合じゃないんだ……」

きくよがため息をついてから、無言でチーズケーキを食べ始めた。亀助も同じようにブルーベリーのソースがかかった濃厚なレアチーズケーキを口に運ぶ。

「あんたは、私やお母さんみたいに仕事をしていて、自立している女性が合う気もするね。お嬢様を迎え入れたら、寂しい思いをさせて逃げられちゃうだろうさ」

数年ぶりに雷が落ちるかと思ったが、どうやら、許してくれるようだ。

「その通りだね。人のせいにするつもりはないけど、もしかしたら、ばあちゃんや母さんを見て育ったことが関係しているかもしれない……」

ふんっと鼻で笑われた。

「まあ、男女で価値観がピタッと一致することなんて、ないだろうさ。結局は、お互い無理せずに、相手の価値観を許容できるかどうかなんじゃないかい」

「許容できるかどうか……。それで言うとさ、よくばあちゃんは、平吉じいさんを許容したなって思っちゃうよ。だって、ばあちゃんの方がずっと忙しく働いてお店に貢献していたわけじゃないか」

「あんた、わかっているね。そうさ、これくらい心が広い人を探しておくれよ。ハッハッハッ」

きくよが嬉しそうに声をあげて笑っている。亀助まで平吉の呑気《のんき》な性格を思い出して笑ってしまった。

「豊松くんは、探偵に任せるべきじゃないかって言ってたけど、僕に任せて欲しいと無理を言ったんだ。そしたらさ、俺は亀ちゃんの推理を信じるよって言ってくれた」

きくよが亀助を見つめている。

「あんた、自信はあるのかい？」

「ああ、どうせ、中田家の何者かが、優しい岬子さんに絶対に黙っていろと脅迫したんだろう。悪い奴《やつ》がいたものだな……。僕のレシピが正しければね」

亀助はきくよにドヤ顔をしてみせた。

「ふふふ。どこでそう思ったのさ？」

「お墓にさ、菊の花と百合の花が供えられていたんだ。どちらも供養の花としては一般的だけど、その二種類だけだった。そして、お店に行った時、八寸で菊の花の白和え、その後に百合根の茶碗蒸しが出てきた。食用菊は秋冬が旬だけど、通年出回っているから、おかしくはない。でも、あれだけおもてなしにこだわるお店が、この時期に菊を使うだろうかって、後からどんどん疑問に思い始めた。しかも、実際、隣の客に菊は使われていなかったんだ」

きくよが口元を押さえて、お腹を抱えている。

「あんた、恋愛でもそれくらい勘が冴《さ》えて欲しいんだけどね……。私も、岬子さんにお願いした手前、責任を感じて追いかけてきたのさ。バラしてしまうのは簡単だったけど、せっかく探偵がお出ましというからにはお手並み拝見と行きたくてね」

亀助は声をあげて笑ってしまった。きくよにまんまと騙されていたわけだ。

「冗談きついぜ。みんなを振り回してさ」

「きっと、鬼平さんも向こうで喜んでいるだろうさ。ほら、早く岬子さんにお詫《わ》びに行

って おくれ。ご令嬢には私から頭を下げておくよ」

「そうだね。ありがとう」

きくよと別れた亀助は一人で、《一路平安》に向かった。これで、三日連続だ。今回は事前に電話すら入れていない。

ドアを開けると、岬子がすぐに亀助に気づいて頭を下げてきた。

「きっと、亀助さんならいらっしゃると思っていました」

岬子が唇を嚙み締めている。調理場から大将も出てきて軽く頭を下げた。亀助は直立不動で頭を下げた。

岬子が「おかけください」とカウンターに座るよう促してきた。礼を言って腰を下ろすと、程なくお茶が差し出された。

「すみません、僕は大きな思い過ごしをしていたようです」

岬子が首を振ってから、亀助のすぐ隣に座った。

「私には、祖父が二人いるのに、すっかり取り違えてしまっていました……。一昨日、鬼平の墓参りをした時、菊と百合の花が供えてあった。あれはあなたでしょう。僕へのサインだった。きっと訪れるのがわかっていて近くにいたはずだ」

亀助は、一礼をすると湯飲みに両手をそえた。

「それは私が意地悪をして、ちゃんとお話をしなかったからですね」

峅子が頭を下げてきた。

「意地悪をしたのは祖母じゃないですか。本当に失礼しました」

亀助は一度立ち上がり、頭を深々と下げた。ゆっくり顔をあげる。峅子が首を振った。

「あなたのお母様は、かつて綾部市位田町峅の地で起きた、立てこもり事件の被害者だったのですね……。僕の祖父が関わった事件で被害に遭われていた」

峅子が口元を押さえた。ずっと冷静だった峅子の手がわなわなと震えている。

「やっと、こうしてお詫びをすることができました。北大路家の皆様には本当に申し訳ないことをしてしまったと思っています。それだけじゃありません。北大路警部を失ったことは、日本の警察全体にとっても、大きな損失でした」

亀助は首を振った。

「それは、あなたが謝ることでも、罪の意識を感じることでもありません。あなたは加害者と一切、血が繋がっていないではありませんか」

被害者が元妻で、加害者が元夫という事件だった。加害者である元夫は元暴力団員で薬物中毒の状況にあった。

「その後、皆さんがどんなご苦労をされたか……」

峅子の頰を涙が伝っている。亀助はグッチのハンカチを取り出して渡した。峅子が礼を言って受け取る。

「いいえ、僕の父親は気難しくも、ハートの強い男でして、事件当時は大学生でしたが、大蔵省に進もうとしていたところ、警察の道に進む大きなきっかけになったそうです。僕にとっては良かったなと感じていますよ」

峅子は再び、目を潤ませた。

「父もそうでしょうけど、僕自身も祖父のことを誇りに思っています。父は祖父の遺志を継ぐために、警察の道に進みましたが、僕だけは遺伝子を引き継ぐことができず、グルメ探偵みたいな軟派な仕事をすることになり……」

亀助は自嘲気味に笑ってみせたが、峅子が何度も首を振っている。

「峅子さんに出会って、視野の狭い僕は平吉のことばかり考えていました。京都の祖父は鬼平なのに……。天国で鬼平が怒っている姿が目に浮かびます」

実際には写真でしか見たことはない。上背はないが柔道の有段者だった。五分刈りで、目力の強い、いかにも昭和の刑事という風貌だ。

「昨日、お話しできないことがあるとおっしゃっていましたが、平吉とはどんなご縁があったのでしょうか？　鬼平と平吉がどう結びついたのか、僕にはまだあまり見えていない部分もありまして……」

そうは言っても、亀助もある程度予想はできていた。亀助の母親であり、平吉の娘である綾が重太郎と結婚することになり、平吉は鬼平が命を落とした事件と被害者家族のことを知った。そして、お世辞にも幸せとは言えない岬子の境遇を見て、人助けをしたくなったのだろう。重太郎に電話をしたところ、おそらくそんな流れで間違いないだろうと言っていた。岬子が度々、鬼平の墓を訪れていることも把握していた。

平吉の言葉が蘇《よみがえ》る。

「最高の美食を楽しみたかったら、最高の人助けをしてからだ——」

亀助にとって格言のような言葉であり、心の拠《よ》り所なのだ。しかし、平吉の人助けの道にはまだ程遠いのを今回痛感していた。

「平吉さんは、亀助さんのお母様がご結婚されることになり、私の母が巻き込まれた事件のことを知ったそうです。あの男は重罪で無期懲役になりましたが、幸運にも、母のことを守ってくれる男性が現れました。そして、私が生まれました。母親はどうしても〝平〟という字を名前に入れたいと言ったそうです。鬼平様の奥様のお名前、百合様と読みも同じで、これしかないということになりました」

岬子の口から聞こえてきたのは、亀助が思っていた通りのシナリオだった。

亀助は驚きもせずに、静かに頷いた。

「亀助さんはお見通しだったのでしょうね……。木村さんには、鬼平様や平吉様への恩返しのつもりで私が推薦を……」

亀助は苦笑いをして首を振った。

「平吉にも〝平〟という字がつくものですから、それで遠回りをしてしまいました。実は中田家でも、〝平〟という字を子供の名前につける案が出たのですが、男性はいくらでも思いつくのに女性は無理だったという話を母親から聞いたことがあります」

豊松も話していたことだ。岬子が口に手を当てて目を細めた。

「それでも、名前をつけてくださったお母様に心からお礼を言いたいです。先ほどは、自分に対して、天国で鬼平が怒っているだろうと思いましたが、今は嬉しそうにしている姿が目に浮かびます」

岬子が白い歯をこぼした。すっかり涙が消えたので亀助も安心した。大将は先ほどから調理をしながら時折、岬子に視線を送っている。ずっと見守っているのだ。

岬子がお茶を飲んでから亀助に目を向けた。

「平吉さんには、とある理由で絶対に内緒にするように言われていました。そのことをきくよさんにだけはお伝えしましたが……。北大路家に対しても、中田家の皆さんに対しても、絶対に自分からは言わないようにというのがお約束でした。そうしましたら、きくよさんが引き続き、約束を守らせてあげましょうということで」

「ご迷惑をおかけしました……。でも、なんで隠す必要があったのでしょうね」

亀助は首を傾げた。その謎の答えがなかなかわからなかった。

「平吉さんはいずれ、私の元に訪ねてくる者が現れるだろうって、おっしゃっていました。話をしなくても、気づいてこそ、俺の孫だと……」

亀助は、つい声をあげて笑ってしまった。なんてくだらない理由だろう。

だが、岬子は真顔で亀助を見つめたままだ。

「鬼平さんの血を継いだかわいい孫がいて、きっとその男が謎解きをするだろうと……。よく舌の肥えた男だが、よく気づく奴でもあると。立派な刑事になるか、食い道楽になるか、どちらかだろうなと、生前よく嬉しそうにおっしゃっていましたよ」

平吉の笑顔と言葉がありありと蘇る。不意に亀助の胸に熱いものが込み上げた。

第二話「島根・のどぐろと幽霊騒動」

1

早朝に羽田空港を発った亀助たち美食仲間一行は、島根県の〝出雲《いずも》縁結び空港〟に降り立った。亀助が島根県を訪れたのは人生で初めてのことだ。ずっと興味はあったのだが、きっかけをつかめずにいた。

「うーん、天気予報通りではあるけど、どんよりした曇り空だね……」

空港の窓から荒木が空を見上げて、テンション低めに呟いた。

「まあ、雲が出ると書いて〝出雲〟だし、山の陰と書いて〝山陰〟と呼ばれるこの地方のご愛敬《あいきょう》だろう。だから、僕たちが不運だってことではないよ」

亀助はさも知ったように言い聞かせてみせた。

「なるほどね。そういうこと？　さすが、探偵は物知り博士ですね」

「まあ、それくらい常識だけどさ。日本史の中でも、神話は僕の研究テーマだったからな。一家言あるんだよ」

亀助は得意になって片手を振った。褒められて悪い気はしない。

荒木に「どこか国内で行きたいところは？」と聞いたところ、小室と話し合ったようで数日後、「島根がいい」と言い出した。結婚式が石垣島の隣、竹富島だけに、沖縄は外してくると予想してはいた。亀助の推理では北海道だったが、島根は意外な回答だった。島根は旅行先として、お世辞にもそれほど人気が高いわけではない。しかも、縁結びで有名な〝出雲大社〟は、相手がいない女性にひきがあるのだ。

しかし、亀助はずっと狙っていた場所だった。〝出雲大社〟のみならず、歴史上重要な神社などもあるし、世界遺産の《石見銀山《いわみぎんざん》》、日本庭園で名高い《足立《あだち》美術館》もある。そして、日本神話にとって大きな意味をなす土地で、物語と深い結びつきがあり、亀助が好きな作家、小泉八雲《こいずみやくも》所縁《ゆかり》の地でもある。

「ああ、早く美味しい魚介を食べたいな。のどぐろちゃん、のどぐろちゃん」

荒木が即興で作曲したと思われる〝のどぐろ〟の歌を口ずさんでいる。

島根はグルメも充実していて、日本海の赤い宝石と呼ばれる〝のどぐろ〟や隠岐《おき》で獲《と》れる〝岩牡蠣《いわがき》〟、宍道湖《しんじこ》の〝しじみ〟など、魚介が有名だ。さらに、米の産地でもあるため、〝王祿《おうろく》〟や〝月山《がっさん》〟、〝李白《りはく》〟など、日本酒も充実している。

「いやあ、全奢《ぜんおご》りで旅行だなんて、さすが探偵様は気前がいい男だね」

荒木が手の平を重ねてすりすりさせている。小室も「アザース」と、大げさにへこへこして見せた。亀助は荒木と小室の旅費を全て負担したのだ。

「財布は持ってこなくていいって言っただろ。二人には随分と世話になったからね。これくらい払わせてくれよ」

荒木が「よ、独身貴族！」と囃《はや》し立《た》てる。

「せっかくなら、俺の分まで出して欲しかったけどさ」

弁護士をしている河口仁が亀助の肩を叩いて冷やかしてきた。

「なんで僕が先輩の分まで負担するんですか」と、亀助は笑ってみせた。河口も気前がよく、荒木と小室の分を「折半しよう」と提案してきたが断った。今も冗談で言っているのだ。

「じゃあ、まずはレンタカーをピックアップしようかな」

亀助はそう言うと、三人を先導する。二泊三日の行程は亀助がプランニングしたのだ。空港近くの店にレンタカー店ワゴンで向かう。受付でゴールドの免許証を出して、手続きをする。

荒木が「大きめの車にしてほしい」と言うので、八人乗りのトヨタ・アルファードにした。ラゲージスペースに荷物を積み込む。運転席に入ってシートベルトをすると、位置が思っていたより高いことに気づいた。

「実は、日本車の運転はあんまり慣れていないんだよな……」

亀助がつぶやくと、荒木が「今日も安定の貴族発言、ちょいちょい鼻につきますわね」と言ってきた。河口が「俺は慣れすぎて流しちゃうけど、奈央ちゃんのツッコミは愛を感じるよ」と後部座席から投げてくる。

亀助はシートの位置とバックミラーを調整しながら「それはどうも」と返す。エンジンをかけた途端、助手席に座った荒木がiPhoneをつないで、クラブミュージックをかける。身体を揺らせながらサビを口ずさむ。いつものようにテンションは高めだ。

最初の目的地は、〝出雲大社〟だ。言わずと知れた縁結びの神様が祀られた神社だ。

亀助はカーナビを設定してアクセルを踏み込んだ。

「ねえ、〝出雲大社〟には神様がたくさんいるんだってね。島根は神々が住むっていうもんね」

荒木が音楽のボリュームを下げながら言った。

「そうだね。神無月《かんなづき》、〝出雲大社〟に全国から八百万《やおよろず》の神々が集まるのは有名だ。神々の母であるイザナミが亡くなったのが旧暦の十月だからという説が濃厚なんだ。島根は神話と結びつきの深い国だから、いつか来たいと思っていたよ」

「神話ね。なんとなくしか、知らないんだけど。なんか面白い話を聞かせてよ」

荒木がすぐ隣から、無茶振りしてきて亀助は首を傾げた。

「面白い話なら神話の王道でありヒーローものの、〝ヤマタノオロチ伝説〟は当然聞いたことあるよね？」

「それは、もちろん……、少しは聞いたことあるけど……」

亀助は呆れて鼻で笑ってしまった。

「しょうがないな。今回の旅を楽しむ上で、この物語はちゃんと知っていて欲しいからな」

荒木が「ちょっと、そうやって人を上から目線であしらわないで。探偵はそういうところ直した方がいいよ」と指摘されて、亀助は「だって、日本人だろ」と反論した。

「だから、そういうところよ！」とさらに返される。

「わかったよ。昔々、あるところ……、じゃなくて、舞台はここ島根だ。姉のアマテラスオオミカミに追放されて、出雲の国に降り立った神、スサノオノミコトは、これから大蛇のヤマタノオロチに食べられてしまうと涙にくれていた美しい女性、クシイナダヒメと、その両親に出会う。毎年、美人の八姉妹が餌食になり続け、最後に一人残ったのが彼女だった。それで、スサノオノミコトは、クシイナダヒメとの結婚を条件に、ヤマタノオロチの退治を申し出ると、両親は快諾する」

「え、ちょっと待って。神様なのに、見返りなく助けるんじゃなくて、結婚が条件なの？　そこで断ったら見殺しにするってこと？　神様のくせに、なんか人間臭くていいね。しかも、なんかちょっと、探偵と境遇が似ていて、ウケるんだけど」

荒木には思わぬツボだったようで、はしゃぎ出した。ツッコミは理解できるが後半が解《げ》せなかった。

「はあ？　いったい、どこが僕みたいだって？」

「だって、お姉さんに虐げられていて、独身で婚活に励んでいるのが一緒でウケる」

亀助は鼻で笑い飛ばした。

「たったそれだけ？　姉がいる未婚男性なんて、たくさんいる。それに、スサノオノミコトは、荒くれ者だったから追放されたんだよ。僕は妥協したくないから結婚しないだけで……」

荒木だけでなく、車内から失笑が漏れてきた。

「まあまあ、それはいいから。探偵がその気になればいつでも結婚できると認識しているのはわかったから。ナントカノミコトとヒメはそれから？　どうなったの？」

亀助は舌打ちをした。どうやら、荒木は物語を何もわかっていないようだ……。

「とにかく、ヤマタノオロチは頭が八つあって、ギリシャ神話のメデューサみたいな怪物で、凶暴なんだけどさ……。スサノオノミコトは頭を使って作戦を練った」

「どんな作戦？」

荒木が視界から消えたと思ったら、見るとシートを随分と倒していた。

「戦いに備えて、まずはクシイナダヒメを八重垣《やえがき》の森に匿《かくま》ってさ。家に襲ってくるのを見越して、八つの門を作って、八つの桶《おけ》にお酒を仕込むよう、両親に指示を出したんだ」

「え、酒を桶で八つも？　それ、お金かかるじゃん。さすが発想が神様だわ」

思わぬ視点で突っ込むものだなと、亀助は「そこかよ」と苦笑いした。

「そう、一つじゃダメなんだよ。それで、ヤマタノオロチは、八つの桶に満たされた酒の香りにまんまと誘われて現れ、桶に頭を入れて飲み干して、酔っ払って眠ってしまう」

荒木が手を叩いて笑い出した。

「え、ちょっと待って。泥酔して寝るって……。それ、今度はトシみたいじゃん」

荒木が後ろの席に向かって言うと、小室が「勘弁してくれよ」と言ったので、車内が笑いに包まれた。確かに、小室はお酒が好きだがそれほど強いわけではなく、泥酔して眠ってしまうこともある。

「話を進めるとさ、泥酔したその隙に、スサノオノミコトはヤマタノオロチを神器、〝十握剣《とつかのつるぎ》〟で八つ裂きにして退治したってわけさ」

「大蛇、ダサっ！　トシみたいというのは置いといて、神様、やるじゃん」

「やかましいわ」と、小室が笑い声をあげた。

荒木と小室の夫婦《めおと》漫才のようなやりとりに、亀助は声をあげて笑った。

「彼は万が一に備えてヒメを別の場所に匿ったでしょ。しかも、怪物とはまともな勝負では勝てないと踏んで、寝ている隙に襲い掛かった。つまり、自分の力を過信しない冷静な判断力がある。結婚相手として最高じゃないの。それで、オチとかあるの?」

「オチはないんだけど、歌がある。その時に詠まれた歌が、〝八雲立つ　出雲八重垣　妻籠《つまご》みに　八重垣作る　その八重垣を〟っていう歌で、それが日本で最初に誕生した和歌と言われている」

後ろからも「へえ」という声が漏れた。

「あ、〝八雲立つ出雲〟っていうのは聞いたことあるけど、ちょっと、その後何言っているかわからないから、訳して!」

亀助は隣の席の荒木と目を合わせた。

「いや、まあ、訳を言っても奈央ちゃんに伝わるかわからないけどさ……」

「ちょっと、失礼じゃん」

また、車内に笑いがこぼれる。

「何重にも重なりあう雲が立ち上る。ここ出雲に立ち上るのは、八重垣のような雲だ。妻と住む宮にも、八重垣を作るよ。そう八重垣を。って感じかな」

車内が静まり返った。

「何それ。のろけ？　その人はのろけているの？　オレ、お前のために、立派な家を作ってセレブな生活で幸せにしてやんよ、黙ってついて来いよ！　みたいな？」

　荒木に言われて、亀助は声をあげて笑った。

「すごい意訳だな。まあ、そういうことなのかな。のろけた神様もかっこよくさ、八重垣と、八雲と、出雲をかけたかったんだろう。ハッピーエンドだよね」

　カーナビが新たな案内を告げる。ほどなく、空港から三十分もかからないうちに目的地付近に到着できた。

「〝出雲大社〟には、四つの鳥居があってさ、これが一の鳥居で、〝宇迦橋《うがばし》の大鳥居〟ね」

　フロントガラスから見上げると、コンクリートで作られた巨大な鳥居が聳えている。ここから、五百メートルほど、参道として綺麗に整備された神門《しんもん》通りが続いている。スピードを落として、参道の中央にある駐車場に向かう。両脇には様々な店が軒を連ねている。進むにつれて賑《にぎ》わいが出てきた。雑誌やネットでリサーチをしていたが、〝出雲大社〟の敷地は広大だ。車を駐車場に停《と》めると、参道を歩いていく。

「ちょっと、ガイドさん、もちろん、腹ごしらえをしてからでしょ。私、気になっているお蕎麦《そば》屋さんがあって、そこに行きたいんだけど！」

　亀助はすぐさま振り向いた。

「どこかな？　人気の蕎麦屋さんはいくつかあるけど、僕も気になった店があって、《荒木屋》というお店なんだ。二百年以上の歴史を持つ老舗だよ」

荒木が声をあげて笑っている。

「さすが、以心伝心だわ！　探偵なら、きっとその店にしてくれると思ったの」

亀助が「荒木からの卒業は、今回のテーマだからね」と笑うと、居合わせた面々から大きな笑い声が溢れた。

「いや、だから《荒木屋》、僕も行きたかったんだよ」

亀助は再度説明したが、みんななぜか笑い出す。河口が手を叩いたかと思ったら、今度はお腹を抱えて笑っている。「やばい、ツボに入った」と言い出した。亀助は何か妙な空気感みたいなものを感じとっていた。そこまで爆笑する話だっただろうか……。

亀助はｉＰｈｏｎｅの地図アプリを頼りに店へと急ぐ。荒木は小室と何やら話し込んでいるが、後ろを振り向くと、河口の様子がどこか変だという感じがする。

だが、のんびりしている暇はない。人気店だけに、少しでも早く到着したいのだ。

店の前まで来てみると行列はないようだ。ドアを開けるとスタッフが気づいたが、すぐに「待ち合わせの方ですね」という声掛けがあった。荒木が「すみません」と答える。

「え、これって、どういうこと？　さっきから、何を企《たくら》んでいるの？」

亀助は言ってから、気づくのが遅かったことを確信した。

「あの美人さんたちが、一足先に席を取ってくれていたのよ」

荒木に言われて、視線を奥の席に移した。するとそこには見覚えのある女性二人の後ろ姿があった。片方の女性が立ち上がり、振り返る。すぐに目が合った。なんと、姉の鶴乃ではないか。

「嘘だろ……。なんだよ、これ。怖いんだけど」

亀助は自分の目を疑っていた。いわゆる、ドッキリ企画なのだろうが、こんな大掛かりなサプライズをされたことは過去にない。そこで、小室がｉＰｈｏｎｅのカメラを向けていることに気づいた。動画を撮影しているようだ。

「ちょっと、他のお客さん来るから邪魔でしょ。早く移動してよ」

身動きが取れずにいたが、荒木に促された。ゆっくりと席に近づいていく。

「マジかよ……」

なんと、鶴乃の隣にいる女性は、斉藤天音だ。亀助が忙しさにかまけて煮え切らないうちに、愛想を尽かして離れていってしまった女性だ。

「あら、見覚えのある男だと思ったら。あんた、こんなところで偶然ね」

こんな偶然は、ありえないだろう。亀助は一旦、鶴乃の言葉を無視することにした。

「天音さん、ご無沙汰しています。いやあ、腰を抜かすかと思いましたよ」

天音の前の席にゆっくりと腰を下ろした。

「亀助さん、こんにちは。偶然ですね」

天音まで冗談を言い出したので、亀助は堪え切れずについ笑ってしまった。

「あら、アマネ姫に出会えて、タンテイ王子は嬉しそうね」

またしても、呑気な荒木の冗談に亀助は笑ってしまった。

「いろいろと、伏線を張っておいてあげたのに、さすがの探偵も読めなかったみたいね」

荒木が嬉しそうに目を細めた。

なるほど、伏線が張られていたのか……。

「うーん、悔しいけど、ここに来るまでは全然、わからなかった。蕎麦屋の話が出てから、なんか様子がおかしいと思っていたんだけど、そういうことか」

やっと、動画を撮り続けていた小室が席に着いた。

「いやあ、演技って難しくて大変だね」

全員が揃《そろ》ったところで、出雲名物の〝割子《わりご》そば〟を各自オーダーする。歴史ある人気店だけに、どんどん人が入ってきてあっという間に満席になった。

「天音さん、迷惑かけてないよね。大丈夫だよね？」

亀助はどんどん心配になってきた。

「何を言っているのよ。迷惑かかっていたら、来るわけがないじゃん」

「そうですよ」と、天音が微笑む。

荒木に言われて、少し安堵した。確かに、こんなサプライズに付き合ってくれるのは、合意のもとで来ているということだろう。

そういうことだったのか。確かに、結婚相手が見つからないという女子ならいざ知らず、結婚を決めた荒木が縁結びの〝出雲大社〟に行きたいというのは違和感があった。

ほどなくして来た〝割子そば〟は赤く丸い器が三段になっている。スタンダードの三段は、出雲そばをのり、ねぎ、もみじおろしの薬味でいただく。亀助が選んだ〝割子三代そば〟だと、有機卵、とろろが入っている。麺はかなり細切りで、コシが強い。だしは鰹《かつお》風味で、こちらも強さを感じる。美しい赤が目を引き写真にも映える。何枚も撮る。

そばを食べると、のんびりする間もおかず、〝出雲大社〟をお参りすることにした。自然と、亀助は天音と並んで歩いていた。他の参加者がそう仕向けているのだろう。久しぶりに距離が近づき、天音が好むシャネルのエレガントな芳香を感じていた。

第二の鳥居は鋼製だ。〝勢溜《せいだまり》の大鳥居〟の前で写真撮影をすると、頭を下げてくぐってから、石畳の参道を進んでいく。両脇には木々が生い茂っている。

「天音さん、驚きましたよ。やられちゃったな……」

天音が口に手を当ててしばし笑みを浮かべている。

「あんな驚いた顔の亀助さん、初めて見ましたよ。素敵なご友人がたくさんいるんですね。もう会えないかと思っていましたが……」

亀助のせいでデートは何度も予定変更になった。そして、結局、振られてしまったのだ。

つい返す言葉が出ないまま、コンクリートの綺麗な参道を進んでいくと右手に、〝祓社《はらえのやしろ》〟があった。亀助は、「ここは二礼四拍手一礼だから」と声をかけて、順番にやったあと、砂利道になり、松並木の参道を進んでいく。途中、三番目となる鉄製の鳥居〝松の参道の鳥居〟をくぐった。神様の邪魔にならないよう、左側に寄って歩を進める。すると、手水舎があった。亀助は天音と並ぶ形になり、みんなそれぞれに手を清める。再び歩き始めて、亀助はまた天音と並んだ。鶴乃は司法修習の同期である河口と話し込んでいる。天音も積極的に亀助と会話をする意思があるようだ。

亀助は意を決して、天音が傷を負ったと思われる話題を切り出すことにした。

「いろいろあったことは姉から少しだけ聞きました……」

言葉選びが慎重になった。亀助が視線を向けると、天音が気丈に目を細めた。

「ええ、そうなんです……。婚約したのですが、お互い話し合って、なかったことにしたんです。私の不徳もありましたから、今日は縁結びの神様にお詫びとお願いをしなければなりませんね」

亀助は自分で切り出しておきながら、どう反応するか困った。天音は自虐的な発言をしているようだが、安易に笑いで返すのも気が引ける。

「なかったことに、ですか……」

「そうなんです。厚かましい女ですかね……」

亀助は天音に顔を向けないまま、首を大きく振った。

「そんなことはないと思いますが、神様には話せても、僕には話したくないこともあるでしょう。話せるようになったら、その時は教えてくださいね」

沈黙が流れる。亀助は視線を感じたので、振り向くと天音と目が合う。見つめ合う形になってから、「わかりました」と小さく頷いた。

四番目にして最後となる〝銅の鳥居〟を抜けると、いよいよ拝殿が近づいてくる。再び、亀助が率先するように、二礼四拍手一礼を行う。

そして、次に〝八足門《やつあしもん》〟が現れた。ここが、最も御祭神に近づける門だという。その背後には本殿が垣間《かいま》見える。〝出雲大社〟といえば本殿であり、特徴的なのが檜皮葺《ひわだぶき》の屋根だ。

八足門の前でまた集合写真を撮ることになった。荒木に「天音ちゃんと二人で撮ってあげるよ」と言われたが、そういうあからさまな空気にも嫌気がさし、「迷惑だろ」と亀助は拒否した。「なによ、カッコつけて」と、強引に撮られる。

「中には入れないんだもんね？」と荒木が聞いてきた。

「残念ながら、聖域だから、参拝客は入れないみたい。御本殿は国宝なんだよね」

鶴乃が、「なんだか目を引く模様ね」と声をあげた。鶴乃の視線を追うと、地面の石畳には、大きな円が描かれていて、その中にさらにピンク色の円が三つ入っている。

「ああ、これこそ、かつての〝出雲大社〟の宇豆柱《うづばしら》が出土した場所ってことだね。こんな大きな心柱《しんばしら》だったのか……。当時とても、巨大な施設だったことは間違いないね」

亀助が言うと、「現在の本殿は一七四四年に造られたそうですが、元々の本殿は高さが現在の四倍あったそうですね。あの後ろに聳える八雲山《やくもやま》くらいの高さがあったそうですよ」と天音が補足をしてくれた。みんなが「へー」と頷く。事前に〝出雲大社〟の下調べをしたのは亀助と天音二人だけのようだ。

「ああ、境内にはたくさんパワースポットがあるみたいだから、ついてきて」

そう言いながら亀助は荒木に近づいた。

「ところで、奈央ちゃん、今夜の宿はどうするつもり?」

「なに? 天音ちゃんと二人で泊まりたいってこと?」

亀助は、「馬鹿言うなよ」と本気で声をあげていた。他のメンバーから視線が集まった。

「冗談よ。ばか」と、荒木が冷静に切り返してきた。

「それなら、ちゃんと宿に電話しているから大丈夫よ。今日は男女で二部屋に分かれるから。私は天音さん、お姉さんと一緒の部屋でガールズトークよ」

今回、亀助が予約している宿は、歴史ある〝美保館《みほかん》〟だ。すぐ近くにある〝美保神社〟では、毎日朝と夕方に、巫女舞《みこまい》が行われるという。

「そっか。僕以外は、みんな分かっていたのか……」

荒木が「そういうことよ」と、白い歯を見せている。

「奈央ちゃんとトシちゃんのお祝い旅行だぜ」

「だって、私たちは幸せになるんだから、残った探偵を放っておけなくてさ。ほら、最高の人助けをしたら、最高の美食にありつけるでしょ」

亀助は苦笑いするしかない。平吉の名言をここで引用されるとは……。

「調子が狂っちゃうよ、全く」

「なに言っているのよ。調子上げていかないと」

御本殿の裏側に回り、〝素鵞社《そがのやしろ》〟の前にやってきた。

「これこそ、最大のパワースポットと言われている〝素鵞社〟だ。ヤマタノオロチを退治したスサノオノミコトが祀られているところだよ」

「ああ、あの詩人が眠るところね」

荒木が嬉しそうに声をあげた。

「いや、だから神だって。こんな神聖な場所で、罰当たりなこと言わないでくれよ」

亀助が慌てて諌《いさ》めたが、荒木は「てへぺろ」と言って、自分で頭を叩いて見せた。亀助はつい吹き出していた。

2

〝出雲大社〟の参拝を終えると、亀助の運転で宿へ向かうことになった。アルファードは八人乗りではあるが、二人ずつ、三列でシートに収まった。荒木が大きめの車を用意するように言っていたのはそういう意図があったのかと腑《ふ》に落ちた。

最後部の座席には荒木と小室が座り、その前の座席には河口と鶴乃が座った。つまり、助手席には天音が座るよう、全て、荒木の計算で仕組まれているのだろう。

宍道湖は波がないため平穏で、のどかな景色が流れていく。時折、雲間から差し込む太陽が湖面を輝かせている。何隻かポツン、ポツンと浮かんで見えるのはシジミ漁の漁船だろうか。

「美保関《みほのせき》は、市街地から結構な距離があるんですよね？」

天音に問いかけられて亀助は頷いた。宿がある美保関は、松江市内ではあるが鳥取県寄りの島根半島の東端にある。

「五十分くらいかな。美保関は江戸時代、北前船の風待ち港として栄え、一日千隻もの船が出入りしたと言われています。松江市は美保関町を含む七つの町と大規模な市町村合併を行ったので、面積がすごく広いんだよね」

「亀助さんは、絶対にその宿に泊まりたかったと聞きました」

　亀助は前を見つめながら頷く。

「とても歴史のある旅館で、伊藤博文《いとうひろぶみ》や島崎藤村《しまざきとうそん》など、訪れた要人や有名人は数知れない。近くにある〝美保神社〟も巫女舞が行われているだけでなく、由緒があるんだ」

　天音を助手席に、亀助は安全運転で一般道を走る。松江市の中心部に差し掛かった。

「探偵さん、次の神社はどこなの？　池があるところだよね」

　荒木が背後から問いかけてきた。

「スサノオノミコトが、クシイナダヒメを救ったところだよ。どちらも祀られている」

　市街地から二十分ほど車で進んだだろうか。二番目の神社、〝八重垣神社〟の駐車場に到着した。ここには珍しい池〝鏡の池〟がある。

「この池では、縁占いができるんだって」

　荒木がネットの記事を見ながら嬉しそうに声をあげた。正面の随神門から入り、拝殿でお参りをする。神札授与所でそれぞれに紙をもらった。亀助の用紙には、〝恩に報いよ。運開ける　西と南〟と書かれている。

　そのあと、境内の奥地にある〝奥の院　佐久佐女《さくさめ》の森〟へと進む。スサノオノミコトは、クシイナダヒメをヤマタノオロチから守るため、大杉などで〝八重垣〟を作って身を隠したと言われている。〝八重垣〟とは、八つの垣根で、大垣、中垣、万垣、西垣、万定垣、北垣、袖垣、秘弥垣と呼ばれる。この森を、小泉八雲は〝神秘の森〟と名付けた。

「ステキ！　本当に神秘的だね」

荒木の声が響いたが、森に吸い込まれた。確かに、幻想的な雰囲気だ。

「クシイナダヒメの魂が深く滲透《しんとう》しているんだって。つまり、クシイナダヒメが僕たちの運命を占ってくれるってことだよ」

亀助はそう言うと、池に先ほど受け取った占い用紙を浮かべて、十円玉を置く。

「十五分以内に沈んだら、縁が早くて、三十分以上だと、縁が遅いんだって」

他のメンバーの占い用紙に記された言葉が気になる。荒木は「私はね、〝金運に恵まれる　東と南〟だって」と叫び、他の人の用紙を覗き見る。

「ちょっと、天音さんの恋占い、〝誠実な人を授かる　南と西〟だって！」

亀助の目も吸い寄せられる。天音は照れ臭そうに顔を赤らめている。鶴乃と目があった。亀助はすぐに逸《そ》らして、鶴乃の占い用紙に目をやった。〝悩み事解決する　南と西〟とあったのでつい笑ってしまった。鶴乃に目をやると、じっと冷たい視線を投げている。再び目を逸らした。

車に戻ってから亀助は時計に目をやって、腕を組んだ。

「どうしようかな。玉造《たまつくり》温泉をショートカットしたので、このまま行くと二時間くらい早めに到着するんだよな……」

亀助は愚痴のように呟いていた。玉造温泉に行く予定だったが、前日に天音と鶴乃が訪れていたため立ち寄りはキャンセルになったのだ。

「私たちが昨日訪れてしまったせいで、予定を狂わせてしまってごめんなさい。どこか、立ち寄るのに良いところはありますか」

天音に問われて、「ちょっとだけ遠回りにはなるんだけど……」と言いかけた。

「せっかくだから、亀助くんが行きたいところにしようよ」

背後から、河口が優しい声をかけてくれた。

「じゃあ、僕の独断と偏見でそこに向かうよ。ただ、どうなっても、知らないからね」

「もちろんですよ」と天音が微笑んだ。

「あんた、つまんなかったら、承知しないからね」

鶴乃が野次を飛ばしてきたので、亀助は大きめのため息をついてスルーした。松江市街地を一気に越える。

「へえ、そっちなんだ」

背後からまた河口が声をかけてきた。

「多分、観光スポットとしてはそれほどポピュラーではないけど、日本の神話において、重要な場所があって。ただ、パワーが強すぎて、写真とかは絶対に撮らない方が良いと言われている、ちょっと特別な場所で……」

車内が静まり返った。

「出た、得意の神話！　ちゃんと面白い話をしてよ」

最後列から荒木が投げかけてきた。亀助は声のトーンを高めて話し始める。

「わかったよ。これは、古事記にも日本書紀にも出てくる話なんだけどさ。国生みの物語でさ、男神のイザナギと、女神のイザナミが国造りを一緒にしていたんだけど、イザナミが死んでしまうんだ。嘆き悲しんだイザナギは、黄泉《よみ》の国へ向かう。そして、イザナミと再会して、一緒に帰ってくれと伝えた。すると、イザナミは神々に相談してみるけど、自分の姿を見ないで欲しいと言う。でも、なかなか戻ってこなくて、痺《しび》れを切らしたイザナギは、櫛《くし》の歯に火を灯《とも》して暗闇の中を探しに行くんだ。そしたら、そこで見つけたのはイザナミの醜く腐り果てた姿だったんだ……」

再び、沈黙が訪れた。

「ちょっと、ヤマタノオロチみたいに笑えないんだけど！」

荒木が大声をあげてから、「もう、バカ」と言って笑い出した。そのおかげでいくらか車内の空気も和んだ。

「確かに、ハッピーエンドではないかも……。でね、怒ったイザナミは、鬼女とか、雷神とか、鬼の軍団を使ってイザナギを執拗《しつよう》に追いかけた。でも、イザナギは現世で再び、人を生み出して国造りをするために、現世に戻ろうとした。なんとかイザナギはヨモツヒラサカというところまで逃げのび、追っ手に桃の実を投げつけて、振り払った。最後は、イザナミ自身が追いかけてくるんだけど、イザナギは巨大な岩を置いて道を塞いだ。そしたら、イザナミが激怒して〝毎日千人、人を殺してやる〟と言った。それに対してイザナギは、じゃあ、〝毎日千五百人生まれるようにしよう〟と言って、立ち去った。そんな話だけど、いわゆる、結界と呼ばれる場所だね。そのヨモツヒラサカにもうすぐ到着する」

やや間が空いた。

「全然、ハッピーエンドじゃないでしょ。ないかも……じゃないわよ、バカ！」

荒木ではなく、鶴乃が罵声をあげたので、車内が笑いに包まれた。だが、目的地が近づくにつれて、車は鬱蒼《うっそう》とした山の中へ分け入っていき、辺りはおどろおどろしい雰囲気だ。そうこうする間に、目的地付近に到着した。亀助は完全に停車させてから、エンジンを切った。他に車はない。シンと静まり返っている。

「ここから五分くらい歩けばいいみたい」

亀助が降りると、他のみんなもぞろぞろと降りてきたが、空気には緊張感が漂っている。日が落ちてからだととてもじゃないが、進めないような雰囲気だ。

「なんとなく怖い」と鶴乃が声をあげた。ゆっくりと歩いていくと、石の柱が二本立ち、上部では細いしめ縄で繋がっている。まるで鳥居のようだ。頭を下げて進んでいくと、大きな岩がある。さらに、石碑もあった。両手を合わせてお祈りをする。会話はない。長居することもなく、車へと戻った。

運転席に座ると、「なんか、ごめん」と、亀助は謝った。荒木は「やばい。ここ絶対やばい」とつぶやいたあと、テンションが低くなり、一言も発しない。車を出そうして、亀助はすぐにブレーキを踏んだ。

「あ、そうだ。この近くに、イザナミを祀った神社があるみたいなんだ」

iPhoneで検索をして、すぐにその神社が〝揖夜《いや》神社〟という名前であることを突き止めた。

「ここから本当にすぐ近くだ」

車を出すと、五分もしないうちに辿り着いた。こちらも人気《ひとけ》はなく、静謐《せいひつ》な雰囲気だ。降りると、みな、早足でお参りを済ませる。他に参拝客はない。

「よし、これで、安心だ」

亀助が言い聞かせるように声を発した。

「そうそう、思い出したよ。さっきのイザナギとイザナミの別れは悲しいけどさ……。結局、口論になった時に、ククリヒメという神が現れて、仲を取り持ったという話もある。だから、縁結びの神だって言われててさ。諸説ありすぎるけど……」

特に誰からも反応はない。

「亀助さん、物知りですね」と、天音がポツリと呟いた。

さらに、宿へ向かう途中で、検索して出てきた酒屋に立ち寄り、島根の地酒を二本買った。王祿酒造の〝王祿〟、吉田酒造の〝月山〟だ。六人いるので問題なく空くだろう。

再び、車を走らせる。やがて、老舗割烹旅館《美保館》に到着した。新館に温泉の風呂などがあるようだ。亀助たちが予約したのは〝別邸柘榴《ざくろ》〟と呼ばれる別の建物で貸切だ。古民家をリノベーションしたようだ。

新館でチェックインをしようとすると、ジャズが流れているのに気づいた。フロントにいくと、見るからに優しそうな男性が出迎えてくれた。挨拶をすると、定秀《さだひで》という名前で宿の専務だという。

すぐ裏手にある〝別邸柘榴〟に移動すると、年季を感じさせる外観とはまるで異なり、モダンな内装にリノベーションされている。女性陣からも「素敵！」という歓声があがった。食事まで時間もあるので、国登録有形文化財にも指定されている本館を見学した後、みんなで美保神社に向かうことになった。宿の裏手から神社の前まで、青く美しい石畳が続いていた。

美保神社は、全国に三千三百八十五社あるといわれる〝えびす社〟の総本宮なのだという。

「えびす様ってことは商売繁盛するんだよね！」

荒木がやっと機嫌を直したようだ。

「そうだね。ここが最もご利益があると言われている。あとは、音楽とか芸能だね」

神門を抜けて拝殿の前にたどり着くと、皆、それぞれに手を合わせた。目の前に広がるスペースで、巫女舞が執り行われているのだろう。やはり、〝出雲大社〟と雰囲気はどことなく似ている気がする。建具には檜材《ひのきざい》が用いられていて、屋根は杉の柿板《こけらいた》を葺《ふ》き重ねた柿葺きだ。

荒木は誰よりも長くお祈りをしていた。

宿に戻って男女で別れると、先に新館にある大浴場へと向かった。

小室の肉体美は格闘技ジムで何度も見たことがあるが、筋肉が足りない亀助は自分の体が貧弱に見えて情けなくなる。しかし、一昔前と比べて、お腹が凹《へこ》んだだけましだ。一緒に湯船に浸《つ》かる。

「亀助くん、久しぶりに天音さんと再会してみて、どうなの？」

小室が問いかけてきて、亀助は両腕を組んだ。

「奈央ちゃんがくっつけようとしすぎじゃないかな。気持ちは嬉しいけどさ」

小室が「それがあいつのやり方だからね」と身もふたもないことを言ってくる。

すでに夜の帳《とばり》は降りているが、薄明かりの中に美保関港が見える。上がると、準備に時間がかかる女性より一足先に部屋へ戻った。

フロントに電話して、男性三人で、生ビールをオーダーする。すぐに来たよく冷えたジョッキを一気に呷ると、心地よい気泡が喉を滑り落ちていく。誰からともなく、「クーー」という声が漏れた。

ほどなく、残りの料理が運ばれてきた。見たことのないほど巨大な姿造りののどぐろをはじめ、新鮮な魚介が舟盛りに躍っている。さらに、亀助は岩牡蠣を別注していた。それは後から来るのだろう。ｉＰｈｏｎｅで、何枚も撮影していく。

ビールのグラスがちょうど空いた頃に浴衣姿の女性陣がやってきた。

「ちょっと、殿方たち、スッピンだから姫たちの顔をあんまり見ないでよ」

荒木が言うと、「そういうこと」と鶴乃が同調した。

「いや、あんたのスッピンは見慣れているけど、ちょっと化粧しているだろ」

亀助が言うと、「だからあんたは一人なのよ」と言ってきた。

「はいはいはい。姉弟喧嘩《げんか》はそれくらいにしてくださいね。もしかしたら、この旅で一人じゃなくなるかもしれないですから。誰かさんが誠実だったら、に限りますけどね！」

荒木が言うと、なんとも言えない空気が流れた。天音は薄化粧だが、整った顔だと改めて実感する。

すると、艶《あで》やかな着物を纏《まと》った美しい女将が現れて丁寧な挨拶をしてくれた。おそらく、先ほどの専務の奥様なのだろう。

「みなさま、ご友人思いの方ばかりで、お会いするのがとっても楽しみでした」

なるほど、色々な経緯を全てお見通しなのだろう。

「いいえ、女将さん。私こそ、電話で話をしただけで、もうすっかりファンになりましたよ。絶対に心も外見も美人なんだろうなって思っていたけど、やっぱり！」

荒木が言うと、女将が「あら、やだ」と両手で顔を押さえた。

「女将さん、私の推理が正しければ……、もしかして、昔は巫女さんでしたか？」

荒木が話を振ると、女将は片手を振って、「私は東京出身なんです。主人と職場結婚をしたら、騙されるように彼の実家に連れてこられたんですよ」と言って口に手を当てた。

「まあ、あの素敵な旦那さん、東京に素敵な姫を探しに行ったんですね！」

荒木の軽快なトークで、室内に笑い声が響いた。

「こちらは私から、みなさまへのささやかなプレゼントです」

女将から日本酒のボトルが差し出された。〝美保〟というラベルが貼ってある。純米吟醸原酒のようだ。

「先ほどはみなさま早速、美保神社にお参りされたようですね。そちらの名前を冠しているお酒なんですよ」

女将が目を細めて注《つ》いで回る。

「さあさ、ご乾杯をどうぞ。ごゆっくりお楽しみくださいな」

女将がさっと美しい所作で部屋を後にした。亀助はもう一杯、生ビールをオーダーしようと思っていたが、その日本酒をいただくことにした。

「じゃあ、トシちゃん、奈央ちゃん、本当に婚約おめでとう。これからも仲良くしてね。ということで、乾杯！」

みんなのグラスが掲げられる。早速〝美保〟を鼻に近づけた。穏やかな香りだ。一口いただくと、すっきりとした飲み口だ。そして、料理をいただいていく。のどぐろは脂が乗っていて東京で食べるものとは違って格別だ。あっという間に身が減っていき、骨が露《あら》わになってしまった。

「なんで、のどぐろなの？　見た目は赤だけど、喉が黒いってこと？」

亀助は「ご名答」と言ってから、のどぐろの口を開いて見せた。

「ほら、喉に黒い薄皮が張り付いていてさ、それで黒く見えるんだ」

「なんだ。そのまんまかい。脂が乗っていて美味しいね！」

「白身のトロと言われるだけあるよね」

のどぐろは唯一無二の魚だ。別名アカムツと呼ばれる。一年中とれるが、旬は晩秋から春にかけてだ。

〝美保〟がすぐに空になったので、亀助は冷蔵庫から〝月山〟の大吟醸〝扇〟を持ってきた。空いているグラスに注いでいく。

「月山の大吟醸は東京で何度も飲んだけど、これは見たことがないな」

どこかフルーティーな吟醸香を楽しんでから早速、一口飲む。切れ味が良く、これぞ月山！　というバランスのとれた味わいだが、口当たりがより繊細な気がする。ふわっとした米の旨《うま》みが後から追いかけてきた。

しじみの炊き込みご飯はなかなか味わえないだろう。

「このシジミ、大きいね。二日酔いにも効くし、最高じゃん」

「奈央ちゃん、そんなこと言って、今日あんまり飲んでなくね」

河口が言ってから、確かにそうだなと気づいた。

「そんなことないよ」と、荒木はすぐに否定して、日本酒のグラスを呷った。

「宍道湖のシジミは、ヤマトシジミと言って、日本でとれるシジミの中でも特に肉厚で質が高いんだよ」

亀助が言うと「ふーん」と荒木が頷いた。汁物は白魚のお吸い物だが、心地よく胃に染み渡る。宍道湖がある松江ならではという料理で亀助はお酒を随分と飲んでいただけに、満足感が高かった。

「じゃあ、次は王祿にしようかな」

亀助は再び、冷蔵庫へ向かうと、今度は春季限定だという〝王祿の大吟醸〟を持ってきた。手を挙げた河口と小室に注いだ後、自分のグラスに注ぐ。作りたてというだけあってフレッシュな口当たりだ。旨みも強く、キレがある。

「お姉さん、亀助くんはどんな子供だったのですか？」

荒木が余計な一言を放った。

「奈央ちゃん、そういうのは、やめてくれるかな……」

「あなたは黙っていて」と、鶴乃が右手で亀助を制した。

「もうね、見ての通り、甘々のメロンみたいな温室育ちなわけよ。親の力で幼稚舎からエスカレーターで大学まで出て、その後は、祖母の口利きで大手出版社へ。組織や環境に適応できず、ちょっと理不尽なことがあったからって、すぐに逃げ出して、お友達の会社に入れてもらいましたとさ」

亀助はため息をついて、目の前の〝王祿〟が入ったお猪口《ちょこ》を呷る。胸がカッと熱くなった。

「祖父母もみんなでかわいがって甘やかすものだから、舌だけ肥えて、わがままな食いしん坊になり……。プライドだけは人一倍高くて、こんな生意気でわがままな男になってしまってね」

鶴乃が泣き真似《まね》をしている。亀助は自ら日本酒を注いで再び一気に呷った。反論したいところだが、論破されるのは必定である。確かに、姉は国立大学を出て、司法試験を突破した。ここはグッと堪えてスルーするのが正解だ。

「でも、お坊ちゃんだけど、いいところもあるじゃないですか。物知りだし、それなりに優しいし、何と言ってもグルメですよ」

荒木が白々しく持ち上げる。

「うちの父親は警察官なんですよ。祖父もそうだから、きっと警察官になって欲しかったと思うんだけど」

鶴乃が亀助に冷たい視線を送ってきた。目を逸らす。

「いつの間にか探偵の真似事みたいなことをし始めてね……」

「ご活躍はこの目で見ていますよ」

荒木が嬉しそうに頷いた。

「やはり、王祿はスッキリしていて喉越しも良いな。身内からのいやな小言も忘れさせてくれる」

亀助は目の前のグラスに少しだけ残っていた日本酒を飲み干した。

「明日は、巫女舞を見た後、松江城のお堀を船で回りますからね。あと、探偵が好きな文豪の記念館に行くんでしょ？」

「小泉八雲ね。そういえば、ある意味ホラーなんだけど、松江城といえばさ、八雲で思い出すのが『神々の國《くに》の首都』って作品で描かれている、人柱《ひとばしら》にされた女性の話で……」

「人柱って、何さ」

荒木は眉間にしわを寄せている。

「人身御供《ひとみごくう》と言って……。古来、日本だけでなく、世界中でさ、大規模な建造物とかを造る際に、生贄《いけにえ》として神に捧《ささ》げられる人がいたんだよ。特に城郭建築の際に、そういうことが行われていたのは有名なんだ」

亀助は悪気なく言ったのだが、すっかり、静まり返ってしまった。しらけてしまう話だったなと亀助も後悔した。

「ちょっと。やめてよ。怖いこと言わないでよね」

「いやあ、そんなこと言われたら最後まで聞かないと気になるわ」

荒木に諭されたが、すぐに河口が反論した。

「まあ、真偽は定かではないし、あくまでも伝説だけどさ……。松江城でもね、堀尾吉晴《ほりおよしはる》による築城の際、天守台の石垣がうまくいかなくて、何度も崩れ落ちてしまったらしい。そこで、工夫からもうどうにもならない、人柱がいないと完成しないという声が出てね。季節ということもあり、盆踊りを開催することになった……」

「なんで盆踊りなの?」

荒木が身を乗り出してきた。

「そこが残酷なんだけどさ、盆踊りを一番上手に踊っていた若く美しい女性が突然、男たちに攫《さら》われて生き埋めにされて、人柱にされてしまったという話なんだ……」

「ひどい！　生き地獄じゃないの」と荒木が叫んだ。

「そうだよね。でも、そうしたらさ……」

「何よ……」と、荒木が肩をすくめた。

「結果、見事にお城は完成したんだけど、その女性の呪いだと言われる事件が次々に起きてさ、堀尾吉晴が、すぐに不自然な死を遂げてしまう」

「やばっ」と、荒木が身を震わせた。

「それで、三代目もすぐに亡くなって、堀尾氏は改易になってしまったんだ。呪いはもちろん、伝説だけど、城主たちに不幸が訪れたのは紛れもなく事実でさ……。一説には、いまだに、松江市では盆踊りが行われていない地域もあるらしい」

「あんたは本当に空気の読めない男ね」

鶴乃が冷たい視線を送ってきた。

「明日は巫女舞があるし、そろそろ寝ようか。誰かさんは仕事で帰るしね」

亀助は一人、一足先に帰ることになっている鶴乃の指摘をスルーして立ち上がった。

3

朝、目が覚めると、窓からうっすらと光が差し込んでいる。今日も天気予報通り、曇りのようだ。雨が降らないだけマシなのかもしれない。

朝食は《美保館》の本館が会場だった。アジの干物があり、漁港の近くの宿でいただく王道の朝食だ。昨夜食べた魚介の記憶が蘇る。

「そろそろだね。行こうか」

八時が近づいてきたため、ぞろぞろと昨日と同じ石畳を歩いていく。美保神社まではすぐだ。目的の祭事が始まるまでまだ十分ほどある。拝殿の前にて、亀助たち以外にも二十人くらいのギャラリーが一眼レフカメラやスマートフォンを手に、その時を待ち望んでいた。この神社では、八時半と、十五時半に毎日、神楽の奉納があり、巫女が舞うのだという。

時間が迫ると、本殿から太鼓の音が聞こえてきた。神職の男性二名と、巫女が一名やってきた。ついに、神恩に感謝を示す〝朝御饌祭《あさみけさい》〟の儀式が始まった。

白と赤の装束に身を包んだ十代と思われる巫女が、鈴の付いた楽器を右手に、左手には榊《さかき》の葉を持って四方八方へ移動する。手を振る度にシャンシャンシャンと音を立てている。その間、男性は一人が笛を吹き、もう一人は太鼓を叩く。

「舞っているね。優雅だな」と、鶴乃が見とれるようにつぶやいた。

「すごい、神秘的だね」

十分くらいだろうか。食い入るように見つめているうちに、舞は終わった。亀助の期待をはるかに超えるものだった。

宿に戻ると、チェックアウトする。亀助は、心地よい接客を受けて、全てに満足していた。女将に礼を言って宿を出る。荷物を積んで、アルファードに乗り込んだ。

「じゃあ、さっさと松江市街に向かいますか」

亀助が大声をあげると、鶴乃が「ちょっと、あんた!」と怒りの声をあげた。

「仲が良いですね」と、荒木が一番後ろの席から笑い声をあげた。

「仕方ないな。遠回りになるけどな」

亀助は、嫌味っぽく言いながら米子鬼太郎《よなごきたろう》空港に向けて車を走らせる。途中〝水木しげるロード〟にも立ち寄ることができた。〝ゲゲゲの鬼太郎〟に登場する妖怪たちの石碑が立っている。

仕事で先に帰ることになっていた鶴乃を空港で降ろしてから今度は、松江市街に向かう。

しばらく行くと進行方向に迫ってきた松江城は、立派な天守閣が印象的だ。国宝に指定されているのも肯ける。最寄りの駐車場に車を停めて、みんなで向かう。すると、屋形船がお堀を進んでいくのが見えた。

程なく、武家屋敷にたどり着いた。小泉八雲が一八九一年から暮らしていたという《小泉八雲旧居》だ。縁側に腰をかけて庭園を眺めてみる。

建物同様に、決して広くはないのだが、八雲がこの景色を毎日愛《め》でていた様子が亀助の脳裏にはありありと浮かんでくる。

そのすぐ隣が、小泉八雲記念館だ。門をくぐり見学を始めた。「かっこいいな」と亀助は唸った。八雲が愛用していた喫煙パイプは味がある。風情のある洒落たトランクとボストンバッグは様々な場所を旅行した八雲をよく表している品のように思えた。

妻であるセツの英単語練習帳は読んでいてグッとくるものがあった。愛する八雲のために、セツは必死に英語を勉強したのだろう。

荒木が何かに見入っていたので、「何を見ているの？」と聞いた。

「小豆とぎ橋だって……。知っている？」

亀助は「もちろんだよ」と言って、腕を腰に当てた。

「松江城が築城された時、普門院《ふもんいん》という寺院が造られたんだ。境内にある茶室〝観月《かんげつ》庵《あん》〟が有名なところだよ。その近くに、〝小豆とぎ橋〟という橋があった。その橋で、夜な夜な、女の幽霊が現れて川で小豆を洗っているので、『杜若《かきつばた》』という謡曲を謡《うた》って渡ってはならないといわれていたそうだ」

「〝小豆とぎ橋〟って、小豆をとぐ橋ってこと?」

「そうだね。それで、ストーリーを要約すると、ある日、この世に恐ろしいものなどないという豪胆な侍が、『そんなばかなことあるかい』って、『杜若』を大声で謡いながら橋を通ったんだ。『ほら、やっぱり何も起こらないではないか』と笑い飛ばし、侍が家の門まで帰り着くと、妖艶な女性が立っていた。その女性は侍に謎の箱を差し出し、『主からの贈り物です』と告げると忽然《こつぜん》と姿を消してしまった」

「それで?」と、荒木が怯《おび》えつつ聞いてきた。

「不審に思った侍が箱を開いてみると、なんと中には血まみれになった幼い子供の生首が入っていたんだって……」

「ゾッとするオチだな……」

河口が無表情のままボソリと呟いた。

「いや、まだ続きがあって、仰天した侍が家へ入ると、そこには頭をもぎ取られた我が子の体が横たわっていた、という救いのない話さ……。橋はあの世と現実世界をつなぐ境目だという説もある。だから、妖怪がたくさん棲《す》んでいると……」

「それはいいとして、歌を謡っただけで、我が子の首を取られるってひどくない?」

小室が哀《かな》しい目をして聞いてきた。荒木はすっかりおとなしくなっている。亀助は脅かしすぎてしまったなと反省した。

　その後、近くの《八雲庵《やくもあん》》という蕎麦屋でランチをとった。前日に割子そばは堪能していたので、名物だという鴨南蛮を美味しくいただいた。コーヒーでも頼もうかと亀助が言ったところ、荒木と天音が申し合わせていたようにして立ち上がった。

「私と天音さんはこれからちょっと用事がありまして……」

　荒木が言ったので、亀助は「何があるの？」と質問を投げかけた。すると、荒木が「それはお楽しみ」と何かを企むような表情を浮かべる。

「じゃあね、殿方たちは、お殿様気分で、お城を楽しんできて」

　荒木たちと別れて、松江城を回る。現存する十二天守のうちの一つだ。最上階の〝天《てん》狗《ぐ》の間〟からは、宍道湖を臨む松江の街並みが一望できた。

　約束の時間になったので、亀助たち三人は堀川めぐりの乗り場にやってきた。するとと、浴衣に着替えた荒木と天音がやってくるではないか。荒木はブルー系、天音はピンク系で色味を分けている。髪も浴衣に合わせてしっかりセットしている。用事があるというのは、そういうことだったのか。

「私たちが乗るのは一般の船じゃなくて、〝お茶船〟。お茶を点《た》てるのよ。いいでしょ」

「それは風流だね」と亀助はすぐに同意した。

　荒木が受付の中年女性に予約した旨を伝えると、にこやかな笑顔で「行ってらっしゃいね」と言われ、五人分のお茶道具セットが渡された。抹茶茶碗と、お茶菓子がついている。

十五時の出航まで時間も迫ってきたので、揃って移動を始めた。浴衣の女性二人は笑顔だが、大変そうではある。ほどなく、遊覧船の乗り場に到着し、受付を済ませると、みんなで乗り込んだ。中は畳になっている。

船の後尾に座る船頭、野津《のづ》が自己紹介をして挨拶すると、マイクを使って船の案内をしてくる。六十代くらいの優しそうな男性だ。一周は約五十分程度で、全部で十七の橋を通過するのだが、そのうち高さの低い四つの橋で屋根が下がるのだという。屋根を下げるデモンストレーションが行われた。

「それでは、やってみましょう」

この屋根が思っていた以上に下がる。亀助は胡座《あぐら》をかいていたが、崩してしまった。崩さないと体勢が持たないのだ。

「まだまだ。さあ、もう一段下げますよ」

野津が言うと、さらに屋根が下がる。天音がすぐ目の前で白い歯を見せていた。みんな同じ状況だ。まるで、土下座のような姿勢になっている。

「すごいな。こんなアトラクションがあるなんて」

亀助はつい、天音と肩が触れた。「ごめんなさい」と言われて、その時に気づいた。

これこそが、荒木の作戦だったのだ。振り向くと、iPhoneを向けている。また、撮影をしていたのか……。

いよいよ、船が出航した。野津がマイクを使って軽快なトークで案内をしてくれる。

「さあ、絶景のお城を愛でながら、お茶を点ててください」

皆、茶せんを使い、シャカシャカと音を立てながらお茶を点てていく。そろそろいいだろうか。三度回してから、すすった。温かい抹茶が体を温めていく。せっかくなので、大納言小豆がぎっしりとつまった〝薄小倉《うすおぐら》〟もいただく。煮詰められた小豆の甘味は思っていたよりも強くなかった。抹茶によくあう上品な甘さだ。

「綺麗な形。しかも、小豆の粒の大きさがほとんど一緒だね」と荒木が声をあげた。

「それはさ、〝手選《てよ》り〟と言って、人が豆の大きさを揃えて選んでいるんだよ。〝錦《きん》玉《ぎょく》〟という、寒天と砂糖を煮詰めたものを型に流し込んで形を整えたのさ」

亀助が得意になって言うと、野津が「一体、何者ですか？」と持ち上げてきた。

「お坊ちゃんの食いしん坊探偵なんですよ」と、荒木が答えてひと笑いが起きた。

そして、ついに屋根が下がる最初の橋がやってきた。低い橋に差し掛かるたびに屋根が下がる。皆、それぞれに写真撮影を行っていく。なんとも風情がある。すると、「あ、いたた」と、小室が声をあげた。振り向くと、何か小さなものを摑《つか》んで見つめている。

「お尻にこんなのが」と言って見せてきたのは小豆だった。

「なんで小豆が？」と亀助が声をあげると、野津が「おや、小豆ですか？　もしかしたら、小豆洗いという妖怪の仕業かもしれません」と笑った。小豆洗いといえば、漫画の〝ゲゲゲの鬼太郎〟にも登場する全国各地で言い伝えられている妖怪だ。野津の冗談か、ここの船の事務所の演出だろうか。小室が大袈裟《おおげさ》に声をあげて笑ったのでつられて笑う。

だが、荒木だけは元気がなく、笑っていない。いつになく顔が強張っている様子だ。

「ねえ、あそこの草むらになんかいない⁉」

荒木に指差された方向に亀助が目を凝らすと、何かが動いているのがわかった。おそらく猫か何か動物だろう。

「たぶん、猫か何かだよ」と言ったが、荒木はなぜか信じようとしない。

そして、堀川めぐりも終盤に差し掛かろうとしていた。最も低い橋の下が迫ってきた。光が遠のいて暗くなる。もう少しで橋を抜けようかというところで、船の進む先に小箱が浮かんでいるのが見えた。前の位置にいた河口が「なんだろう」と声をあげた。近づいていき、みんなの視線が小箱に集中する。

するとすぐに全員が見てはいけないものを目撃したことを察した。沈黙が流れた後、荒木と天音の悲鳴が聞こえた。そこには赤く染まった人形の首があったのだ。悪質な悪戯《いたずら》であることがわかった。

荒木が顔を押さえている。小室が何か声をかけながら、寄り添っている。あんなものを見てしまえばそうなるのも無理ないだろう。

荒木の異変を感じ取ったのか、野津が「大丈夫ですか？」と聞いてきた。荒木が手を合わせて頭を下げる。

「すみません、ちょっと体調が悪いので、急ぎ目でお願いします」

小室が大きな声をあげると、野津がスピードを上げた。

荒木は船着場に戻ると、休憩所で座り込んだ。頭痛と吐き気がするということで、小室がすぐに薬を買いに走った。野津は心配そうに詫びてきた。野津のせいではないが気まずい雰囲気だ。亀助が咄嗟《とっさ》に、警察に通報すべき事案だと伝える。そして、過去に同様のケースがなかったかを聞いたところ、野津は「実は以前にも一度……」といって言葉を濁した。何か思い当たることがあるのだろうか。

荒木が右手を挙げたので、みんなが固唾を飲んで言葉を待った。

「ごめん、私、この後の予定をキャンセルして、ホテルで休んでいるね。みんなで楽しんできて」

「そんな気遣いはいいからさ。とりあえず、浴衣を返しに行こう」

亀助がみんなに呼びかける。天音が頷いたが、荒木の反応はない。ややあってから、再び荒木の右手が挙がった。

「お願い。せっかく旅行に来ているんだから、みんなは楽しんできてよ」

ほどなく、小室が戻ってきた。袋から頭痛薬を取り出して、荒木に渡した。次にペットボトルを手渡す。だが、亀助は、荒木が薬を飲むふりをして水だけ飲んだところを見逃さなかった。小室の献身的なサポートの陰で、いったいどういうことなのだろうか。理由が気になる。時計を見たが、もうチェックインはできる時間だ。

「じゃあさ、一旦、ホテルに行ってチェックインしよう。僕があとで二人の浴衣を返しにいくよ」

亀助は同意を取り付けて、河口と二人でアルファードを取りに行く。

「ちょっと心配だよね」

河口の声に、亀助は頷くしかすべはなかった。

「僕が昨日から怖い話をしたり、結界に連れて行ったり、驚かせすぎたのがよくなかったな……。おまけに小豆とぎ橋の話までしてしまって……」

「本当に怖がっていたからな」

荒木ら三人が乗り込むとすぐに発車させる。十分もしないうちにホテルへ到着した。ホテルの入り口でみんなを降ろしてから駐車場へ回る。エンジンを切るとため息がこぼれ落ちた。荒木に〈ちょっと話したいことがあるから、落ち着いたら返信して欲しい〉とLINEを送る。すると、〈私もちょっと話したい。それなら今すぐがいいからロビーで〉と返事があった。

ロビーでミネラルウォーターを買ってソファで待っていると荒木がやってきた。

「奈央ちゃん、大丈夫なの？」

「大丈夫じゃないわよ、まったく。さっきから寒気が治らなくて……」

亀助は次にかける言葉を見つけられずにいた。

「やっぱさ、この街いるね。幽霊とかお化けとか妖怪が……。探偵が結界に連れて行ってくれた時も、なんか普通じゃなかったもん」

荒木は真顔で言っている。

「でも奈央ちゃんは、霊感が強いわけじゃないんだよね？　ごめん。僕が必要以上に怖がらせてしまったと思うんだよね。反省しているんだ……」

荒木が小さく頷いた。

「私だけじゃないもん。ほら、見て」

荒木がｉＰｈｏｎｅの検索をかけて見せてきた。イザナミとイザナギのやりとりがあった〝ヨモツヒラサカ〟に関する観光サイトの口コミだ。亀助はその書き込みを急いで追いかけていく。

〈絶対に、撮影をしてはいけない〉

〈軽い気持ちで行く場所ではない〉

確かに、ネットにはそのような書き込みがあるのを事前に見ていた。すると、荒木が再びiPhoneの検索をかけて見せてきた。亀助は再び、目で追っていった。

「こっちはね、堀川めぐり遊覧船の方なの」

〈あの橋の下には、絶対に幽霊がいる〉

〈ガチで、普門院橋の下には小豆洗いが棲んでいる〉

〈お城の城壁は人柱がたくさんいるらしい〉

亀助は首を傾げたままiPhoneを荒木に戻した。

「橋の下に幽霊か……。でも、あれは、はっきり見えたからね。人間の悪戯だよ」

亀助は霊感が一切ないし、現実以外は信じないたちだ。

「もう、人がこんなに苦しんでいるっていうのに、自分が信じないからって、私のことも全然信じてないでしょ……」

荒木が睨《にら》みを利かせてきた。

「いや、そういうわけじゃないけどさ……。お化けのせいにはできないよな」

亀助が冷静にいうと、荒木が口を尖らせた。

「そういえば、奈央ちゃん、真面目な質問だけどさ……」

「なあに？」

「もしかして、妊娠した？」

荒木が黙り込んだ。腕を組む。

「どこでわかった？」

「酒豪のくせに、いつもみたいに飲んでなかったしさ。魚介もあんまり食べていなかっただろ。そして、さっきトシちゃんが買ってきた薬を飲むフリして飲まなかった……」

荒木が両手を合わせている。

「ねえ、絶対内緒にして。他の人には言わないでよ」

亀助は周囲を見渡してから誰もいないことを確認して頷いた。

「トシちゃんにはまだ言ってないんだろ？　安定期にも入ってない感じかな？」

荒木が肩を落として頷いた。

「一昨日、気づいたばかりなのよ」

「そっか。なら、言ってくれたらよかったのに……。でも、僕のために、サプライズも企画してくれていて、キャンセルもできなかったのか……。水臭いよ」

亀助は「ごめんね」と右手を小さく挙げた。

「そうなのよ。私も全く想定外だったのよ。だからずっとお酒も飲んでいたし……」

沈黙が流れる。

「私は平気だから。それより、探偵、腕の見せどころでしょ。男になるときよ」

「え、なにが？」

「ヒロインの前でまた事件が起きたのよ。ほら、天音さんにかっこいいところ見せてよ」

亀助は吹き出していた。

「なんだよ、それ」

「笑い事じゃないんだから。そんなにお化けじゃないと言うんだったら、ちゃんと得意の推理力で、犯人を暴いてよ」

「わかったよ。見つければいいんだろ。じゃあ、僕は調べてくるよ」

亀助は先に立ち上がった。荒木が少し苦しそうに立ち上がる。

「じゃあ、任せたからね。島根で伝説になるようなヒーローになってよ」

「わかったから。あと、そうだ。今夜、コースを頼んでいるわけじゃないし、無理はしないでね。人数変更の連絡を入れちゃうよ」

亀助が言うと、荒木は口を真一文字に結んだまま顎を引いた。

4

亀助は、荒木と別れてホテルを出ることにした。同行することになった天音を助手席に乗せて、再び堀川めぐり遊覧船の乗り場に向かう。

「変なこと聞くけど、天音さんは幽霊とか超常現象とか、信じる？」

亀助は前を見つめたまま問いかけた。

「私は怖がりですけど……。半信半疑ですかね」

「僕は、普通の人には見えないものが見える人っていると思う。ただ、僕は見えないし、どうしても、科学的に、論理的に考えたいタイプの人間で」

「わかります」と、天音が頷いたのが横目にもわかった。

「ただ、さっきの遊覧船でいうと、明らかに人間の仕業ですよね。悪質な愉快犯だと感じて怒りがこみ上げてきます」

赤信号で車が停まり、「そうだよね」と、亀助は天音を見て頷いた。全く意見が一致して同じ思いが胸に湧き起こる。

「あの近くで僕たちのことを見て笑っていたと思う。絶対に許せないよ」

信号が青に切り替わり、再びアクセルを踏み込む。現場の橋を通過してみる。周囲を見回してみるが不審者はいないようだ。ぐるっと堀川の周囲を車でまわり、まずは浴衣を返却した。今度は再び船の発着所にある駐車場に停める。

堀川めぐり遊覧船の受付で事情を説明して、どなたかと話をしたいと伝えたところ、船を運営する公社で専務をしている乙部《おとべ》という男性が対応してくれることになった。小柄だが、引き締まったスリムな体型をしている。

「私は、東京から来た北大路という者です。さきほどの件がとても気になったもので。

初めてではなかったとききましたが、何かお役に立てないかと思いまして……」

「私は斉藤です。今は無職ですが、ずっと東京地検で検察事務官をしていました」

天音が言うと、乙部が少し驚いた表情を浮かべた。

「そうですか。ご迷惑をかけたというのに、そう言ってくださって、本当にありがたいです。じゃあ、ちょっと奥の事務所で話しましょうか」

応接室に案内されると、お茶を出してくれた。

「遊覧船なのに、楽しんでいただくはずが、嫌な思いをさせて誠に申し訳ないです」

乙部が深々と頭を下げてきた。

「いいえ、みなさんのせいではありません。ただ、過去にそういったケースがあったというのを耳にしました。今回も偶然起きたわけではないようで、詳しくお聞かせいただけますか。警察には？」

乙部の表情が再び硬くなる。

「実は、一月《ひとつき》くらい前でしょうか。いくつもの船から、小豆が発見されました。綺麗に掃除したはずですが、まだ残っていたのかもしれません。それから、一週間ほど前には今回と同じように、人形の首が入った木箱が橋の下で見つかりまして、その時も野津さんの船が橋に差し掛かったタイミングで……」

亀助と天音は目を合わせた。手が込んでいる。まさか内部の犯行だろうか。

「もちろん、警察に通報しました。事件として捜査してくれるそうです」

「愉快犯でしょうから、見つけられなければきっとどんどんエスカレートしていくでしょう」

亀助が言うと、隣で天音が何度も頷いてくれた。このレベルの被害だと、警察もまだ本腰は入れていないのだろう。

「そういえば、ネットで、あの橋の下でお化けが出るというような書き込みを見ました。実際に風評被害みたいなことにはなっていませんか」

亀助がｉＰｈｏｎｅで検索をかけてから差し出すと、乙部は苦笑いを浮かべた。

「まあ、たまにそんな話題が出ますけど、今のところ、風評被害というほどのことではないですかね。ただの噂程度に思っていますが……」

亀助は小さく頷いた。それほど大きな問題にはなっていないようだ。

「私は幽霊とか、信じないタチでして」と、亀助は思いを明らかにした。

「もちろん、私もそうですよ」と乙部が即答した。予想通りだ。亀助は、一呼吸ついてから、切り出すことにした。

「例えば、この屋形船の関係者に恨みを持つような人、心当たりはないでしょうか。私たちが乗った船の野津さんはベテランで上手な方だと、個人的には感じましたが……」

乙部が「野津さんは一、二を争う熟練の船頭です」と言ってから天井を見上げた。

「恨みを持つ人は、まあいなくはないでしょうね。船頭も人間ですから……」

亀助は身を乗り出した。乙部はじっと腕を組み、記憶を呼び覚ましている様子だ。

「ですが、あからさまな嫌がらせみたいなものは、なかったかな……」

亀助は、言えないこともあるだろうなと感じた。

「最近、他に何か異変といいますか、気になることはありませんでしたか？」

乙部は黙り込んでいたが、表情がわずかに変化を始めた。

「最近ね、不審な人がいないか意識するようになったんだけど、若い男性がよく船をじっと見ているというのを何人かの船頭から報告を受けました……」

亀助が「土日だけじゃなくて、平日の昼間でも？」と聞くと乙部は静かに頷いた。

「なるほど。あとは、船頭さんは応募が多いということをネットで見ましたが、若い方でも応募はありますか。落とされて、僻《ひが》まれてしまうこともあるでしょうか。実際には、船の操縦に接客、歌と、かなりのものを求められる気がします」

「そうですね。おっしゃる通り、船頭に求められる技術は多いんです。二十代くらいの応募はあまりないかな。人物本意で総合的に選考しますが、実技のテストもやっています。操縦が必要ですから、それでやっぱり、向いていない人はいるんですよね」

亀助は大きく何度も頷いていた。

「こちらとしても申し訳ないんだけども、ごめんなさいをしてしまう人はいるんです。

それでね、なんだよって怒ってしまった人はたまーに、いましてね……」

落ちた腹いせに嫌がらせをする。動機としてはあり得るだろう。

「堀川めぐりの関係者の中で、何らかのトラブルを抱えている方はいませんか？」

天音が問いかけた。

「トラブルですか……」

乙部が再び腕を組んで黙り込んだ。

「例えば、船頭さん同士で喧嘩をして、誰かが辞めてしまった、ですとか……」

「船頭は、大人の方が多いですな。先ほどおっしゃった通り、接客しますから、コミュニケーションの技術が求められるわけです」

乙部が穏やかな笑顔を見せてくれたので、亀助は安堵した。

「そうですよね……」

天音も安心した表情を浮かべた。

「ただ、船頭も大勢いますから。プライベートにはあまり踏み込んでいませんが、みなさん、何かしら困っていることはあるでしょうね……」

亀助は頷いてから、姿勢を正した。

「嫌がらせを受けた方や懸念がある方がいれば教えていただけないでしょうか」

「ええ。早速、聞いてみましょうか」

「できれば、犯人にはそれを悟られたくないんです。尻尾《しっぽ》を摑みたいですから」

乙部が、「犯人」とつぶやいてから、目を丸くした。

「あなたは一体……」

沈黙が流れた。このままだとこちらが不審者になってしまうだろうか。

「私はただ、謎をそのままにしておけないのと、人の役に立ちたいだけでして……」

「いやあ、志の高い方ですね。若いのに正義感をお持ちでいらっしゃる。私もね、この年になって、あなた方みたいな人に会うと嬉しくてね」

亀助は天音と目を合わせた。

「今日は、この後あなた方はどこか行くのですか？」

もしかしたら乙部は会食に誘ってくれているのだろうか。時計に目をやると夕方の五時を過ぎたところだ。それならば……。

「夜は八時から食事の予定をしていましたが、一人が体調不良なので……。乙部さん、もしよかったら」

「いいの？　私も参加していいのかい？」

天音が、「ぜひ」と頰を緩めた。

「じゃあ行きましょう」と立ち上がったが、乙部は時計を見て、「まだ早いか」と笑った。

「私の行きつけのおでん屋さんがありましてね。よかったら付き合ってもらえませんか」

亀助はつい腰が上がった。

「もしかして、宍道湖のほとりにあるお店ですか」

乙部が「そうですよ。《庄助《しようすけ》》、行った？」と、目尻にシワを寄せて聞いてきた。

「いえ、行きたいリストに載せていたお店なんですよ」

「なら行きましょう。さあさあ、飲みながら話をしましょう」

乙部に誘導されるまま、亀助は駐車場から車を出すと、店に向かった。そして、三人で、乙部の行きつけだというおでん屋《庄助》の暖簾をくぐった。乙部に続いて階段を登り、二階の個室に入る。窓の外には宍道湖が広がっている。

「ここはね、おだしが違う。すごく美味しいんですよ」

乙部がメニューを開いて見せてくれた。亀助は、おでんのレギュラーメニューからは、春菊と大根を、〝本日のおしながき〟からは、のどぐろの煮付けを選んだ。各自、好きなおでんを頼んだが、乙部は「豆腐をぜひ食べて欲しい」と三人分頼んでくれた。

亀助が事前に食べログでリサーチして目星をつけていた店だ。一九四八年の創業というから松江の飲食店の中でもかなりの老舗だろう。乾杯用の生ビールをオーダーする。

「今日はどこに泊まるのですか」

宍道湖のほとりにあり、松江の飲食街からも歩ける距離のホテルにしていた。

「いいところですね。昨日はどこでしたか？」

「昨日は美保関の美保館という宿に泊まりまして」

すると、「いやあ、そうですか」と乙部が目尻を下げた。やはり、地元の人にとっても人気の宿のようだ。

「あそこの専務とは親しい関係なんですよ。いやあ、私はね、元々は松江市の職員だったんですよ。それで、美保関支所の支所長をやっていた時期もあるのです」

なるほど、そういうことだったのか。

「それでは、市を定年退職して、今の公社に入られたのですね」

乙部が小さく頷いた。

「生まれも育ちもこの水の都で一度も出ていません。松江に来てくれるということだけでも嬉しいですけどね、堀川めぐり遊覧船に乗って、美保館にも泊まってくれるとは相当見る目がある方ですね」

「いいえ、私はネットで色々調べるのが仕事でして」

亀助が返すと、乙部が目尻にしわを寄せた。そこに、オーダーしていた飲み物が来た。

亀助と乙部は生ビールだが、天音はグレープフルーツサワーだ。乾杯をする。


「《ホテル一畑《いちばた》》です」

「私もこの通り、お酒が好きでね。やっぱり、人と人は膝を突き合わせてお酒を酌み交わすことで、距離は縮まる。応接室ではできない深い会話ができる。昔から、私の持論ですよ。初めて島根に来てくれた皆さんと、今こうして、一緒にお酒を飲んでいる……。これも何かの縁ではないかと思わずにはいられません」

亀助は「おっしゃる通りで」と頷いた。

「ところで、亀助さんは普段、探偵でもされているのですか？」

〝北大路〟から〝亀助〟に呼び方と距離感が変わっているのを感じながら、亀助は苦笑いして首を振った。

「いいえ、グルメライターをしながら、探偵の真似事のようなことをしています……」

乙部は「鋭い勘をお持ちで驚きました」と、目を細めた。

「それから、同じ公務員だったことも気になりましたが、天音さんは検察事務官をされていたそうですね。なぜ、お辞めになったのですか？」

天音が少し戸惑う表情を浮かべた。

「あ、いや、失礼しました。言いたくなかったら、言う必要なんかありませんからね」

乙部が取り下げようとしたところ、天音が首を振った。

「ご存じの通り、日本では、起訴された場合、有罪になる確率はとても高いのですが、私が担当していた事件で自分の無力さを感じる出来事がありまして……」

亀助は天音を見つめてしまった。乙部がジョッキに手をかける。

「組織に所属していると、往々にしてそういうことがおきますね。不条理なことにどう向き合うか、時には流すことも必要なんですよね」

「それだけではなくて、プライベートもうまくいかず、私はプロポーズを受けたのに、こちらの事情で婚約を破棄してしまいました……」

天音の声がつまった。見ると目をうるませているので、亀助はハンカチを差し出した。乙部が「ごめんね」と言ってから、神妙な顔つきになった。そこで、頼んでいたおでんが来た。

「松江は、おでん屋さんが結構多いみたいですね」

天音の悲しそうな顔を見ていると、亀助もその話を深掘りするのは気が引けてしまい、目の前にあるおでんに話をそらす。

「ええ。今なお、松江の文化に大きな影響を与えている松平治郷《まつだいらはるさと》という藩主がいました。彼は食通だったのですが、京都で流行《はや》っていたおでん、当時は今川豆腐と言って、豆腐を醬油《しょうゆ》で煮込んだ料理を松江に持ってきて、それから広まったと言われていますね」

「そうだったんですね」と、乙部が豆腐を三人分頼んでくれたことも含めて亀助は納得した。お茶やお菓子だけではなかったのか。

「不昧公《ふまい》は、大名茶人で、松江で茶道の〝不昧流〟を大成させた方ですよね」

亀助が言うと、乙部が「その通りです。さすが」と言って白い歯を見せた。

「彼はね、当時、お金持ちとか一部の特権階級にしか楽しめなかったお茶の文化をね、そんなに難しいものじゃないんですよと、大衆が楽しめるものに広げてくれました。形式とか高価な道具にばかりこだわる茶の湯の文化を批判して、〝わび〟の精神、つまり、内面的な豊かさの重要性を説いたんです。島根の人間からするとね、雲ひとつかからずに輝く月よりも、雲間に隠れた月の方が味わい深いでしょ、となる。実際、そういう不完全な美の方が趣深いでしょ？　不昧公は常にそういう本質にこだわっていた」

亀助は乙部の話を聞きながら、島根に根付いた大切な心の本質に触れた気がしていた。

「それでね、不昧公は歌も上手かった。例えば、こんな歌を残しています。〝世の中はまめで四角でやわらかで、豆腐のように飽きられもせず〟と。どういうことかというとね、人間は豆に働きなさいよ、と。豆腐は最初、四角だけど柔らかいから、形を変えるでしょ。おでんにも合うし、冬は湯豆腐、夏は冷や奴《ひやっこ》みたいにね。季節や状況に柔軟に適応するし、人々に愛されている。そんな人になりなさいよ、そういうことです」

「時代が変わっても通用する名言だ。それは本質をついているからですね」

亀助が言うと、乙部は「全くもってその通り」と言って、頷いてみせた。

「豆腐は地味だけど、愛され続けているでしょ。松江城もね、黒が多くて、見た目は正直、地味ですよ。金ぴかで派手なお城もあるでしょ。でもね、ずっと残っているんですよ。私たちはね、質実剛健なあのお城が落ち着くし、好きなんですよ」

亀助はおでんの汁からいただく。やや濃い色で、予想通り、しっかりとだしが出ていてコクが深い。だが、どちらかといえば濃い目だろうが、決して濃すぎるわけでもない。おそらく、土地柄、島根産の日本酒とのバランスも考えているのだろう。日本酒を見ると、〝李白〟や〝國暉《こつき》〟のほか、〝隠岐誉《おきほまれ》〟がある。

生ビールのジョッキが空いてきたころ、のどぐろの煮付けが来たので、慌てて冷酒の〝李白〟を頼んだ。煮付けは、しっかりと甘めのタレが染み込んでいる。脂がのっていて、刺身でも、煮ても、焼いても、のどぐろは美味しいのだろう。

すぐに〝李白〟の小瓶が来た。ヨーロッパでも人気が高いといわれる銘酒〝李白〟は程よいコクがあり、まろやかだ。おでんやのどぐろとの相性も当然良いが、他国の料理にも合うのがよくわかる。

「すみません、結婚する場合、何が大事だと思いますか？」

天音が突然、乙部に向かって聞いた。亀助はグラスに手をかけて、内心期待していた。天音が婚約を解消した理由が聞けるかもしれない……。

「天音さん、お父さん、お母さんに、彼をなんと紹介しましたか？　どういう段取りで？」

「両親に同時に、まだ会って間もないけれど、プロポーズしてくれた人がいて、会って欲しいと……。真面目で、優しい人だと……」

乙部が「それではダメですよ」と、首を振った。亀助も、身を乗り出していた。どこがダメだったというのか。

「いいですか。結婚で一番大切なことをお伝えしましょう。みなさん、今日は、船に乗って何を見ましたか？　どこを進みましたか？」

亀助も天音も、答えられずにいた。

「お城の周りのお堀を船で巡りましたね。そう、お堀です。結婚はね、限られた時間の中で、いかにうまく外堀を埋めるかが肝心なんですよ。なんの戦略もなく、一気に天守閣を攻めようとしたらどうなりますか。お堀を越えられないんですよ」

亀助は一瞬笑いかけたが、そのあと固唾を飲んで聞き入っていた。

「誰だって争って結婚したくないでしょう。じゃあ、歴史に学ぶとすると、相手の国と同盟を結んでね、平和的に一緒になるのがいい。戦国時代の大名の家には恋愛結婚なんてありませんでしたよね。政略結婚でした。でもね、時代が変わっても、相手の国を立てて、スムーズに一緒になる。それはね、一緒になる男女がすべき大切な共同作業なんですよ」

亀助は唸っていた。

「天音さん、ご両親はあなたの幸せを誰よりも願っていますから。その相手が本当に幸せにしてくれる男なのか、あなただけの天下人なのか、見定めようとしています」

「天下人、ですか……」

天音の目は真剣そのものだ。

「いいですか。天下を統一する必要はないんです。天音さんお一人のお城を築ける器があるかどうか、それが肝心なのですよ。結論から言うと、その彼はそれだけの器がなかったということなんですよ。彼は何をしてくれましたか。まずは、お母さんに会いたいと言いましたか。あなたも本気なら、まずはお母さんに彼を会わせないと。あなたのことを誰よりもよくわかっているお母さんから味方につけなければなりませんよ」

天音は「確かに」と言って頷いた。亀助は、録音したい衝動に駆られていた。今、結婚を巡る重要な議論がなされている。

「それでね。お母さんのお眼鏡にかなう相手だったとしましょう。ここからが大事です。お父さんをどうやって気持ちよくさせるか。一国一城の主で、天音さんのことを大切に、大切に育ててきたお殿様です。それにはね、魔法の言葉があるんですよ」

亀助は息を止めて、乙部の言葉を待っていた。

「お母さんから、お父さんに言ってもらうんです。〝天音が言っていたの。あなたに紹介したい人がやっと見つかったって。あなたによく似た人なんですって〟と……」

亀助は吹き出した。

「ちょっと待ってください。もし、全然似ていなかったらどうするんですか？」

乙部が目尻を下げて笑い声をあげたが、すぐに真顔になった。

「いいんですよ。多少似てなくても、そんなことはいいんです。何なら、嘘だっていい。でもね、仕事熱心だとか不器用だとか、誰だって探せば一つくらいはあるものです」

亀助は笑いかけたが、乙部に冗談めかしている様子はない。真顔そのものだ。

「だってね、お父さんと同じように深い愛を注いでくれるわけだ。お父さんは基本的に選べないけど、夫はね、これだけ人がいる中で、たった一人、あなたを選んだわけですよ。そこの本質は同じなわけですよ。もしね、不幸にもお父さんが娘を愛さないような男だったらそれは論外ですけどね」

天音が「おっしゃる通りで……」と目から鱗《うろこ》の表情を浮かべている。亀助も最初は半分冗談かと思って聞いていたが、深く納得していた。確かに、血が繋がっているかどうかは抜きにして、同じ女性を深く愛する男性の視点には共通する何かがあっておかしくない。そこの視座を調整する役割を女性が担うべきだと言っているのだろう。

「お父さんなら、誰だって喜びますよ。間違いなく」

亀助はふと、鶴乃の結婚の時のことを思い返していた。鶴乃は歳上の弁護士と結婚した。実際、鶴乃の旦那は雰囲気まで、重太郎と似ていると思った。そして、結婚式の時、重太郎は嬉しそうだったのだ。

「亀助さん、どうかなさいましたか」

「あ、いえ、乙部さんの言葉が心に染み入りました。実は、姉が選んだ男性は、実際、父親に似ていたんです……。父は警察官僚で、検事の姉は弁護士と……」

乙部がグラスを呷った。すかさず、李白を注いだ。すぐにボトルを奪われて注がれる。

「そうですか。それは嬉しさも一入《ひとしお》でしたでしょう」

亀助も李白が入ったグラスを持ち上げた。

「ところでね、私はお二人がお似合いだから、てっきり、お付き合いされているのかと。なんなら、新婚旅行にでも来たのかと思っていましたが……」

亀助は口を開けたまま、天音に目をやった。ごまかしても仕方がないだろう。

「実は、仲良しのグループの中で、二人が結婚することになったんです。それで私が企画した、お祝い旅行だったんですよ」

「おお、そうだったのですか」

「それが〝出雲大社〟に着いたら、こちらの天音さんがいまして……。私は何も聞かされていなかったのですが……」

「ほう、亀助さんが逆に粋なサプライズをされたわけですか。友達思いですな」

亀助は天音と目を合わせた。お互い、笑ってしまった。

「はい、実は私がこの天音さんにうまくアプローチできなかったばっかりに、その荒木という女性が裏で動いてくれまして……」

乙部が首を傾げている。

「つまり、お二人をくっつけようとして動いたと」

「ええ、まあ」と、亀助は右手を後頭部に当てた。

「亀助さん、あなたは、外堀を埋められないまま、他のお殿様にちょっかいを出されてしまった。しかし、姫の気持ちはずっとあなたのものだった。こういうことですかね」

沈黙が流れる。天音が顔を赤らめている。

「なーんてね」と、乙部が舌を出して笑みをこぼした。

「そうなんです。私はずっと待っていたのに、ひどいお殿様がいまして……」

天音が呟いた。乙部が亀助に視線を投げてきた。

「私から見ればね、あなたたちは、美男美女でぴったりに思えますよ。こうして、一緒に事件の解決に向けて奔走する姿勢もあっている……。亀助さん、彼女は想いを伝えてくれましたからね。あとは、あなたの番ですよ」

亀助は、大きく頷いてから、事件のことを思い出した。

「はい……。そのためにも僕は事件を解決しなければ……」

乙部が思い出したように、声を潜めた。

「野津さんはね……。ここだけの話、家庭事情に恵まれてなくてちょっと気の毒な状況でね。奥さまとは離婚されて、同居の一人息子は松江随一の進学校に行ったけど、大学受験に何度も失敗してね。でも、野津さんの伝《つて》で和菓子職人になったみたいでね、いやあ、よかったと喜んでいたよ。君たちみたいに次は良いお嫁さん見つかるといいけど」

「そ、それは負けられませんね……」

乙部が「楽しくて飲み過ぎたので、ここで失礼しますね」と言った。

亀助は「明日ももしかしたら、船に乗せてもらうかもしれません」と言って、店の前でタクシーを拾った乙部と別れた。


亀助は天音と一緒に、当初予約していたお店に徒歩で向かった。島根の郷土料理を出すお店で、美保館のように国登録有形文化財に指定された趣深い外観と内観だ。個室に入ると、すでに小室と河口が腰を下ろしていた。

「奈央ちゃんは大丈夫かな？」

天音がみんなの気持ちを代弁すると、小室が「大丈夫みたい」と即答した。

「もうだいぶ良くなったみたいだけど、やっぱり自分がいると、みんなに気を遣わせちゃうからって言ってさ。ホテルで横になっている」

亀助は「仕方ないよ」と返した。

「どう？　事件のことはなんか、わかったかな？」

河口が問いを投げかけてきた。

「遊覧船を運営する公社の専務がすごくいい方で。色々聞かせてもらったんですけど、まだ、手がかりは見えていないかな……。別の話ばかりしてしまって」

「俺、思ったんだけど、もしかしたら、あの船の関係者が話題作りのためにやっているんじゃないかな……。若い人なんかが、バズらせようとしてさ。どう思う？」

河口が亀助の目を見つめてきた。しかし、だったら話題になっているはずだろう。

「いや、組織ぐるみでそういうことをやるってことはないと思います。少なくとも、乙部さん、あ、その専務は関わっていません。まっすぐな人でした」

亀助は続けて「うん、多分、事務所には……」と言ってから、ちゃんと調べたわけではないことに気づいた。しかし、乙部が統括するあの事務所でそんなことが起きるだろうか。

「たった二日間だけど、島根を回ってみて、本当に至るところに神々が宿っている特別な地域だなって思いました……。つまり、みんな神とか幽霊にさえもリスペクトをしているから、まともな人がそういうネタで、話題作りをするとは思えないんです」

「それは私も同感です。乙部さんに素敵なことばかり教えてもらいました」

天音が頷いた。「だよね」と亀助は言いかけてから、乙部が言った言葉を思い出した。

不昧公がそうだったように、乙部さんは本質を追い求めていたのだ……。

「そうか、手がかりはあの一皿の中にあるのかもしれない！」

5

島根に滞在して三日目、本来、亀助がプランニングした行程通りであれば、松江から西に向かい、世界遺産である《石見銀山》に行き、そのまま出雲縁結び空港から夕方の便で帰る予定だった。前日に確認した際、途中から合流した天音もそのプランに同意し、《石見銀山》にも興味を示してくれた。だが、予定を変更して、亀助は堀川めぐりの一件を調べることにした。

河口はもともと、鳥取県の米子市で大学時代の友人に会う予定だった。

荒木はまだ調子が良くないということで、小室と二人でのんびり過ごすそうだ。

天音は亀助と一緒に事件を調べてくれることになり、朝食を食べると、九時前にはホテルから徒歩で事務所に向かうことになった。

前日は〝お茶船〟に乗って事件が起きた。一日に〝お茶船〟が出るのは、十時と十五時の二回だけだ。予約が必要だが、十時の〝お茶船〟に空きがあればもう一度乗せてもらうか、あるいは、外から様子を見守りたい。

「ふた晩続けてかなり飲みましたが、二日酔いはありませんか」

天音に問いかけられて、亀助は首を横に振った。ふと、飲んだ量を考えれば、二日酔いになってもおかしくないことに気づいた。

「もしかしたら、しじみのオルニチンの効果かな」

乙部と一緒に日本酒を飲んだあと、二軒目ではさらに河口、小室と飲んだが、胃のもたれがない。

「確かに、しじみはどちらの夜も、たっぷりいただきましたもんね」

「でも、昨日は美味しいものもたくさん食べて飲んだけど、乙部さんの言葉が心に残っているな」

「私もなんです。結婚の話は目から鱗でしたね……」

そんな話をしているうちに、堀川めぐり遊覧船の乗り場にたどり着いた。

受付で乙部がいるか聞いたところ、すぐににこやかな表情で出てきてくれた。

「専務、昨日は本当に貴重なお話をありがとうございました」

亀助と天音は揃って頭を下げた。

「お二人とも、わざわざ、僕に会いに来てくれたんですか。嬉しくなっちゃうな」

「もちろん、専務にご挨拶をしたかったのですが、あの、すみません。もしよかったら、野津さんにご挨拶させてもらえますか」

「あれ、僕じゃなくて野津さんに会いに来たのかい。なんだよ、おじさん、舞い上がって勘違いしちゃったよ」

「いいえ、会いたかったです。ただ、事件のことをもう少し調べたくて……」

「はいはい、わかりましたよ。野津さんには、ちょうど君たちのことを話したところだったんですよ」

おれを伝えた後、船頭の野津に挨拶をした。表情は優れない様子だ。

「昨日は、ありがとうございました」

「体調を崩されたお友達の様子はいかがですか？」

亀助は答えに窮した。

「実は、今日もあまりよくないみたいですが……」

途端に野津が苦虫を嚙みつぶしたような表情のまま頭を下げてきた。

「いいえ、野津さんのせいなんかじゃありませんからね。僕が彼女に怪談話をたくさんして必要以上に怖がらせたのもいけなかったんです……」

野津が苦笑いを浮かべた。

「実は昨夜、乙部専務とお酒を飲みまして。《庄助》で、美味しいおでんとともに、結婚する際の秘訣《ひけつ》なんかも教わりましたよ」

「そうですか。専務はお酒も《庄助》も好きですからね」

野津が白い歯を見せ、表情が一気に和らいだ。

「それはさておき、事件のことを調べています。大変失礼ですが、前回も悪戯が発生したのは野津さんの船で、あの橋の下だったと聞きました。もし、野津さんの方で思い当たるようなこと、個人的にでも何か悩みを抱えていらっしゃることがあれば教えていただけませんか。微力ながら、少しでもお役に立てないかなと……」

すると、再び野津は表情を変化させ、

「あなたたちに話すことはありませんよ」

と言い立ち上がると、ムッとした表情で行ってしまった。亀助も立ち上がり、野津の背中を見送る。やはり、嘘はついていなくても職場内で隠し事をしているのははっきりした。今朝、確かめたことがあったのだ。

「時間がなくて急いでいるのはわかりますが、あの聞き方は、少し失礼かと……」

天音に指摘されて、亀助は「え、そうかな」と聞き返した。

「突然、プライベートなことに土足で踏み込んでしまった印象がありましたよ……」

亀助もそう言われると、いい気分ではない。気まずい雰囲気に包まれて、お互い無言になった。そうこうしているうちに、乙部がやってきた。

「おや。お二人とも、表情がよくないですが、何か、野津さんとあったのですか？」

「個人的なトラブルを聞き出せたらと思ったのですが、こちらの聞き方が悪くて、気分を害してしまったようです……」

亀助の代わりに、天音が答えた。亀助が悪いということを言わなかったところをみると、気を遣ってくれたようだ。乙部は苦笑いを浮かべると、「そうですか」と、あえて平静を装ってくれているようだ。

「まあ、野津さんも、少しプライドが高くて頑固なところがあるので、言いたくない気持ちもわかってあげてください」

亀助は頷いてから、乙部に野津の乗船スケジュールを聞いた。iPhoneにメモをとる。なにか問題があれば連絡してほしいと伝える。乙部と別れてから、例の《普門院橋》まで徒歩で向かう。コースの中で最も低い橋だ。途中、何粒か小豆を見つけた。拾い上げてポケットに入れる。

しばらく無言が続いたが、亀助は「さっきはごめん。ちょっと下を見てみるので待っていてください」と天音に伝えて橋の下を覗き込もうした。すると、離れようとしない。

「一体、橋の下に何があるんですか？」

亀助は振り向いて、自分の人差し指を口に当てた。すぐに天音が察して、右手で口を押さえた。目を見つめてゆっくりと頷いた。

亀助は乙部から借りた懐中電灯を使いながら、橋の下の様子を調べ始めた。もしかしたら、何か仕掛けがあるか、何者かがいるのではないだろうか。

途中、何隻かの船が通っていき、その度に船頭の歌が聞こえてくる。不審者と思われてしまうかもしれないが、先ほど、乙部には伝えてある。しかし、船が通り過ぎると、静まりかえった橋の下では何も見つけられない。

ライトの灯《あか》りが虚しく見えてくる。そして、荒木の言葉が蘇る。この事件をなんとしても解決するようにと言われているのだ。

「亀助さん、なんだか、この空間って……」

一緒に覗き込んでいた天音に問いかけられて、亀助は頷いた。

「僕もそう感じました。まさに結界のようではないかって。イザナギが、櫛に火をつけて、イザナミを探したように、今、亡霊を追いかけているのではないかって……」

不穏な空気が流れた。天音が突然、亀助の手を握り締めてきた。震えているようだ。

「すみません、冗談です。そんなことはありません」

犯人は鬼女ではない。亀助の見立てによれば、人間の男なのだ。

腕時計に目をやった。間もなく、お茶船が来る頃だ。天音と目を合わせた。振り向くと視線の先から船がやってきたので、手を離して身を隠した。じっと待つ。だが、特に大きな変化もないまま、船は通り過ぎていった。

「異変はないようですね。乙部さんからも連絡はこないようですが……」

天音が言った通りだ。ずっと、異変を伝える着信を待っているのだが連絡はない。ほどなく、乙部からＬＩＮＥで〈お茶船は、特に問題はありませんでしたよ〉というメッセージが届いた。やはり、亀助の思い過ごしだろうか……。

それから三十分近くが経過した。何も起きない。一人だったら諦めて帰ってしまったかもしれない。しかし、すぐそばに天音がいる。かっこ悪い姿は見せたくない。

亀助はもう少し橋のそばで身を潜めて様子を窺うことにした。

「天音さん、すみませんが、僕はもう少しだけ、ここを調べたいので、船の乗り場のあたりでお茶でも飲みながら待っていてくれませんか」

亀助が小声で呼びかけて、財布から一万円札を出そうとすると、天音が首を振った。

「亀助さん、お茶は一万円もしません。それより、私も一緒に残ってもいいですか」

予想外の言葉で、亀助はすぐには返事ができなかった。

「ええ、もちろん……。このまま何も起きない可能性もありますが、もう少しだけ」

船がいくつか通過していく。時計に目をやった。もうすぐ、出発した時間から数えると、野津の船がやってくる頃だ。

亀助は「きたっ」と、心の中で思わず叫び声をあげた。天音が隣で何かに気づいて立ち上がりかけた。とっさに、天音の手を摑んで止める。すぐに意図が伝わったようで、天音は動きを止めた。相手はこちらの存在に気づかずに、どんどんと近づいてくる。

亀助は呼吸を止めて、ギリギリまで、その男を引きつけようとしていた。リュックを下ろして何やら取り出している。亀助は今しかないと覚悟すると、懐中電灯でその男を照らし出した。

「やっぱりな。君がやっていたのか」

振り向いた男は、手に持っていた小箱を放り投げると、猛ダッシュして、逃げ出した。

「待ちやがれ！」

亀助も全速力で追いかける。怒りがこみ上げ、握り拳を作っていた。

すると、男の行く手を遮るように男性が立ちふさがったのが見えた。男も気づいたのか、急に足を止め、振り向いた。亀助はあとちょっとのところで男に届きそうだ。男は慌てふためき、足を滑らせて川に落ちた。

すると、亀助が叫ぶ前に、乙部が怒鳴り声を上げていた。

「バカヤロウ！」

「あのバカ……」

乙部が川に飛び込んだ。クロールであっという間に追いつき、男を救出した。男を抱えて岸まで運んでいく。

「お前、誰だ！　よく船を見に来ているだろう。なんでこんなことをしているんだ」

男は何も答えない。乙部が逃げられないように、男の腕をとって固めた。柔道をやっていたのだろうか。男はすでに戦意喪失しているようだ。

「乙部さん、この人が、たまにこの辺りに現れるという不審者ですか」

乙部が「おそらくね……」と頷いて、「だろ?」と問いかけるが、相手は顔を背ける。

「野津さんの船は、まだですか?」

「ええ、ああ、じゃあ、番号を言いますので、事務所に代わりに電話を」

すぐに亀助が電話をかけた。受付の女性が対応してくれた。

「もしもし、あの北大路と言います。乙部専務と、普門院橋の下にいるのですが、船頭の野津さんに連絡をお願いします。緊急事態ですので、至急、普門院橋へきてくださいとお伝えください」

程なく、エンジン音を轟《とどろ》かせながら、猛スピードで一隻の船がやってきた。船から野津が飛び降りた。

「お前、なんでここに……」

野津が男に殴りかかろうとするのを乙部が割って入って止めた。

「野津さん、落ち着いてください。どうなさったんですか」

乙部に向かって、野津が頭を下げる。

「こいつは、私のバカ息子なんですよ」

乙部が「なんですと……」と言って、掴んでいた男の袖を離した。亀助が思っていた通りだった。

「やっぱりそうでしたか」

「亀助さん、わかっていたのですか。それなら説明をしてくださらない？」

天音に話を振られて、亀助はポケットから取り出した小豆の粒を掲げた。

「これは、あくまでも推測ですが……。僕の推理のレシピが正しければ、息子さんは菓子職人の道で壁にぶつかってしまい、とうとう辞めてしまった。そしてうまくいかない理由を父親である野津さんのせいだと思い込んだ。そして、復讐《ふくしゆう》をするために、小豆を船やお堀沿いにばら撒《ま》いた。それを求めて動物もやってきて、小豆洗いの噂が立つようになった。もともと、小豆洗いという妖怪は、狸《たぬき》やイタチ説が昔からあるほどです。調子にのった彼は、小箱に人形の首を入れて、悪戯するようになった。かまって欲しかっただけなのかもしれませんが……」

野津が驚いた様子で男を見つめた。亀助は視線を野津から移して、男に投げかけた。

乙部が首を傾げ、「なぜ職人を辞めたと……」と、亀助に聞き返してきた。

「申し訳ないですが、お店に電話をしたところ、二ヶ月前に辞めていました」

男は黙ったままだ。

「でも、なぜ、そのことに気づいたのですか？」

乙部に問いかけられて、亀助は頭をかいた。

「人気者の野津さんと、小豆に恨みを持つ人なんて、なかなかいませんから」

「おい、お前、反論はあるか。勝手に辞めて部屋に引きこもっていると思ったら……」

表情を強張らせた野津が男に呼びかけたが、何も返事はない。野津からの過度なプレッシャーも追い詰めた原因の一つだろう。

すると、今度は、パトカーのサイレンが鳴り響いた。誰かが通報したのか、警察がやってきたようだ。男がわなわなと震えだした。

「野津さん、いいのですか。被害は出ていないのだから、警察沙汰にする必要は……」

亀助が聞くと、野津が首を大きく振った。

「被害は出ています。乙部さんや公社の皆さんにお世話になってきたのに、大変な迷惑をかけてしまった。私の躾が原因です。あなたが見つけてくれなかったら、もっと大きな事件が起きていたかもしれません……。警察で全て、白状させて、罪を償わせます」

乙部は「公社のことなら気にしないでください」と、野津親子を送り出した。一緒にパトカーに向かって歩いていくと、今度は警察が亀助に不審な目を向けてきた。すると、乙部が気を遣って説明を始めた。

「刑事さん、この方が犯人を捕まえてくれたんです。探偵の北大路亀助さんです」

「あ、いえ、本物の探偵ではなくて、たまたま、事件に居合わせたので、ちょっとお手伝いしただけでして……」

警察も戸惑っている様子だ。亀助としても大ごとにはしたくなかった。

「あなたは、どういう方ですか？」

「え、と、グルメライターですね……」

亀助は名刺を取り出して渡した。

「北大路といいます。東京からたまたま観光で来ましてね」

「刑事さん、この方は只者《ただもの》じゃありません。お父様は、警察庁の北大路重太郎ですよ」

乙部が言った途端、刑事たちが顔を見合わせた。亀助も驚きを隠せなかった。乙部には父親が警察官僚だと伝えたが、いつの間に調べたのか。

「なんですって……」

「いや、父は警察ですが、私は一般人ですよ」

だが、刑事や警察官の様子が一変した。警察署に呼ばれると、やはり、警察署長が出てきて丁寧な挨拶を受けた。

野津の意向もあるが、おそらく被害届が出されることはないだろう。荒木にも事情を伝えればきっとわかってもらえるはずだ。警察を出た時はもう、夜七時を回っていた。すでに、荒木と小室、河口も予定通りの便で帰ってしまっていた。

亀助は早々に帰りの便を翌日に変更したが、天音まで道連れにしてしまったのだ。

結局、亀助と天音は再び、乙部と一緒に《庄助》にいた。

昨日、気に入った春菊を二度もお代わりして、李白のボトルを乙部と飲んでいた。

「いやあ、あなたは恩人だ。野津さんだけでなく、堀川めぐりだって傷が深まる前に、助けてくれました。代表してお礼を言わせてください」

乙部が深々と頭を下げてきた。

「やめてください。昨日、おっしゃってくれましたが、会ったばかりなのに、乙部さんには本当にご縁を感じます。人生の大切なことをたくさん教わりました」

「それは、まだまだでしょ。まだまだ教えたりませんよ」

乙部が舌を出して笑うと、スーツの胸ポケットから薄い手帳を取り出した。

「ええ、私の手帳には、びっしりと、メモが書き込んでありますから、ぜひこれからの時代を生きるみなさんに共有させて欲しいんですわ」

天音が「ぜひに」と頭を下げた。

「乙部さんは、何か、格言のようなものを手帳に書いているということですか」

亀助は、祖父である中田平吉のことをすぐに思い浮かべた。平吉も「忘れないように」と言って、何かあるとメモをとって記憶に留めていたのだ。

「すみません、少し覗かせてもらってもいいですか」

亀助が言うと、「高くつきますよ」と言って、乙部が手帳を差し出してきた。

「あ、失礼。冒頭はね、僕の言葉じゃなかったわ。初心を忘れないように、不昧公の名の由来や彼の言葉を書いてあります」

〈不昧不落：意思が強く、物欲に惑わされることなく、堕落しない〉

〈それ茶道は知足の道なり。知足は足ることを知ると読むなり。皆人々程々不足にても事足るものといふことを知ることなり〉

〈客の心になりて亭主せよ。亭主の心になりて客いたせ〉

人生の教訓として、そして、接客の心得として、現在でも多くの人の心にある言葉ではないか。

亀助はその先のページをどんどんめくっていく。びっしり書くという感じではなく、しっかり考えて、一ページに綺麗な字で厳選したものを書き記しているという感じだ。

〈失敗を恐れるよりも、何もしないことを恐れろ〉

〈真剣だと、知恵が出る。中途半端だと、愚痴が出る。いい加減だと、言い訳ばかり〉

〈本質とは　常に本質を考えよ。誰のためか、何のためか。迷ったら本質を〉

亀助の胸にどの言葉も刺さっていく。そして、一つの言葉を見て、自分の目を疑った。

〈最高の美酒にありつきたかったら、世のため、人のため、汗をかけ〉

こ、これは、平吉の言葉とほとんど同義ではないか。

「おや。お気に召した言葉がありましたか？」

亀助は、自分が口を開けたままフリーズしていたことに気づいた。

「あの、この言葉なんですが、最高の美酒にありつきたかったら――」

そのページを見せると、乙部が恥ずかしそうに舌を出した。

「私はね、こんな感じで、毎晩お酒を飲むんです。普段は、家で飲むことが多いですよ。でもね、やっぱり、人のためにいいことができた日のお酒はより美味しい」

亀助は大きく頷いた。

「昨日もこのお店で、同じおでんを食べましたね。ここは毎日、同じクオリティで美味しいですよ。でもね、いい仕事をした日のおでんはより美味しい。一緒にいい仕事をした人と食べると、なお美味しい。これはね、間違いないんですよ」

亀助は皿に入った春菊、大根、そして、豆腐を見つめていた。

「亀助さんが問題を解決してくれたから、もう事件は起きないでしょう。野津さんは息子さんと向き合って話をせざるを得ない。私はね、たまたま皆さんがあの船に乗ってくれたとは思えません。何かのご縁で神様が導いてくれたんです」

亀助には胸にこみ上げるものがあった。

「乙部さん、実は私の祖父が口癖のように言っていた言葉がありました」

「ほう、教えていただけますか？」

乙部がグラスを置いて、目を瞑った。

「最高の美食を楽しみたかったら、最高の人助けをしてからだ——」

乙部が大声で笑い出した。

「いやあ、亀助さんのお祖父さんとは話が合いそうだな」

亀助は頷いた。グラスに手を伸ばす。

「昨日、八重垣神社で占いをしたら、〝恩に報いよ　運開ける〟という言葉が書かれていました」

乙部が何も言わずに何度も頷いてくれた。

「遊覧船に乗って、こんな出会いが待っているとは思いもよりませんでした。私は神話が好きですし、小泉八雲も昔から好きです。ただ、幽霊や妖怪を信じることはこの島根に来てもできませんが、ご縁の神様はこの島根にはいるんだと身をもって実感しました」

乙部が「そうでしょう」と、ニヤニヤしている。

「今夜はとことん、飲みましょう」

再び、乙部と杯を重ねた。

「あ、そうだ。昨日は結婚のアプローチについて、ご教授いただきましたが、乙部さんは、娘さんがかなり理想的な外堀の埋め方をしてくれたんですか」

ずっと黙って聞いていた天音が、乙部に問いかけた。

「いやあ、まさか……。子育ては、思い通りにはいかないものです。でも、我が子はね、分身みたいなものですから。生き写しというかね。彼女たちは、小さな頃から、親のことをじっと、よく見つめていますからね。だから、親も子供を見つめながらね、自分を見つめ直すことになるんですよね」

亀助は唇を噛み締めていた。自分の両親のことが脳裏をよぎる。

「自分を見つめ直す体験がないと、成長の機会を失うことになりそうですね」

亀助は自分に言い聞かせるように呟いていた。

「そうですよ。素敵な恋愛を、もうしているんですから、ぜひ、成就させてください」

振り向くと、天音と目が合った。

第三話「石垣島・毒ヘビと亀助危機一髪」

1

亀助は〝サーモンの旨塩焼き〟に箸を入れ、口に運んだ。肉厚で脂が乗っていて、塩気のバランスはもちろん、ほどよく黒胡椒が効いている。今度は北海道産の新米〝ふっくりんこ〟を咀嚼《そしゃく》する。旨味が口の中で渋滞しているではないか。焼き魚とご飯は日本人にとって究極のマリアージュなのだ。窓の外に目をやると、爽やかなスカイブルーの空に真っ白い雲があちこちで形容しがたい美しい模様を描いている。

早朝に羽田空港を飛び立った那覇行きの便は順調に南へと航路を進めていた。亀助は、ファーストクラス最前列、最右翼のシートで優雅に朝食を摂っている。旅への期待が高まる上空での食事がたまらなく好きなのだ。

この先、那覇空港でトランジットして、今度は新石垣空港に向かう。石垣島に二泊して観光を楽しんだ後は、石垣島から船に乗って、最終目的地はその先の竹富島だ。

隣のシートには亀助が交際を申し込んだ斉藤天音がいる。こちらも正確にいうと、前回の島根旅行の帰りに、天音から「お付き合いしてください」と告白された。だが、亀助は「そんな言葉を天音さんに言わせるわけにはいかない」と、それは取り下げてもらい、「僕から言わせて欲しい。結婚を前提に付き合ってください」と告げたのだ。

天音は検察事務官を辞めてからしばらく休養していたが、河口仁の誘いで、《銀座やなぎ法律事務所》でパラリーガルとして働くことにしたそうだ。豊富な法律の知識を生かして即戦力として活躍する姿が想像できる。ただ、子供の頃からなりたかったという職業をなぜ辞めたのか。そしてなぜ婚約破棄をしたのか。本当のところは聞かせてもらえずにいる。今回の旅では聞かせてもらえるのだろうか。

島根から東京に戻ってから、天音とは二回ほど食事に行った。だが、亀助の仕事が忙しかったこともあり、食事以外のデートや、旅行にはまだ行っていない。付き合い始めて、まだ間もないカップルだ。亀助も慎重に距離を縮めたいと考えていた。

そこで、恋愛コンサルのようにまた出しゃばってきたのは荒木奈央だった。《星のや竹富島》で執り行われる荒木と小室の結婚式には天音も招待されていたが、荒木から「ついでに一緒に旅行しちゃえばいいじゃん」と勧められたのだ。せっかく竹富島に行くのに、一泊二日というのはもったいないと思ってはいた。しかし、付き合って間もない天音と宿泊を伴う旅行もどうなのか、悩ましくもあったのだ。

すると、今度は天音から「石垣島で一緒に過ごせませんか。母の故郷が石垣島で、叔母が沖縄料理のお店をやっているのでよかったらご案内しますよ」と誘われたのだ。

食事のラスト、フルーツに差し掛かった亀助の視線が天音に向かう。フルーツだけ食べたあと、機内誌に視線を落としていた天音と目が合った。

「亀助さんはいつもファーストクラスに乗るんですか？」

「そうだね。国内線はファーストクラスがない飛行機もあるけど、空いていたら迷わずに取るかな。さっき、ダイヤモンドプレミアラウンジに入ってわかったと思うけど、空港のラウンジには種類があってさ。特定のクレジットカードで入れるラウンジの他、エアライン系では二段階に分かれていて、ファーストクラスに乗る場合は最上級のラウンジに入れる。他のラウンジとは食事やお酒のレベルが違うんだよ」

天音が愛想笑いを浮かべている。

「亀助さんは、どこまで欲張りなんですか。さっきもラウンジで美味しいおにぎりをいただきましたけど、今度は機内食が出てきて、朝からこんなに食べきれませんよ……。私がぷくぷく太っても、ちゃんと愛してくれますか？」

亀助は「もちろん」と即答すべきだと考えながら、その言葉が出てこなかった。できれば、一緒に健康的な生活を送りたいと思っているのだ。

「天音さんは自分に厳しいし、ストイックなイメージがあるからさ、太るイメージがないな。でも、もし太ったら一緒に運動をしようよ。もちろん、これからも食べきれなかったらさ、無理することはないし、僕のペースに合わせる必要はないからね」

天音が「ま、まあ、そうですけど……」と苦笑いだ。「私はいつもエコノミーですから、緊張しちゃいます」とつれない返事をしてくる。

「亀助さんって、そもそも今までお金の苦労をしたことありますか？」

天音がリクライニングを倒しながら聞いた。

「それは、正直、ないや」

「亀助さんの人生観って、おじいさんの影響なんかが大きいのですか？」

「そうだね。じいちゃんにはいろいろ教わったかな」

「食いしん坊だったそうですね。あまり商売には関わっていなかったと聞きましたけど」

「うん、平吉じいさんは大女将に店は任せっきりで、料亭の経営方針にもあんまり口を出さなかったんだけど、お金を殖やす才能があってさ、純金とか、土地とか、株を買って、それをことごとく当てて、資産を殖やしたんだよね。だから、食べ歩いても誰も何も言えなかったんだ」

「すごいですね」

亀助は平吉の姿を思い出してニヤけていた。

「福沢諭吉がさ、こんなことを言っているんだ……。人は、生まれながらに、貴賤《きせん》貧富の別なし。ただ、よく学ぶ者は、貴人となり、富人となり、そして、無学なる者は、貧人となり、下人となるって。それをじいさんは自分の言葉のように言っていたね」

「いい言葉ですね」

「そうだよね。じいちゃんも遊んでいるように見せかけて、実は最後まで、学び続けていて、そういうところも尊敬できたんだよね」

天音がメモを取り出した。そういうところが真面目だなと実感する。

「あの、実は私、ココ・シャネルが好きなんですが、彼女も似たようなことを言っていたんです。名言集みたいなのを私、買っちゃった」

亀助は思わず「へえ」と笑みをこぼしてしまった。

「それにしても、天音さん、シャネルのカバンとか香水とかいくつかアイテムを持っているのは知っていたけど、やっぱりシャネルが好きなんだね」

「普段はあまり買えないんですけどね……。私はココ・シャネルの生き方が好き」

亀助には少し意外な印象があった。

「僕はシャネルのことは詳しくないけど、昔からお洒落な人だなって思っていたよ。シャネルのどんなところが好きなの？」

「彼女は自立していて、自分で未来を切り開いた強い女性というイメージです」

天音の新たな一面を知った気がした。

「天音さんは、出身が千葉だったんだよね？　ずっと共学だったのかな？」

「はい、私はずっと公立なんです。大学も地元の国立、千葉大に進学しました」

「優秀なんだね」

「いいえ、一般家庭で育ちましたから。正直、私立はダメだと言われていたんです」

亀助は頷きながら、もし子供ができたらどんな教育方針になるのかと考えを巡らせる。

「亀助さんはとても裕福なご家庭でお育ちですが、特別なしつけとかありましたか。高校生で寿司やフレンチに行っていたなんて、子供の頃からいいものばかり食べていたんでしょうね」

「いやあ、そんなこともないけどさ。カップラーメンやスナック菓子とかは食べたことがないな。親が食べさせてくれなくてさ」

「え、一度も、ですか？」

「最近のカップラーメンやスナック菓子は栄養面も考えられているんだろうけどね、どうしても昔からの習慣が抜けなくてさ……」

「他には？　ファストフードとかは？」

「うん、積極的に行きたいとは思わないね。ハンバーガーにしても、なるべく素材にこだわって、オリジナルのものを作っているところを探して行きたいね」

天音は目を丸くしたままだ。

「そういえば、お坊ちゃんは飽きっぽいって言いますが、その点はどうですか？」

「確かに、それはあるかも……」

亀助は特に深く考えずに、本音で答えていた。

「え、じゃあ、恋愛とかも？」

すぐに切り返されて、これはまずかったかなと後悔し始める。しかし、ここで嘘をついてもボロが出るだろう。

「もしかしたら、そういう傾向があったのかも」

「それはちょっと困るんですけど……」

天音が苦笑いを浮かべている。亀助はやはり失言したことをはっきり理解した。

「それはそうだよね。でも、天音さんには真剣だから、大丈夫……」

自分で言ってから、これまた違和感があることに気づく。まるでいつもは真剣じゃないみたいだ。

「過去の恋人はお嬢様が多かったのではないですか？」

「まあね、それは、あるかもな」

天音が沈黙してしまった。亀助は再び失言してしまったことを後悔した。コーヒーを飲んで一息つく。

「まあ、でも過去のことはどうでもよくない？　大切なのはこれから、じゃないかな」

「それはそうですけど、そんなことを聞いたら、自信がなくなりますよ」

「いや、実際さ、天音さんは親の力とかに頼らず、努力して自分がなりたい仕事についたわけじゃん。僕の姉もそこをすごく評価していたけど、全く同感だよ」

「ありがとうございます。そうだ、子供は欲しいですか？」

亀助は今度こそ口を滑らすまいと、日頃から考えていることを言おうとする。

「それはできたら子供は欲しいとは思うね。もちろん、できなかったらそれは仕方ないと思うけど。だから、もし子供ができなくても、仲良く一緒にいられるパートナーと一緒になりたいし、天音さんはそういう人だと思っているよ」

「ありがとう。私も欲しいけど、こればかりは神様からの授かりものですからね」

やっと天音の笑顔を引き出せた。やはり、落ち着いて答えることが大事だと亀助は自分に言い聞かせる。天音の高校生時代について聞こうかと思ったが、ギャップを感じても嫌だと考え、亀助は話題を変えることにした。

「ところで、天音さんには、石垣島におばあさんをはじめ、親戚がいて、島には何度も行っているんだよね。そしたら、庭みたいなものだよね」

いくらか表情が緩んだようだ。

「庭は言い過ぎですけどね。星野リゾートは初めてですが、竹富島はもちろん、小浜島や西表島にも行ったことがあります」

天音が笑顔で話す。

「じゃあ、石垣島では、どこが一番好き？」

「うーん、悩みますね……。川平湾《かびらわん》の透明な海にグラスボートが浮かぶ景色、素敵ですよね。ただ、おばあちゃんちが白保《しらほ》の集落なので、人がいない白保海岸も好きです」

亀助は何度も頷いていた。同感なのだ。

「だよね、何度行っても、やっぱり、川平湾にも白保海岸にも、立ち寄りたくなるよね。今回も行こうか」

天音が微笑む。「そう言えば」と、亀助は首を傾げた。

「僕ばっかりさ、あれを食べたいとか、あそこに行きたいとか言ってしまったけど……。天音さんは本当に、ここだけは行きたいとか、あれ食べたいとかないの？　色々考えてはきたけど、できれば、天音さんの希望も聞きたいと思っているんだ」

天音が「完全お任せは困りますよね」と、苦笑いする。

「それなら、一箇所だけ、今回どうしても行きたいところがあるんです」

天音が即答したので亀助は驚いた。

「どこかな？　僕は行ったことある場所かな」

「え、と、《桃林寺《とうりんじ》》という、日本最南端の場所にあると言われるお寺です」

天音が機内Wi－Fiでネット接続したスマホで検索して観光案内ページを見せてくれたので、亀助は覗き込んだ。天音が纏った香水が亀助の鼻腔をくすぐる。距離が一気に縮まり、自分の心臓の音が聞こえた。それを悟られないように目の前の文字情報を読み込むことに努めた。

《桃林寺》は四百年の歴史を持つ八重山諸島最古の寺院だそうだ。一六一四年に創建されたが、一七七一年にあの有名な明和の大津波で全壊し、その後、建て直されたという。しかも、石垣市の中心部にある。市役所から徒歩で行けるくらいの距離だ。

「へえ、ここは行ったことがないや。八重山で最古のお寺なんだね。さすが、観光で訪れるだけの人にはわからない場所を知っているんだな。自分では普段気づけない発見があって、なんだか楽しいな」

亀助は石垣島には何度も訪れているので、それなりに有名な観光スポットには行ったつもりでいた。

「それ以外はお任せします。亀助さんについて行きます」

「うん、ただ僕にお任せするとマニアックなところに連れて行かれたり、相談した例の珍料理を食べさせられたりするから覚悟してもらわないと」

天音が苦笑いを浮かべた。

「ええ、あの料理だけはビックリしましたけど……。私は基本的に好き嫌いがないですし、亀助さんのおすすめなら間違いないですよ。そういう初体験も楽しみです」

亀助は頷いてからシートにもたれて、息を吸い込んだ。ただの旅ではない。これから、天音を引っ張っていかなければならないのだ。

天音が飛行機の窓に目をやった。翼がモードを変更する音が聞こえる。いよいよ、那覇空港が近づいてきたようだ。

「窓側がいいのかなと思ったけど、通路側でよかったの？」

「ええ、だって、ラウンジでもたくさん食べて飲んでしまいましたから……。トイレが近くなって、亀助さんの空の旅を邪魔したくありません」

なるほど、そういう理由で頑なに通路側を望んだのか。天音の乙女心が垣間見えて、亀助はつい微笑んでいた。

「那覇経由で石垣島といえば、トリカブト保険金殺人事件を思い浮かべてしまいますね」

天音が思いもよらぬことを言ったので、彼女が元検察事務官だったことを亀助は実感した。事件が起きたのは、もう随分と昔のことだ。

「日本の犯罪史に残る事件だよね。あのトリック、ある意味すごかったからな」

トリカブト保険金殺人事件とは、フグ毒テトロドトキシンと、トリカブトの毒アコニチンが、ともに拮抗《きっこう》作用をもった猛毒であることに目をつけた犯人による、保険金目的の計画的な殺人事件だ。犯人の男と妻は大阪から二人で那覇空港に到着して、妻のホステス時代の友人三人と合流した。そこで、男は「急用を思い出した」と言って、空港に残った。そして、妻と友人三人は予定通り、石垣空港に向かうのだが、到着後、ホテルにチェックインした途端、妻の体調が急変し、死に至る。

「はい、あの事件をきっかけに、日本の科学捜査が進展したという側面もあるでしょうね」

妙な間があく。そんな話をしている間に、飛行機は着陸態勢に入った。亀助たちはリクライニングを元に戻した。

「私ったら、せっかくの旅の最中に、変なこと言ってしまいましたね」

「いやあ、僕はそういうのは全然気にならないし、やっぱり、話が合うなって思ったよ。ほら、僕は警察官の家系に生まれているから、事件には昔から興味があるんだ」

天音が目を細めたので、「いや、事件に巻き込まれるのはもちろん嫌だよ！」と否定する。

程なく、機体が滑走路に着陸した。一度、那覇空港に入る。乗り換えまで三十分ほど時間があるので、カフェでコーヒーを飲むことにした。

「あ、天音さん、ごめん。僕ちょっと、急用を思い出したよ。引き返さないと……」

天音が目を丸くした後、眉間にしわを寄せた。

「というのは冗談だけど、つまらないね。毒を飲みたいくらいだ……」

亀助が両手を広げて舌を出す。

「亀助さん、文章は上手ですが、演技はあまり上手ではありませんね」

天音が白い歯を見せた。

「ただ、冗談を言い合える関係がいいなと思って」

天音が「わかります。そういうのっていいですね」と返してくれた。

「じゃあ、このタイミングで謝っておこう。あらためてさ、イラブー汁の件はごめん」

亀助は両手を合わせて天音の顔色を窺った。

「え、なんで謝るのでしょうか」

天音が怪訝《けげん》な表情を浮かべた。

「実は、奈央ちゃんにこっぴどく叱られたんだよね。初めての二人だけの旅行で、ヘビを食べたいとか、信じられないくらい最低な男だって……」

天音がキョトンとしてから、口に手を当てて笑い出した。つられて、亀助も笑う。

「笑ってくれたら僕も救われるけどさ」

亀助はそう言いながら、前回の東京でのデートのことを思い返していた。

亀助は、食べたいもののためなら労を厭《いと》わない。だから、作戦を立てて慎重に自分の企みを通そうとしていた。

「天音さんには、理解して欲しいことがあって。僕は日本の食文化が好きで、好奇心も強くて、人が食べたくないものもなんでも食べてみたいんだ」

「ええ、フグの卵巣の燻製《くんせい》を食べられた話をお姉さんから聞きましたよ」

亀助は吹き出しそうになった。

「まあ、そういうことかな。普通の人が進んで食べようとしないものを、どうしても食べたくなる習性があるみたいで……」

「それを私が理解しないと思いましたか？　だって、私は亀助さんのグルメブログのファンなんですよ」

亀助はついニヤけながらも、腕を組んだ。

「それは、ありがたいな。ただささ、別に一緒に食べて欲しいというわけじゃないんだ。だって、食べたくないものを無理して食べるのは嫌だろう？　僕だってそうだよ」

天音が首を傾げた。

「私も結構好奇心が旺盛な方で」

「じゃあ、結構ゲテモノ系も食べているのかな？　例えばスズメ、イナゴ、蜂の子……」

亀助は恐る恐る、食材をあげていく。

「多分、大丈夫です。思ったほどは驚きませんでした」

亀助は首を横に振った。

「今のはかわいいやつにしたけど、もうはっきり言うとね、今回どうしても食べたいものがあるんだ。イラブー汁っていう、かつての宮廷料理だったものなんだけど、どんな食材かわかるかな？」

天音が右手を顎に当てた。

「イラブーですか……。聞いたことはあるはずなのに、パッと出てきませんが、沖縄料理ですよね……」

じっと目を閉じて考えてくれているようだ。すると、カッと目を見開いた。

「私のレシピが正しければ……。ハブとか？」

亀助はグルメブログの決め台詞を真似されて最初は笑いそうになったが、「ほぉ」と唸った。さすが、鋭い視点だ。

「すごく惜しい。ほとんど正解にしてあげたいくらいだよ」

「どういうことですか」と白い歯を見せる。

「エラブウミヘビっていうんだ」

天音が「やった」と声をあげた。

「私にしては上出来ですね」

「うん。ちなみに、エラブトキシンという神経系の猛毒を持っていて、ハブの八十倍くらい強い毒だと言われているんだ。マムシの毒がハブの二、三倍らしいから、おそらく、日本に生息するヘビの中では最も強い毒を持った種類の一つだと思う」

天音が怖がるそぶりを見せた。

「脅かさないでくださいよ、もう……」

「脅かすつもりはないけどね。実際、美味しくて健康にも良いと言われているんだ。イラブー汁は宮廷料理だったくらいだからね」

「確かに、ヘビとかって滋養強壮のイメージがありますね」

「そうそう。なんでもエラブウミヘビは一年くらいは餌を食べなくても生きていけるらしいよ。すごいよね。中国の漢方でもヘビはよく使われるけど、日本でもサプリなんか作られていて、夜の不安がある男性の味方とか言われていてさ」

亀助は笑い声をあげたが、すぐに後悔した。天音が微妙な表情を浮かべる。

「あ、ごめん。それで今、イラブー汁を出している店は相当限られるみたいでさ、事前に予約が必要なんだ。仕込みにかなり手間がかかるみたいだし、好んでオーダーする人もあんまりいないんだろうね……」

天音が見るからに迷っているのが感じ取れた。

「他のメニューもあるだろうけど、嫌だったら、その一食だけ別行動にする？」

天音が見たこともない表情を浮かべた。

「せっかく一緒に沖縄に行くのに、なんで別行動なんですか？」

亀助は慌てて「だよね、ごめん」と平謝りした。

「じゃあさ、僕は隣でイラブー汁を食べてもいいかな？」

天音が首を振った。

「私もイラブー汁を一緒に食べます」

「え、本当に大丈夫？　無理してない？」

天音が「食べます」と言い張っている。亀助はどうしたものかと悩んだ。

「わかった。じゃあ、予約できたら、二人分頼むね」

「ちょっと待ってもらっていいですか。お話しした通り、私の叔母が山羊《やぎ》汁とかを出すお店をやっているのですが……。もしかしたら、イラブー汁も作ってくれるかも」

「え、例の叔母さんが作ってくれるの？」

「そうなんです。とっても料理が上手な叔母さんで、私、大好きなんです」

「わかった。じゃあ、迷惑でなければぜひ」

そう言って別れたのだが、その後すぐに、天音から電話があった。

〈亀助さん、叔母に相談したら、イラブー汁を出してくれるって言っています。他に行きたいお店があるのならそちらのお店でいいですが、もしよかったら……〉

亀助は「それはもちろん、願ったり叶《かな》ったりだよ！」と即答したのだった。

2

ほぼ予定時刻通りに、亀助は天音とともに新石垣空港に降り立った。青々とした空が広がっている。荷物を受け取ってから、早速、予約していたレンタカー会社の送迎ワゴンに乗り込んだ。

ワゴンが事務所に到着すると、予約したBMW4シリーズカブリオレが準備されていた。スポーツタイプのオープンカーで、色はシルバーだ。4シートではあるが、2ドアで、二人で乗る人がほとんどだろう。手続きを済ませて車の場所に移動する。

「今日は天気もいいので、オープンで走ったら最高ですね。ボタン一つですぐですよ」

スタッフに言われて、亀助は電動ボタンを押した。屋根がスムーズに折り畳まれていく。「本当に天気に恵まれて良かったです」と上機嫌で返す。

「私はオープンカー、初めてです」

天音が恥ずかしそうに言った。エンジンをかけると亀助はサングラスをかけた。

「よし、じゃあ、まずはランチしてから天音さんのおばあさんのおうちに向かおうか。《旬家ばんちゃん》は行ったことがあるんだよね?」

「はい、大好きです」と天音が返す。

《旬家ばんちゃん》は地元の旬の食材にこだわるレストランで、素敵な夫婦が営む白保エリアでも人気のお店だ。

亀助はアクセルを踏み込んだ。エンジン音は静かだが、一気に加速すると、風の音が強くなっていく。天音の長い黒髪がなびいているのがわかった。

天音が何か言っているようなのだが風にかき消された。「え、何？」と聞き返す。

「気持ちいいですね」と言っているようだ。「そうだね」と叫び返す。

程なく、目的地に近づいてきた。運よく、駐車スペースに一台分の空きがあったのでバックで入る。電動ボタンを押して、屋根を閉める。

店に入ると、テーブル席に案内された。〝ひるごはん〟のセットにした。黒紫米のご飯に、亀助の選んだモズクのお汁か、天音の選んだ季節野菜を使ったポタージュを選べる。さらに、四種のおかずから二種類選べるので悩ましい。

亀助は沖縄らしさを求めて〝軟骨ソーキのオイスターソース煮込み〟と〝島魚と島豆腐の洋風マリネ〟を選んだ。天音は亀助とあえてずらしたのか、〝八種のスパイスを使ったタンドリーチキン〟と、店の名物とも言える〝だし巻きたまご〟を選んだ。スフレタイプのフレンチ風オムレツなのだ。

「ここのだし巻きはふわっふわで美味しいよね」

亀助が言うと天音も「ここに来るとどうしても食べたくなって」と微笑んだ。

二十分ほど待っているとお盆に載った料理がやってきた。前菜は、〝きんぴら〟に〝ズッキーニとナスのラタトゥーユ〟だ。亀助は天音の料理まで撮影をさせてもらった。

「さて、いただきます」と手を合わせる。

「亀助さん、よかったら一口どうですか？　私、朝から食べすぎてしまって……」

間髪入れず、亀助のお皿にだし巻きたまごがやってきて、戸惑いを隠せなかった。一口食べたいと思っていたので、表情に出ていたのではないかと不安になったのだ。しかも、一口というか、ほぼ半分くらいの大きさだ。

「え、そんなにいいの？」

「ええ、だってこんなに大きいですから」

「じゃあ、遠慮なくいただくね。よかったら、軟骨ソーキか島魚のマリネはどう？」

亀助が言い終わる前に、「お気持ちだけ」と天音が首を振った。

「ラウンジでも飛行機でも十分にいただきました。さっきも言いましたけど、これ以上食べたら、お腹一杯になって太っちゃいますよ」

早速、だし巻きたまごをいただく。本来は食べ損ねるはずだった一皿だ。薄味で中はふわふわでメレンゲ状態のだし巻きの味わい深さ、食感も通常のものとは異なる。亀助は内心、言いようのない幸福感に満たされていた。

「やっぱり、沖縄料理というか、ここの料理は癒されるし、二人で食べるっていいよね」

「はい、毎日でも通いたくなっちゃいますね」

天音がはにかんだ表情を浮かべた。天音はご飯を半分にしたこともあり、ほぼ同じタイミングで食べ終わった。黒紫米で作ったシフォンケーキと黒糖の豆乳ジェラートを自家製のジンジャーエールと共にいただく。窓から見える青々と生い茂った若葉の景色にまた和む。

「ゆっくりしたいけど、外で待っている人もいるみたいだから、そろそろ行こうか」

お会計を済ませて、車に乗り込んだ。天音が毎回食事代を払おうとするのが亀助にとってはかわいらしく感じた。カーナビを設定しようとしたが、天音が「私がナビの代わりをしますよ。ここから五分くらいですから」と言う。

「オッケー。じゃあ、任せたよ」

「はい。じゃあ出て、そちらの道をまっすぐ進んでください」

そんな会話が始まってほどなく、小さな一軒家の前に到着した。築年数も随分と経っていると思われる。お世辞にも立派な家とは言えないが、一人で住むには十分な広さなのだろう。天音の祖母・金城《きんじょう》ヨネが現在はたった一人で住んでいるそうだ。

「よかったら、上がってください」

「じゃあ、ご挨拶だけさせてもらおうかな」

亀助は自分のスーツケースから手土産を取り出した。玄関に入ると、お婆《ばあ》さんが出迎えてくれた。随分と背中が曲がっているが満面の笑みだ。

「どうも、北大路亀助と言います」

耳が少し遠いようだ。小さく頷いた。

もうすぐ八十七歳だという金城ヨネは背中の曲がり具合とは反比例するように、亀助が想像していたよりも元気そうだ。亀助は菓子折を差し出した。

「これはつまらないものですが」

ヨネは嬉しそうな表情で「ニーファイユー」と言って受け取ってくれた。お礼だろう。さらに「オーリトーリ」と聞こえた。天音が「いらっしゃい」と通訳してくれた。中に案内してくれるので進んでいく。

驚いたことに、部屋の中には、海藻であるアオサがビッシリと干してある。

「え、これは誰が？　まさか、お婆さんがとったんですか？」

「うん、一人でとるのさ。もう何十年もとって、売っているのさ」

透明の袋に入った販売用のアオサを見せてくれた。商品名が〝アーサ〟で、説明文には〝汁物、天ぷら、チャンプルー、酢の物、つくだ煮などにご利用ください〟とある。代表者として〝金城ヨネ〟の名前と、ここの住所も印字されている。つまり、現役の経営者ということなのだ。亀助は驚きを隠せなかった。

「すごいな。これは、どこで売っているのですか？　絶対買って帰りますからね」

「〝ユーグレナモール〟とかさ。すぐそこでやる白保日曜市とかさ」

ヨネはプレゼントしてくれようとしたのだが、亀助が市場で買いたいと伝えると、嬉しそうに答えてくれた。〝ユーグレナモール〟とは石垣市内の中心部にある日本最南端のアーケード商店街だ。一方、白保の日曜市とは、この近くにある白保サンゴセンターで毎週日曜日に開催されている小市場だ。亀助はどちらにも足を運んだことがあった。

「おばあちゃんのアオサは、綺麗に洗ってあるから評判なんだもんね」

天音が補足するとヨネが目を細めた。しかし、亀助は背中がこれだけ曲がったお婆さんがそれを一人でしていることに、あまり現実味を感じなかった。海までは大人の足で歩いて十分くらいだろうが、きっとヨネは倍以上かかるだろう。

「おばあちゃん、毎日のようにアオサをとりに行って偉いね。腰を悪くしてからは、親戚みんなが心配しているけど、生きがいみたいなものを取り上げるのもね……」

「病院の先生も心配してくれるけどさ。私はさ、海の中にいた方がリハビリになるのさ」

亀助は何度も頷いていた。亀助の祖母も、元気でいるのはつい最近まで老舗料亭の大女将をやっていたからだ。何年も前から引退の話は周囲から出ていたが、本人がやりたいと言っているのに、仕事を奪うのはよくないと亀助は思っていた。

「すごいですね。元気なのはきっと毎日そういうやりがいのある仕事をしているからなんでしょうね。それこそがおばあさんの長寿の秘訣なんだろうな。素晴らしいな」

沖縄のおばあが元気で長生きする傾向が強いのは有名だ。健康的な食生活にもあると言われているが、やはり、こういった年齢になっても頭を使い、体を動かす取り組みを自発的にしているのが大きいのだろう。

一人で寂しいだろうが、それも本人が望んでのことと天音は言っていた。

ふと見上げると、壁には八重山の伝統的な旧盆行事で今も使われているアンガマーのお面が飾られている。

「アンガマーはどこの家庭にもあるんですか？」

「そうさ。お盆にさ、おじい、おばあの仮面を被った人と、妖精に仮装した人たちがさ、歌って踊って、先祖を供養するのさ」

ヨネが両手をくねらせながら、踊りをするような仕草を見せた。ご機嫌な様子だ。

「八重山は伝統文化がしっかり残っているんですよね。亀助さんは、アンガマーってどういう意味かわかりますか？」

亀助は腕を組んだ。

「諸説あるんだよね。姉という意味なのか、覆面のことを指すのか、あるいは踊りの種類を指すのか。懐かしい母親の意味とか……」

「さすが、亀助さんはなんでも知っているんですね」

亀助は「こういう伝統に興味があるだけでさ」と右手を振った。そうして、団欒《だんらん》をしているうちに二時間近くが過ぎていた。ヨネは天音と再会できてよほど嬉しいのか、もっと話していたい様子だ。

「じゃあ、おばあちゃん、東京に帰る前に時間があったらまたくるね。今夜はね、ヨシ子叔母さんのお店に行くんだよ。私は叔母さんちに泊めてもらうの」

ヨネが何度も嬉しそうに頷いた。誘いたいところだが、それは無理な話だろう。後ろめたい気持ちはあるが、二人は天音が話を切り上げたタイミングで家を後にした。

車に乗り込む。腕時計を見ると、時刻は十五時を回ったところだ。

「天音さん、せっかくだからさ、そこの白保海岸に立ち寄ろうか」

「いいですね。今日は天気もいいですしね」

亀助は徐行しながら、海岸に向かう。白保エリアは観光地化されているわけではない。集落のルールを守らなければならないのだ。空き地に車を停めた。

コンクリートの堤防に上ると美しい白保海岸が姿を現した。海に潜れば広大なアオサンゴが広がっている。シュノーケリングするのがベストだが、その時間はない。

「いやあ、何度見ても美しいね。ここは人も少ないから絶景を独占できるのがいいよね」

「本当に癒されますね。この美しい白保海岸を守らなければなりませんよね」

亀助はふと、前回訪れたときのことを思い出した。

「そういえば、この近くに御嶽《おん》があるよね」

「そうですね。白保エリアには全部で四つの御嶽があるはずですが、この近くには、確か〝多原御嶽《たばりおん》〟と〝波照間御嶽《あすくおん》〟が」

「神聖な場所だから、毎回作法に悩むけど、お祈りしてパワーをもらって行こうか」

天音がこっくりと頷いてくれたので、一緒に徒歩で向かう。

「亀助さん、亀助さん」

二回も名前を呼ばれて亀助は振り返る。天音が困惑の表情を浮かべて追いかけてきた。

「亀助さんは、競歩でオリンピックでも目指しているんですか？」

亀助は、「え？」と聞きかえしたが、ふざけている様子ではない。すぐに、「ゆっくり歩いてほしい」と言われていることに気づいた。

「歩調を合わせる気がない男性って、モテたい願望なんかはないそうです。でも、社会的には成功している人が多いそうですね」

「え、いや、ごめん……」

「いいえ、女心には疎くて、結婚したら奥さんは寂しい思いをするらしいです」

気まずい思いをしながら、天音に合わせて歩くペースを緩めた。

「天音さんは、沖縄本島南部にある〝斎場御嶽《せーふぁーうたき》〟とか、那覇の首里城にある〝園比屋武《そのひゃん》御嶽《うたき》〟に行ったことはあるかな」

　天音がすぐに首を傾げて、「いえ、首里城には行ったことありますけど……」と言ってから左右に首を振った。

「本島ではね、観光資源になっているんだよね。でも、やっぱり、文化が残っている石垣島に来ると、むしろ、そういうケースがレアなんだって思うよね」

　歩き進めると、コンクリートの鳥居の先、木の根元に〝多原御嶽《タバリオン》〟と刻まれた石碑を発見した。この鳥居の先には入ってはいけないのだろう。二人で手を合わせる。

　幻想的な雰囲気で、写真を撮影するのは憚《はばか》られる。

「石垣島の場合、過去に実在したノロの墓を御嶽として、そのノロを守護神として祀っているケースが多いみたいだね。きっと、ここもそうなんだろうね」

　亀助が調べた限りでは、この八重山地方や宮古島の独特な風習のようだ。

　沖縄本島では「うたき」と呼ばれるが、石垣島を含む八重山諸島では「おんたけ」や「おん」と読まれる。明治時代、政府の皇民化政策により、鳥居が建てられた。沖縄本島ではその後に撤去された御嶽が多いが、八重山諸島ではこの鳥居が残っているものが多く見られる。

「御嶽は神の島と呼ばれる久高島《くだかじま》でもいろいろ問題になっているよね」

「どんな問題なんですか」

天音は御嶽のことにはあまり詳しくないようだ。

「御嶽のことをよく調べて理解しようとしない人たちが、パワースポットだという軽薄な認識で立ち入って、ＳＮＳに投稿するからさ、それを見た人が入ってもいいと勘違いして侵入するケースが後を絶たないみたいなんだ」

今回だって、目の前でそんなことが起きても不思議ではない。若い世代は細かいところまでは調べないのだろう。

「それは現代的で悩ましい問題ですね」

「そうなんだよね。じゃあ、ロープを張って規制すれば良いかというとそういうわけにもいかないからね。ロープを張れないくらい神聖な場所だからな……」

すぐ近くにある〝波照間御嶽〟にも立ち寄ってみた。当然、波照間島《はてるまじま》と縁のある御嶽だろう。再び、中には立ち入らず、鳥居の前で二人は手を合わせた。

ゆっくりと、車のある場所まで戻る。

「やっぱり、神聖な御嶽に立ち寄ると、緊張するというか、身が引き締まるよね」

「そうですね。どこまで入っていいのかなって、いつもおっかなびっくりです」

「男性は特にね、禁制の場所があるからな……」

ロックを解除して、車に乗り込んだ。時計に目をやる。

夕食の前にチェックインしてホテルに車を置いて、タクシーで街に向かうことにした。〝フサキビーチリゾート〟は、石垣市中心部から車で十分ほどの距離にある人気のリゾートホテルだ。亀助は一度泊まったことがあった。

「いいホテルですね。街の中心部からも近いですし」

「そうなんだよね。タクシーに乗ればすぐだから、酔い潰れても安心だよ」

その前に天音の案内で叔母の家に向かう。石垣市街の外れにあるアパートだった。天音が荷物を置きにいく間、少しだけ車中で待機する。すると、天音が身軽になって戻ってきた。

今度は〝桃林寺〟まで車を走らせる。十分もかからないうちに到着した。山門は赤瓦の屋根になっているが、近づくと二体の木彫りの像が門の中にあるのがわかった。一体は他の地域でもよく見かける金剛力士像だ。

立派な造りで、亀助は思わずｉＰｈｏｎｅを構えていた。こちらは御嶽と違って、禁止事項は多くない。中に足を踏み入れた。本堂が姿を現す。こちらも、赤瓦だ。

本堂に向かってゆっくりと歩いていく。手を合わせて頭を下げる。亀助が頭を上げると、天音はまだ深々と頭を下げていた。

「何か、神様に特別なお願い事があるのかな？」

天音がこっくりと頷いた。

「奈央ちゃんの安産祈願ですね。あとは、私の恋愛祈願と……」

いつもグルメのことしか考えていない自分が恥ずかしくなってきて言葉が出てこない。

3

亀助は天音を〝ユーグレナモール〟の手前で降ろすと、ホテルに向かった。チェックインをして、部屋にスーツケースを置く。つい海に引き込まれるようにして窓に近づいた。

海を眺められる景色の良い部屋でベッドは二つある。一人でこの部屋は少し贅沢だろう。

天音を誘うべきだっただろうか……。

亀助は準備を済ませ、フロントに鍵を預けると、ホテルの前に停まっていたタクシーで中心部に向かう。約束していた〝ユーグレナモール〟の入り口にいる天音が気づいて手を振っている。

「部屋はどうでしたか？」

「うん、海が見えるとても景色がいい部屋だよ。今度、一緒に泊まろうか」

亀助は思い切って言ってみた。すると、「嬉しいです。ぜひ」と返ってきた。時計に目をやると、もう十七時半を回ろうとしている。

店は十八時にオープンするらしい。イラブー汁はすでに仕込みをしているのだろう。提供まで手間がかかる料理だろうから、忙しくなる前の時間にオーダーして、調理してもらいたかった。

「天音さん、本当に無理はしないでいいからね。何なら、僕が二人分食べるし」

そう言ってから、口に合わなかったらどうしようかと亀助は不安になった。おそらく、調理は難しく、料理人の腕によって味は大きく変わってきそうだ。

天音が、「無理していませんから」と少しむきになって返してきた。

「亀助さん、また競歩していますよ。旅行のときくらい、のんびりしましょう」

天音に言われてハッとした。確かに、いつものペースで早歩きになってしまっていた。だが、沖縄の旅くらい、こちらの時間に合わせて行動したいものだ。いや、いつだって天音のペースで歩くべきか。

夜のネオンが目立ち始めている。天音が足を止めた。いよいよ店に到着したようだ。五階建ての雑居ビルの一階だ。木製の看板に《ティーアンラ》と刻まれている。外から見ると、店構えはスナックのようだ。

天音が入ると、「あら、天音」という声が響いた。亀助も続いて入る。金城ヨシ子と思われる女性は六十代くらいだろうか。その女性と天音が熱い抱擁をしている。

「初めまして。予約していた北大路です」と告げると、「あら、いらっしゃい。聞いていたさ」と、カウンター席に案内された。

まだ十八時前というのに、ソファ席には男たちが二組ほどいるようだ。チラリと目をやると、若い二人組と、中年の男性が一人で、それぞれ二十代と三十代の女性が一人ずつ接客している。

どうやら、実際にスナックのようだ。マイクも置いてあるので、カラオケで歌えるのだろう。飲み物を聞かれたので、亀助はオリオンビールの生をオーダーした。天音はシークヮーサーサワーだ。さっそく、天音と乾杯する。

「運転、お疲れ様でした」

天音の労《ねぎら》いの言葉がスッと入ってきた。冷えたアルコールが喉を通り抜けていく。お通しは海ぶどうを出してくれた。亀助の好物なのですぐに箸をつけた。新鮮で口の中でプチプチと弾ける食感が良い。

それにしても、カウンターは料理工程を眺められるのがいい。亀助はヨシ子に許可をもらって撮影を開始した。ヨシ子はさすが熟練の腕で、無駄のない動作で仕上げていく。

昨日から料理に取り掛かっていたそうだ。それだけにイラブーももう、燻製から料理できる状態になっているのがわかる。

「イラブーの燻製はさ、真っ黒になっているのさ。それをまずは炙って、煤《すす》をとることから始めるのさ。手間暇かけるのが大事なのさ。イラブーは神の使いだから。頭と尻尾は海に返すのさ」

亀助はヨシ子のイラブーに対する真摯な思いを聞いて、テンションがさらに上がる。

「叔母さん、私、最初から見せてもらえばよかったな」

天音がぽろっと呟いた。それを言ったら、亀助も一緒だ。昨日から料理に取り掛かっていたそうだが取材したかった。

イラブー汁定食が完成に近づいてきたようだ。イラブー汁のほか、炊き込みご飯、ジーマーミー豆腐、モズクに加え、おからの小鉢がついている。スナックでありながら、ここまで手の込んだ料理を出すとは、さすがだ。もしかしたら、今日は亀助のわがままを聞いてくれて、特別なのかもしれないが。

ヨシ子を撮影させてもらう。こちらに気づいて目が合うと「恥ずかしいさ」と呟いた。お皿をのせたお盆がいよいよ、目の前にやってきた。

「うわあ、なかなかの迫力で、すごいな……」

よく見ると、どんぶりにはテビチや昆布が入っているのがわかる。しかし、一番上に黒い鱗を光らせたイラブーが凄《すさ》まじい存在感を放っている。唯一添えられた野菜の葉っぱは〝長命草〟とも呼ばれ、健康効果が高いと言われる〝サクナ〟だろう。

「すみません、この炊き込みご飯は？」

「フーチバージューシーさ。ヨモギさ」

「なるほど、ヨモギのジューシーですか。僕は初めてだな」

亀助は何枚も写真を撮っていく。顔を上げると、天音も同じように写真を撮っているが、やや緊張した面持ちだ。イラブー汁のスープ自体は琥珀色だが、やはり、黒い鱗がグロテスクであることは疑いようがない。

亀助は箸で摑んでみた。思っていた以上に重みがある。しっかりと身が詰まっているのだ。ラーメンを撮影する際は〝麺リフト〟と呼ばれるが、この〝イラブーリフト〟はなかなかチャンス自体がない。天音に手伝ってもらって撮影を終えた。

まずはスープを一口いただく。目を瞑った。奥深い味わいが口の中に広がっていく。臭みはまるでない。昆布のだしにヨード、さらに、豚のだしとテビチのコラーゲン、そして、イラブーのだしとエキスがバランスよく均衡を保っている。思っていた以上に繊細な味わいだ。わずかに塩気を感じるが整える程度で、調味料はおそらくほとんど使っていない。

これが琉球の伝統が誇るイラブー汁なのか。

今度はヘビの身を解《ほぐ》してみた。硬い骨は取り除かれているようだ。すると、皮が簡単に剝がれ落ちた。なんとも、グロテスクだが、魚の皮だと思えなくもない。

「いやあ、天音さん、楽しいですね」

亀助が投げかけると天音は呆れた表情を浮かべた後、箸を置き、口元に手を当てて笑っているようだ。亀助はイラブーの身を一気に口の中に入れた。柔らかい。淡白な味で、それほど強い味わいは感じない。匂いを嗅いでみたが、昆布だしの匂いや豚肉の方が強い。テビチはしっかり味付けされているようだ。

「亀助さん、どうですか?」

天音に問われて、すぐに首を縦に振った。

「いやあ、滋味深いという表現が合うのかな。これは、なかなか食べられない料理だと実感するけど、想像以上に洗練されたスープで感激だよ……」

他の小鉢にも箸を伸ばす。酢で和えたモズクは東京や本島で食べるものよりも、太くて粘りが強い。石垣島は黒潮の関係で水温が高く、モズクやひじきの養殖に最適だと言われている。ヨシ子が水を足しにやってきてくれた。いかにも、お母さんという感じの女性だ。

「イラブーは初めてかい?」

亀助は「ええ、ずっと興味があったのですが」と笑顔を作った。

ヨシ子の視線が今度は天音のどんぶりに向かった。「あらま」という声が漏れる。箸が進んでいないことを感じ取ったようだ。

「天音さんはイラブー、どうかな?」

「初めてなので、おっかなびっくりです……」

天音が、叔母に気を遣って返す。ヨシ子が再びイラブー汁を作って完成させると、ソファ席にいた女性たちに声をかけた。どうやら、ソファ席の人たちもオーダーしていたようだ。手が空いたようなので、亀助はいよいよ話しかけた。

「最初は乾燥させた状態なんですよね。可能な範囲で作り方を教えてくれますか？」

亀助が言うと、ヨシ子がニッコリと目尻にシワを寄せた。

「イラブーは臭みが強いからさ。下処理に手間暇をかけているのさ」

さらに聞くと、なんと、五〜六時間もかけて水炊きした後に骨抜きをして、新しい水に替えて煮込んでいるのだという。

「イラブーの仕入れはどうされているのですか」

「玉城《たまき》さんのところのやつさ。ほら、今日、漁師さんが来てくれているさ」

亀助はヨシ子の視線の方を振り返った。若い男性の一人が立ち上がった。たまたまイラブー漁をしている人が来ているということか。おかしいことではないだろうが……。

亀助が頭を下げると、その男性がやってきて亀助の隣に座った。黒いキャップに白いシャツ、ハーフパンツをはいている。今どきの若者だ。

「あんたがイラブーを食べたいっていう東京の人か。いやあ、嬉しいさ。俺はイラブー漁も燻製もやっている玉城隆《りゅうすけ》介さ」

手を差し出してくれたので、挨拶をして握手をする。手の皮がぶ厚いなと感じた。目が吸い寄せられる。仕事をしている人の手だ。小柄だが贅肉がない。ヘビ漁をするには俊敏さが求められるのかもしれない。

つい嬉しくなって再び握手をしてしまった。年齢はまだ二十三だと言う。

「ママ、俺、一口でいいからスープ欲しいさ。もらえるかい？」

ヨシ子が頷いて、温めていたスープをお椀に入れて玉城に差し出した。

玉城は手を合わせて一礼すると、大切そうに一口飲み、「ママは下処理が上手さ」と褒める。ヨシ子が頬を緩めた。玉城はどこか誇らしげな表情だ。

「いろいろ教えてください。今も、久高島では、ノロである女性が手摑みで漁をしていると聞きました。石垣島でも、昔はノロにしか漁は許可されていなかったとか」

ノロは〝祝女〟と書く。沖縄、および鹿児島の奄美《あまみ》諸島にもいて、地域の祭祀を取り仕切り、祭祀が執り行われる御嶽も管理する。〝カミンチュ（神人）〟とも呼ばれるほど、特別な存在だ。

「そうさ。うちのおばあが、ノロだからね。事件とかがあったらさ、刑事さんとかがさ、よく相談に来るさ」

玉城が驚くべきことを言ったので亀助は身震いした。ノロは謎に包まれている部分が多く、亀助はずっと興味を持っていた。

「え、現役のノロですか……。しかも、刑事が相談に来るってことは、事件解決の手がかりを求めてってことですよね。やっぱり、すごい力を持っているんですね」

「そうさ。ノロのおばあは神様の声が聞こえるからね。会えば色々教えてくれるさ」

亀助は生唾を飲み込んだ。

「え、行ってもいいんですか？　急にお邪魔しても相手してくれますか？」

「いいさ。明日でも来たらいいさ。言っておくからさ」

「それは嬉しいな。こんな体験はめったにできない。迷惑でなければぜひ」

亀助がいうと、「今日はずっとこの店にいるの？」と聞かれた。二軒目を考えてはいたが、これだけヨシ子にもてなしを受けてすぐに出るわけにもいかない。もう少しいることを伝えると、玉城が一緒にソファで飲もうと誘ってくれた。天音と目を合わせると頷いてくれた。天音はヨシ子と一緒に帰ると言っていたし、どうやら問題はないようだ。

亀助は「じゃあ、取材が終わったらあとで」と玉城に伝える。すると、天音がヨシ子に向かって「亀助さんが叔母さんに話を聞きたいって」と、白い歯を見せた。玉城が頷いて「じゃあ、約束さ」と言って、ソファ席に戻る。

「あ、イラブーだけでなく、フーチバージューシーも美味しかったです。ヨモギの他に具材はニンジン、干し椎茸かな。豚肉と鰹だし、それ以外に何か入っていますか？」

ヨシ子が目尻をくしゃくしゃにして何か言った。

「が入っているからさぁ――」

亀助は愛想笑いを浮かべるしかなかった。なぜなら、声が小さくて早口で聞き取りづらく、その上、独特の訛《なま》りもあって、理解できなかったからだ。

天音と目が合った。どうやら状況を察したようだ。

「亀助さん、〝ティーアンラ〟ってなんだか、わかりますか？」

亀助は頭をフル回転させたが、当然聞いたことのない言葉で答えが見つからない。だが、店名でもあることにすぐ気づいた。

「僕の中で〝ティー〟といえば、琉球空手を思い浮かべてしまうんだよな……」

亀助が自信なげに頭を傾けると、天音が目を丸くしたまま大きく頷いた。ということは合っているのか。

「技とか奥義とか、そういうことなのかな？」

「ちょっと、ずれちゃいましたね。手の〇〇が入っているってことなんです」

亀助は大きく頷いた。

「なるほど。ということは手の脂かな？」

ヨシ子が、「カンがいいさぁ」と言って、手を叩いて褒めてくれた。

「さすがですね。ヨシ子叔母さんは、沖縄の人間は愛情を込めて工夫するのが美味しさの秘密よって、足りないものは心で補うのよって言ったんです」

亀助は、衝撃を受けていた。正直なところ、〝手の脂〟とわかったとき、衛生面の観点からあまり良い印象はなかった。しかし、本質はそこではないのだ。

「素晴らしいですね。やっぱり、愛情こそ、最高の隠し味なのだと実感しました」

亀助は姿勢を正して頭を下げた。すると、ヨシ子がにっこりと微笑んでくれた。

「長寿の時代であり、フードロス削減の時代でもあるからな。琉球の食文化や考え方は今、日本全体で求められているものだよね」

天音が「全くその通りだと思いますよ」と頷いてくれた。泡盛のソーダ割りが入ったグラスを傾ける。その時、ドアが開く音と笑い声が聞こえて振り向いたが、今度は三人組の男性が入ってきた。風貌から言って地元の常連客だろう。一人で来ていた中年の男性客のソファに座った。知り合いのようだ。

「すごい人気だね」と、天音に言うと、また、ヨシ子が何か早口で話し始めた。天音が、「どんな仕事をしているの？　って聞いていますよ」と言う。

「僕はグルメライターです。あとは、実家が料亭を営んでいて、そこも手伝っています」

ヨシ子が何か言う。すると、天音が、「お金持ちなんだね、って言っていますよ」と通訳してくれた。

「こういう素敵なお店を紹介する仕事なんです。ぜひ、紹介させてください」

亀助は頭を下げたが、ヨシ子が何か言っている。あまり紹介されたくないのだろうか。なんとなく理解できたが、天音によると、「普段、イラブー汁は出さないので、いつも出している料理と誤解されたくない」と言っているという。亀助はもちろん、正確に書くと伝えて再び頭を下げる。予約すればいいのかと思っていたが、どうやら一匹単位で仕入れるため、一、二食分をオーダーされても元が取れないそうだ。当然、余れば仕入れ値とのバランスが取れなくなる。その点、今夜はヨシ子が常連に呼びかけて、みんなにオーダーしてもらうことで収まったという。亀助は申し訳ない気分で一杯になった。なんなら、仕入れ値は亀助一人で負担したいところだ。

そのとき、背後から、「イケメン」という言葉が聞こえてきた。どうやら、お店の女性が亀助に向けて言ってくれたようだ。天音が顔をしかめたのがわかった。

すると、男たちが反応して、「じんむっちゃー」という言葉を使っているのが聞こえた。天音に意味を聞くと、「お金持ち」だと言う。しかも、どうやら、イラブー汁を頼む若いお金持ちが東京から来るというから見物に来ているということだ。冷やかしか。

亀助は何も知らず、背を向けて呑気に食事をしていたが、それをおかずに楽しんでいたということなのだ。複雑な思いがこみ上げ、酔いが醒《さ》めていく。

いますぐ店を出たいところだが、ヨシ子は天音の叔母で、せっかく特別にイラブー汁を出してくれたのだ。しかも、仕入れたイラブーを余らせないようにと来ている他の客もいるはずだ。一匹から作れるイラブー汁は五、六人分だと言っていた。店主の心遣いや、店の上客を無下にすることはできない。玉城とも「後でまた」と約束したばかりだ。

するると、後からやってきた一人の男性が立ち上がった。天音によると、下地吾郎《しもじごろう》というこのビルのオーナーらしい。右手には泡盛の杯を持っている。店内の注目が一斉に集まった。これから何かが行われるのだろう。

「みなさん、今日はわざわざ東京からイラブー汁に興味を持つ若者が来てくれたさ。久しぶりに玉城くんが獲ったイラブーを食べたらさ、精力が出てさ、今夜は大変さ」

店内は大いに盛り上がり、拍手と笑いが起きている。

「この島が守るべき大切な料理さ。ママの手料理と、イラブーに乾杯」

下地はそう言うと一気に飲み干した。再び拍手が巻き起こる。天音が耳打ちしてくる。

「亀助さん、これは宮古島発祥の〝オトーリ〟という儀式なんです。親役の方が一言二言挨拶をして泡盛を飲むんです。その親に泡盛を注がれたら飲み干さないといけません。先に言えば、量は減らしてもらえるはずですが……」

亀助は宮古島に行った際、こんな場面に遭遇したことがあった。だが、それを思い出す間もなく、下地吾郎は最初に亀助たちのもとにやってきた。泡盛の〝多良川《たらがわ》　琉球王朝〟のボトルを右手に持っている。カウンターにいるので距離的に近いのだ。

「私はね、下地といいます。ママには長年お世話になっています」

「それはどうも。私は北大路と言います」

「私はママの姪《めい》にあたる斉藤天音です」

下地は笑顔で天音に杯を渡すと泡盛を注いでいく。思っていた以上に入れた。それを天音は一礼すると、何も言わずに一気に飲み干した。今まで実力を隠していたのではないかと思うほどの飲みっぷりに亀助は度肝を抜かれた。今度は亀助にも注いできた。亀助は礼をして一気に飲み干す。

そのあと、下地は次々に店にいる客やスタッフにお酒を注いで回った。ヨシ子も天音と同じ体質なのか、ケロッとしている。

「天音さん、これはちょっとまずい展開かも。僕はもう酔いが回っているよ」

「私もなんです」と、天音は頭を押さえている。

下地のオトーリが終わって間もなく、今度は最初からいた別の男性が立ち上がり、挨拶を始めた。やや訛りはあるが、話を聞いていると、大浜彰《おおはまあきら》という名前で、地元の建設会社の社長らしい。日焼けで肌の色が黒く、恰幅《かっぷく》もいい。

「天音さんはもう無理しないほうがいいよ。次は僕が代わりに飲むから」

そのタイミングで、亀助と天音はイラブーの漁師である玉城に呼ばれて同じソファ席に移った。若いもう一人の男性は、ビルのオーナーである下地に向かって、親父《おやじ》と言っているので息子なのだろう。

「俺は下地辰也《たつや》。よろしくさ」と言って、握手を求めてきた。上下黒い服で、金のネックレスに、腕にはロレックスを巻いている。成金か。玉城の一つ年上とのことだ。

その席で接客していた赤いドレスの女性はミカという名で、東京から来たという二十一歳だ。いろんな質問を投げてくるが、天音が答えていく。もしかしたら、天音は亀助とミカに会話をさせたくないと思っているのではないかと感じた。

「あんなグロテスクなイラブー汁を食べたいなんてなあ。美味しかったかい?」

亀助は苦笑いしながら頷いた。玉城はスープだけ試食した様子だが、下地は汁そのものに興味がないのかもしれない。

「はい、叔母さんの手料理は本当に手が込んでいて、ティーアンラの真髄を味わいましたよ。しかし、このオトーリの洗礼は思ってもみなかった」

「まだまだ、これからさ。朝まで飲むさ」

亀助はその言葉を聞いただけで目眩《めまい》がしそうだった。

4

亀助は身体《からだ》を誰かに強く揺すられて目を覚ました。揺すられる度に頭がガンガンする。昨夜の記憶が少しだけ蘇ってきて、大量のアルコールが今も体内を駆け巡っていることだけは理解した。

朦朧《もうろう》としながら、肩や腰に張りのようなものがあり、強い違和感があるのがわかった。なぜか手と足の自由がきかないのだ。縄か何かで縛られているようだ。足に目をやると、何とガムテープでグルグル巻きにされているではないか。シャツは汗を吸い取って濡れている。南国のオーシャンビューのリゾートホテルで、心地よい時間を過ごすはずだったのに、一体なぜこんなことになってしまったのか。

気配を感じて視線をゆっくりと上げると、アンガマーのお面をつけた不気味な男がいた。土の匂いがする。

どうやらここは屋外のようだ。明るさから言って、まだ夜が明けたばかりなのだろう。

「これ、なにかわかるねー？」

男は持っている注射器を亀助の顔に近づけてきた。亀助は事態を飲み込めずにいた。医療従事者にはとても見えない男が、注射器を持っているのだ。しかも、液体が入る部分は押し潰されていて使用済みのものと思われた。亀助は首を傾げた。

ここが病院ではなくて、不審者が持っている注射器というと……。まさか、違法薬物を注入されたのか。

背筋に悪寒が走った。首をすくめる。

「イラブーの毒ね。猛毒ね」

予想は外れたが、毒だと、猛毒だと相手は言っている。

亀助は自分の身に危険が迫っているのがわかり、背筋が凍るようだった。言われると、体の中に異物が駆け巡っているように思えてくる。虫唾《むしず》が走るようで身悶《みもだ》えた。

「お前、誰、なんだ」

すると、相手が亀助の腕を押さえて、今度は別の注射針を近づけてきた。それはまだ液体がたっぷり入っている未使用のものだ。体が激しい拒否反応を示して、亀助は必死にのけぞっていた。

「やめろ！」

男は首を横に振った。

「違うさ。助けて欲しかったら、この解毒剤が必要になるのさ」

なんとなく言っている意味は理解できた。だが、最初の前提がまだ理解できていない。

「どういうことだよ！」

亀助は大声を出したが、口を押さえられた。

「大人しくしろ。命だけは助けてやるさ」

今度は男が包丁を取り出して、亀助の顔の前に突き出してきた。一般的な包丁ではない。飲食店で使うようなしっかりした包丁だ。

「いいか、お前の財布に入っている銀行のカードの暗証番号を言え。そしたら、解放してやるからさ。あれは本物の解毒剤さ」

男が地面に置かれた注射器を指差した。

「四桁の暗証番号を早く言わんかね。カードは二枚あるさ。両方言え」

再び、包丁を突きつけてきた。男の衣服が密着したその時、何か生肉のような臭いが鼻を突いた。

亀助は怒りで奥歯が欠けてしまいそうなくらい歯ぎしりした。両腕にも再び力を込めて、ガムテープを引き裂こうとしたがそれはかなわなかった。

「三時間以内に解毒剤を打たないともう知らんさ。死んでもいいのか」

亀助は目の前の男を睨みつけ、ため息をついた。

「〇、二、一、八」

適当な番号を伝えようかとも考えたが、亀助は正確な番号を教えた。おそらく、一日の引き出しの上限は二百万円のはずだ。

「両方とも同じか？」と聞かれて、亀助は頷いた。

「嘘じゃないな。嘘だったら、殺すぞ」

男はそういうと、亀助を見つめたままスマホを取り出した。誰かに電話をかける。

「もしもし、俺さ。番号を言ったさ。〇、二、一、八ね」

再び繰り返した。男はそのまま電話を切らない。おそらく、仲間はＡＴＭのそばにいるのだろう。上下関係で言うと相手の方が上なのかもしれない。

「そうですか！　すぐにもう一枚も」

興奮する声が聞こえた。どうやら、一枚は引き出しに成功したようだ。

「よし。後で山分けさ。急いで離れて」

亀助はじっと相手の様子を見つめていた。今、自分の目の前で脅迫と金品強奪という犯罪が行われたのだ。いや、冷静に考えれば、亀助に対しても暴行という犯罪が行われていた。つまり、目の前にいるのは疑いようのない犯罪者だ。黒いTシャツに、迷彩柄のハーフパンツ。そして、サンダルだ。男が亀助を見つめたまま電話を切った。

「悪く思わないでくれな。景気のせいなのさ。俺がいなくなったらさ、五分後に逃げていいからさ」

そう言い残すと、亀助の手足を縛っていたガムテープを包丁で切り、ポケットに何かをねじ込んだ。そして、背を向けて、猛ダッシュで去っていった。追いかける体力と気力は奪われたままだ。

なんとか、その場に立ち上がる。地面に置いてあった注射器を持ち上げたが、どう対処するか悩ましい。自分で適切に注射できるとは思えないのだ。ポケットに手を入れると千円札だった。引き出された四百万円の他に、財布にも十万円近く入っていたはずだ。余計に怒りが込み上げる。

「すみません、誰かいませんか？」

声をあげながら注射器を片手に歩いていく。のんびりしている場合ではない。自然と駆け足になっていた。しばらく進んでいくと、道路に出た。すぐ近くに学校のようなものがあり、住宅地も近いようだ。最果ての地ではないことに安堵する。そして、歩いている老人を見つけた。警察に通報するようお願いすると、スマホからすぐに連絡してくれた。

警察官に会ったら、なるべく的確に情報を伝えなければならない。内容を整理してみる。そうしているうちにパトカーがやってきた。スーツを着ているので、刑事のようだ。相手は、沖縄県警八重山警察署の宮良《みやら》純《じゅん》と新城《しんじょう》誠《まこと》と名乗った。亀助の体調や様子を親身になって心配してくれた。

まずは病院に行った方が良いという話になり、パトカーで県立の八重山病院まで運んでくれた。財布は盗まれたままで、保険証やお金もないが、緊急時だから仕方ない。亀助は警察庁に勤める父親のことも伝えた。

病院で採血を行い、渡された注射器の液体と共に検査をしてもらう。すると、体内に毒物は入っていなくて、恐怖で脈が速くなっているくらいだということを知らされた。注射器の液体はただの水ではないかということだった。つまり、まんまと騙されたのだ。

「じゃあ、奪われたものはスマホと財布、その財布の中に入っていたのは銀行のカードと、他には？　クレジットカードとか免許証は？　身に付けていたものとかは？」

「クレジットカードは三枚ですね……。すぐに止めます。あとは免許証も……」

ハッとして、亀助はせっかく借りたレンタカーをこの後運転できないことに気づいてショックを受けた。ため息がこぼれる。もう一つ大切な腕時計のことも思い出した。

「あと、腕時計もですね。なんて、ついてないんだ……」

最近はＡｐｐｌｅ Ｗａｔｃｈをつけることが多かった。たまたま、今回の旅では、結婚式というフォーマルなパーティーに参加することもあり、祖父にもらった貴重な時計にしていたのだ。Ａｐｐｌｅ Ｗａｔｃｈであれば、犯人の居場所を追跡できたかもしれない……。

「ちょっとこれから現場検証に立ちあってもらえるかな？」

亀助は「もちろんです」と即答し、パトカーに乗り込んだ。宮良は私物のスマホを貸してくれて、「カード会社に連絡してね」と言ってくれた。礼を言って次々にかけていく。不正使用された形跡はなかった。

そして、銀行口座を調べてもらったところ、やはり、二つの銀行口座から二百万円ずつ、合計四百万円が引き出されていたそうだ。場所は同じコンビニのＡＴＭで、石垣市の中心部だそうだ。すぐに防犯カメラをチェックしてくれるということだった。

亀助は天音の携帯電話番号を聞いておかなかったことを後悔した。姉に電話をすれば問題はない。いや、問題はある。全てを伝えなければならないのだ。仕方なく、宮良にことわって、彼のスマホで電話をかける。

「もしもし、鶴乃姉さん？」

〈あら、亀助、どうしたの？　どこからかけているの？　石垣島でしょ。楽しんでいるの？　旅は順調？〉

亀助は失笑する他なかった。ため息をつく。

「まあね、いろいろあってさ、今朝、ヘビの毒で殺されかけたよ」

笑い声が響いている。

〈誰に？　天音さんに？〉

「いや、アンガマーのお面をつけた何者かに縛られて、銀行のカードから現金を引き出されたんだ。二百万円を二回ね」

〈あなた、本気で言っているの？〉

「ああ、いま警察の方といるから、父さんにも伝わっているはずだ」

〈全く、あんたって人は、どこに行っても……〉

「ああ、それは間違いない。それでさ、天音さんの携帯電話の番号を教えて欲しい」

〈ちょっと、あなたはどうでもいいけど、天音ちゃんは大丈夫なの？〉

「いや、それを確かめるために電話をしたいんだ……」

〈情けない男ね。わかったわよ。すぐに連絡するから〉

「いや、早く僕に番号を教えてくれよ」

なんとか、天音の番号を教えてもらった。すぐにかけたいところだが、鶴乃が今かけているところだろう。

亀助が一夜を明かした場所は、市街地からはそれほど離れていない〝崎原《さきはら》公園〟内の茂みだった。すぐ近くには〝崎原御嶽《さきばる》〟もある。亀助はどちらも訪れたことがなかった。パトカーから降りて、亀助が悪夢を見ていた場所を探すとすぐに見つかった。何か手がかりは落ちていないだろうか。警察と一緒に付近を調べてみる。

「この財布、北大路さんのじゃないですか?」

宮良に呼びかけられて、亀助はすぐに振り向いた。自分が倒れていた場所のすぐ近くに落ちていたようだ。

「間違いありません。僕のだ」

財布を開くと、現金は全て抜かれていたが、ポイントカードと免許証は残っていた。

「これで、レンタカーは運転できますよ。よかった……」

安堵して、ふと付近を見渡すと、今度は亀助のｉＰｈｏｎｅを発見した。充電は八%ほど残っている。もしかしたら追跡を恐れての行動かもしれない。ただのバカではないようだ。

大量の着信履歴が残っている。その中からすぐに、天音に折り返しの電話をかけた。

〈亀助さん、どこにいるんですか？〉

妙に落ち着いているが、どこか怒りを押し殺しているような声だった。

「今は外なんだけど、天音さんは無事？　昨日はあれからどうしたの？」

「私はお店を閉めるのを手伝って、叔母さんと一緒に帰りました。亀助さん、あのあと連絡しても全然出ないし、今朝も繋がらないから……。随分と心配しましたよ」

嘘をつくわけにもいかないだろう。

「天音さん、ごめん。実は昨夜、事件に巻き込まれてしまって、それで今は警察の人と一緒にいるんだ……。泡盛を飲み続けた後、あの人たちと別のスナックに向かったところまではぼんやり覚えてるんだけど、その後がほとんどなくてさ……」

電話の向こうで絶句しているのがわかる。やや無言の時間が続いた。

「ど、どこにいるのですか。すぐに行きます」

「これから、八重山警察署に行くのだけど」

「わかりました。すぐに行きます。近いから、十分で着きますから」

宮良に天音が来ることを伝えると天音に昨夜の様子を聞きたいと言う。お店の関係者にも聞きたいようだ。あの場所に犯人の仲間がいたと考えるのが普通だろう。

パトカーで警察署に到着する。車内で天音が来るまで少し待たせてもらうことにした。

ほどなく、天音がやってきた。車から降りて手を振る。

「亀助さん、もう」

天音が抱きついてきたので、亀助は胸がドキドキして顔が火照るのがわかった。宮良と新城の視線を感じるが、恥ずかしくて目を逸らす。

「ごめん、ちょっと、僕、シャワー浴びてなくて、汗臭いかも……」

すると天音が左手で肩をきつく摑んできた。右手で軽く肩を叩かれた。

「そんなのいいんですけど」

次の瞬間、頰に痛みを感じた。ややあって天音にビンタされたことを理解した。

「天音さん、ごめん。昨日はつい、羽目を外してしまって」

胸が熱く、水分を帯びてきている。再び抱きついてきた天音が、大粒の涙を流しているのがわかった。昨日も感じたいつもの香水の香りが今日はしないようだ。慌てて飛び出してきたのだろう……。

「私にも責任があります。酔いつぶれた亀助さんを一人にした私がバカでした……」

顔を離した天音は案の定、目が腫れ上がっている。メイクも薄めなのに気がついた。

「いやあ、全部、僕が悪いよ。泥酔してさ……」

亀助は昨夜の行動を何度も振り返っていた。自業自得だが、あれだけ飲まされたら、酔いつぶれても仕方ない気がしてくる。だからこそ、早い段階で切り上げれば良かったのだ。

特に泡盛の中に何かの薬が入っていたとは思わない。一方で、少なくとも一軒目では誰もが同じように泡盛を飲んでいた。ということは亀助が一番弱かったのだろうか。

警察署に入り、宮良と新城に話をすることになった。天音の話によると、深夜二時過ぎまで、《ティーアンラ》で泡盛を飲み続けていたそうだ。その後、店にいた男たちと亀助は「朝まで飲む」と言って、出て行ったのだという。

宮良たちと同じ部署の別チームはすでに、《ティーアンラ》に向かったようだ。

「北大路さんは、これからどうしますか？　我々が聞きたかったことは一通り聞いたから。一度、ホテルに戻られますか？」

新城に問いかけられて、亀助は大きく頷いた。

「変な汗をたくさんかきましたから……。とにかく、シャワーを浴びたいですね」

「うん、そうさね。わかりました。そしたら、ホテルまで送るからさ。犯人たちが再び接触してこないとも限らないから」

亀助は頭を下げて、宮良と新城、そして、天音と一緒に八重山警察署を後にした。

「免許証が見つかったのは不幸中の幸いというやつですね。お二人のおかげです」

亀助が礼を言っているうちに、ホテルに到着する。宮良たちと一緒に部屋とレンタカーを一通りチェックしたが、何も不審な点はなかった。

「では、我々は捜査に戻るから。どうか無理なさらぬように。何か体調に異変を感じたり、犯人たちが再び姿を現したら、すぐ連絡してね」

亀助は深く頭を下げて、二人の刑事を見送った。すぐにiPhoneを充電器に接続する。充電は二％にまで減っていた。

「天音さん、悪いけどシャワーを浴びてくるね。部屋でくつろいでいてよ。チャイムがなっても、鍵を開けちゃダメだよ。絶対に出ないようにね」

天音は何も言わずに頷いた。憮然《ぶぜん》とした表情をしている。やはり、亀助に対して怒っているようだ。心配からその怒りを抑えているのかもしれない。

服を脱いで、シャワールームに入った。お湯の温度を調節してから全開にする。しばらく顔から浴び続ける。

体内に毒は入っていなかった。だが、解放感からか気の緩みで、犯罪に巻き込まれてしまった。油断という毒に侵されていたのだ。その毒を一滴残らず抜き去りたい。

亀助は頬に手を当てた。天音から食らった一撃の感触がしっかりと残っている。だが、あれで、ハッキリと目が覚めたのだ。

汗、アルコール、土、埃《ほこり》、そして、ヘビ。いろんな匂いがこびりついている。それを全て洗い流したい。少し落ちついてきたので、シャンプーを頭で泡立てる。

今頃、警察が関係者に話を聞いているはずだ。犯人は、少なくとも犯人の仲間はあの中に必ずいるだろう。亀助が東京からくることを知って、待ち構えていたのだ。客たちの顔を思い出すたびに、腸《はらわた》が煮えくり返る。ずっと亀助たちがイラブー汁を食べる姿を後ろの席であざ笑っていたのだ。いや、後から来た人間の仕業かもしれないが……。

シャワールームから出て、バスタオルで全身を覆った。水気を吸い取って、今度は髪を乾かす。ドライヤーをかけてから部屋に戻ると、天音がスマホをいじっていた。

「大丈夫だった？　特に変化はなし？」

天音が小さく頷いた。よく顔を見ると天音はメイクをしっかり直したようだ。

「今、お店に刑事さんたちが来て、現場検証を行っているそうです。お店には叔母さんの他に、オーナーの下地さんの親子もいるそうです」

すぐに二人の顔が浮かんできた。二人は関与しているのだろうか。

もう時間も経っている。もしかしたら、防犯カメラの映像から何か手がかりを摑んだのかもしれない。犯人の一人は亀助の前で、アンガマーのお面をつけていたくらいだ。きっと、無防備な格好でコンビニに立ち寄ったわけはないだろう。目立ち過ぎても店員に不審者と思われる。おそらく、キャップを被って、サングラスをかけるくらいではないか。

「亀助さん、もしかして、事件を解決しに行きたいんじゃないですか」

天音に聞かれて、苦笑いしていた。

「まさか……。それは警察に任せるよ」

黙ったまま亀助の方をじっと見つめている。

「それよりさ、せっかくだからノロに会いにいこうか」

天音が驚いた表情を浮かべている。

「亀助さん、そんな余裕あります？　ほとんど寝ていないでしょ。体調は大丈夫なんですか」

「ああ、それならもう、大丈夫だよ。ほら、この通り」

亀助は両手を広げたあと、大きく伸びをした。

天音の表情からは笑顔が消え去ってしまったようだ。じっと冷たい目で亀助を見つめている。

「じゃあ、行きましょうか。もしかしたら何か手がかりを得られるかもしれませんしね」

「そうだ！　昨日、玉城君とはその話をしたけど、ＬＩＮＥしてみるよ」

亀助は、これから本当に向かう旨、玉城にＬＩＮＥでメッセージを送った。すると、玉城からすぐにスタンプでＯＫのレスがあった。天音は浮かない表情を浮かべている。

一緒に部屋を出て、車に乗り込んだ。キーを回してエンジンをかける。

「天音さん、なんか、せっかくの旅行なのに、事件に巻き込んでしまってさ、僕の都合に合わせてもらってばかりでごめんね」

亀助は静かに車を発進させた。

「いえ、そんなことはいいんです。それに、私もノロには興味がありますから」

そのまま受け取ってもいいのか、亀助は悩んだ。

「なんか、こういう流れって、神様が導いてくれているのかもって言ったら大袈裟かもしれないけれど、流れにのらないと気が済まないタイプでさ……」

「わかりますよ。セレンディピティみたいなものですよね」

亀助は「そうそう。それ」と言って頷いた。

「ノロって、普通に旅しているだけでは、なかなか出会えない人だからさ……」

「特別な存在なんですよね」

「そうだね。ユタとの違いはわかる？」

天音は首を大きく傾けた。

「ノロが琉球王国で高い身分をもつ神女だったのに対し、ユタはね、先祖から声を届けることができる、占い師というのかな……。実際、会ったことはないけど、恐山《おそれざん》のイタコみたいな存在に近いのかな。だから、ユタとノロは、混同されやすいけど、随分と違うみたいなんだ。どちらも、地元の人には頼りにされていて、本州から観光とかでやってくる人間なんかは、なかなかお目にかかることができないみたいなんだけどね」

天音がこちらを向いてきた。

「亀助さん、いつもの調子が戻ってきたみたいで安心しました」

亀助は苦笑いしていた。

「うん、だって、命には別状ないし、体調もこの通りだよ。たかだか四百万ちょっと盗まれた程度だしさ、まあ、ラッキーといえば、ラッキー」

微妙な間が流れた。

「それにさ、今まで何度も沖縄に来て、タクシーの運転手さんに聞いたりしても全然ノロの手がかりを摑めなかったのに、昨日は漁師の玉城くんが会えるみたいなことを言って期待させてくるもんだからさ」

天音はじっと亀助を見つめて不思議な生物を見るような表情をしている。すると、突然、口元に手を当てて笑い出した。

「え、なにか、おかしい？」

「だって、島根では、霊感みたいなものは信じないと言っていた気がしますが」

天音が目を細める。

「そうだね。もちろん、お化けみたいなものは今でも信じないよ。自分には霊感は全くないけど、でも、持っている人は羨ましいなって」

「わかります。自分にないものを持っている人は羨ましいですよね」

「うん。そうそう。もしかしたら、今回の事件解決の手がかりを教えてくれるかもしれないしさ……」

カーナビが設定した目的地に近づいていることを知らせてくれる。

敷地内に車を停めた。エンジンを切る。やや緊張感が高まってくるが、玉城が連絡してくれているのだから、門前払いはないだろう。チャイムを鳴らす。

「はじめまして。あなたが〝カミンチュ〟や〝ノロ〟と呼ばれる方ですか。お会いできて光栄です」

玉城春子《はるこ》という女性は、鋭い視線で亀助と天音を交互に見つめている。

「オーリトーリ」と言った。案内されるまま、居間に上がり込む。アンガマーのお面が飾られていて、ドキッとした。

「それで、あんたたちは、島に何をしに来たのさ」

ゆっくりと口を開いた。

「僕たちは、もうすぐ竹富島で友達の結婚式に参加するんです。それで、ついでに石垣島を回ることにしまして。ずっと念願だったイラブー汁を食べることにしたんです。こちらの天音さんの叔母さんが美崎町《みさきちょう》でお店を出されているということでそちらに」

亀助に続いて、天音が頭を下げた。春子はじっとこちらの様子を窺っている。

「あんたたちは、どういう関係さ」

亀助はドキッとした。

「僕たちは結婚を前提に交際しています」

春子はゆっくり頷いてくれた。

「婚前旅行でやってきたけどさあ。あんたは彼女の前で酔い潰れてさ、事件に巻き込まれたさ」

亀助は心臓が音を立てているのがわかった。

「私に犯人を探し出して欲しいのかい？」

まるで春子に心を全て見透かされているようだ。

「あの、事件のことをなぜ……」

「隆介から聞いただけさ」

亀助はつい苦笑いしてしまった。もしかしたら、玉城に聞いただけかとも思ったが、その通りだったのだ。しかし、それを隠さずに話してくれたので不信感が消えた。

「天罰さ。イラブーは神の使いなのさ、ちゃんと神様に感謝しなくちゃならんさ」

それは、ヨシ子も言っていたことだ。確かに、亀助はその視点が足りていなかった。

「天罰ですか……。いつも食い意地が張った食生活をしているのでそれが積もり積もった結果なのかもしれませんね」

亀助は自嘲気味に笑った。

「何をすれば許してもらえるのでしょうか？」

天音が春子に迫った。すると、春子が黙り込んだ。

「御嶽で、罰当たりなことをしたのさ」

亀助は天音と目を合わせた。御嶽に行ったことは知らないはずだ。

確かに、昨日、石垣島に到着してから、白保海岸の近くにある二つの御嶽に立ち寄っている。

「食の神様だけでなく、石垣島の神様も怒らせてしまったのかもしれませんね……。昨日訪れた場所に行って謝ってこようと思います」

春子は静かに頷いた。

「イラブーは神様の使いだからさ。許しを乞えばきっと、解決に導いてくれるさ」

5

春子の家を出ると、車の中を覗き込んでいる若者がいた。緊張が高まる。だが、よく見るとヘビ漁師の玉城だ。すぐ近くに住んでいると言っていた。

すると玉城もすぐに亀助と天音の存在に気づいたようだ。

「玉城さんじゃないですか」

「なんだよ、亀助くんの車か。さすが、いい車に乗ってるさー」

亀助は「いやあ、僕のじゃなくて、レンタカーだけどね」と返す。

「危うく免許証も紛失するところだったけど、なんとかそれを入れていた財布だけは見つかってさ」

そう言うと、すぐに玉城の顔が曇ってしまった。

「元気そうで安心したけど、あの後、大変な目にあったと聞いたさあ。大丈夫なのかい」

亀助は「大丈夫」と言おうか、言っていいものか悩ましい。

「いやあ。昨日は……」

亀助はそう言った後、言葉をつなげなかった。何せ、玉城が犯人の一味である可能性は否定できないのだ。亀助は自分を襲った男から生肉のような臭いを嗅ぎ取っている。もしかしたら、玉城のイラブー漁の仲間ではないか。

「全然記憶がなくてさ、あの後、いったい何があったのかな?」

玉城が目を丸くしている。

「本当に何も覚えてないの?」

断片的な記憶はあったものの、亀助はあえて、大きく頷いた。

「あの後さ、二軒目のクラブに行ったのさ。そこでまた泡盛を飲んでさ」

亀助は頷いた。なんとく、そこまでの記憶はあるのだ。特に勧めてきたのは大浜と店の女たちだ。ただ、ミカと、もう一人、《ティーアンラ》の女性二人もいた。

「僕は何か言ってた？　他の客とか、お店の人を怒らせるようなことは？」

玉城が首を傾げる。

「いやあ、みんなと楽しそうに飲んでたさ」

まあ、そうなのだろう。これまで泥酔して人に迷惑をかけた覚えはない。

「その後さ、三軒目のクラブに行こうとしたらさ、足をフラつかせながらもう無理だって言ってさ。てっきり、タクシーでホテルに帰ったかと思ったさ」

話の流れに違和感はなかった。

「じゃあ、僕以外はみんな、三軒目に行ったの？」

「いやあ、それなら帰るって店の女の子たちがガッカリしてさ。俺も帰ったさ」

なんだって。記憶はないが、もしかしたらあの女たちが一枚嚙んでいるのか……。

ふと殺気を感じて振り向くと、天音が鬼の形相になっている。亀助はすぐに視線を離した。

「玉城さんはあの後、タクシーでここまで帰ってきたの？　最後まで一緒にいたのは誰？」

「俺は金がもったいないからさ、歩いて帰ってきたさ。最後までいたのは、下地さんと、大浜さんさ。亀助くんが帰るってなって、下地ジュニアもみんな帰ったさ」

やはり、下地親子、大浜、ミカ、そして、玉城が怪しいと思えてくる。

「あ、そういえば、二軒目で、僕はお金、ちゃんと払っていたのかな？　財布の中身を取られてしまってさ……」

《ティーアンラ》では、三万円払った記憶がはっきりある。請求は一万八千円くらいだった。だが、わざわざ割に合わないイラブー汁を作ってくれたのだ。記憶が飛ぶくらい泡盛を飲んだのだから、それくらい払ってもいいだろう。

「ああ、それは大浜さんが払ってくれたはずさ」

玉城が答えてから、頭を掻《か》いている。すると、何かを思い出した様子だ。

「もし興味があるなら、ヘビとか燻製を見るかい。昨日は、生きたイラブーや漁を見たいって何度も言っていたさ」

亀助は「ぜひ」と即答しそうになったが、天音の様子を窺った。目が合う。問題はなさそうだ。

「ヘビは嚙んだりしないんだよね？」

玉城が「もう燻製になっているさ。生きたイラブーも俺がいれば大丈夫さ」と白い歯を見せた。天音もいるだけに、ここでビビっているのもカッコ悪い。

そこで、近くにある玉城の家まで行くことになった。徒歩で五分もかからないうちにそれらしき一軒家に到着した。看板などは出ていない。

家の隣に工房のようなコンクリートで建てられた建物がある。近づくと、すぐに燻香が漂ってきた。燻製にする手順について聞いてみる。

「まずはイラブーを絞めた後、大鍋で煮てさ。うろこと内臓をとってさ。その後もう一度水洗いするのさ。それから棒状にして、この窯の中で吊《つる》すのさ。五月末くらいから、二、三週間かけて燻製にするのさ」

亀助は「すごいな」と思わず声をあげていた。燻製を行っている場所には、イラブーが天井からぶら下がっている。二十匹はいるだろうか。燻製にすることで、最初の状態から四分の一くらいの大きさになるそうだ。

「久高島では、かつて、イラブーが産卵のためにあがってきたところを〝ハッサ〟と呼ばれる女性が素手で獲っていたとか。今も、おばあが獲っていると……。こちらでは？」

「久高はそうさね。こっちでは男も獲っているさ。何せ、俺が獲ってるからね。イラブーは光を嫌うからさ。真夜中に行うのさ」

「一回の漁でどれくらい獲れるの？　漁は一人で？　一緒に漁をする仲間はいるの？」

「まあ、二、三匹獲れるかな。十匹獲れたらいい方さ。俺は基本一人でやるさ」

亀助は玉城の仲間のことを探ってみたが、応答に不自然な点は見られない。

「本当に攻撃してこないの？」

「してこないさ。ウミヘビに噛まれる人はたまにいるけどさ」

「そっか。エラブウミヘビ自体は減ってきていると聞いたけど」

「そうさ。注文自体もそうだけどさ、イラブーそのものが減ってきているのさ……。二〇一七年には、沖縄県レッドリストになってさ、準絶滅危惧種に指定されているのさ。六十センチ以下の個体の採集は禁止されている」

玉城が寂しそうに呟きながら、イラブーの燻製をペットのように撫《な》でている。亀助はその言葉をどう捉えるべきか判断がつかなかった。仕事が厳しい状況にあるのだろう。それほど、財産があるようには見えない。

「小さい頃に家業を継ごうと決めたの？　愛着というか、誇りみたいなものがある？」

玉城は「うん、まあ」と呟くと、じっと黙り込んでしまった。

「そういえば、昨日、話をしている中で、スナックとかクラブとかには、ほとんど行かないって聞いた気がするけど、昨日はなぜ？」

亀助が問いかけると、玉城ははにかんだ。

「イラブー汁を食べたくて、東京からじんむっちゃーがくるっていうからさ。下地ジュニアにどんな男なのか見に行こうって誘われたのさ。出資してもらおうって」

確かに、下地と玉城には何度も「金儲《かねもう》けをしないか」と言われたが軽くあしらった。

玉城と下地は歳が一つ違いと聞いた気がする。だとすると、昨日、誘ったのは下地なのか。亀助は、下地にも会って話を聞かなければならないなと感じていた。

「そういえば、下地ジュニアがさ、ソーキそばのお店を亀助さんのブログで紹介してもらわないとって言ってたさ。あんまり美味しくないけどさ。内緒さ」

そうか、酔っているときに、そんな約束をした気もする。だが、不味《まず》いのか……。

これから燻製の作業を行うと言う玉城とは案内の礼を言って別れた。

亀助と天音は昨日訪れた白保の御嶽に向かうため、再び車に乗り込む。

「玉城さんのことは疑っていますか？」

天音に聞かれて、亀助は生唾を飲み込んだ。

「悪い人ではなさそうだけど、お金に余裕があるようには見えないね……。イラブー汁目当てで東京からくるのがどんな人物か、興味を持つのはわからなくもないが」

「昨日、玉城さんはスープだけ飲んでいて、下地さんの息子さんは全く食べていなかったはずです……」

亀助もそのことは気になっていた。下地は食が好きなようには見えない。

「お代は僕が全て支払ったはずだ。でも、ビルのオーナーの息子なら、お金には困っていないだろう。玉城さんの分は下地さんが出してあげるつもりだったのかな」

「それなんですけど……。下地さんのお父さんの会社もそんなに経営が順調ではないみたいです。他のビルの飲食店が潰れて、お友達とソーキそばのお店を始めたけどさっぱりらしく」

亀助は「飲食はそんな簡単じゃないよね」と苦笑いした。

「私の叔母さんのお店も賃料を上げるって何度も言われていて……。叔母さんはそれならやめるって言い続けているんです。叔母さんの手料理は美味しいし、お店には固定客もいるから、下地さんとしてもやめられると困るらしく」

「へえ、そんなことが……。下地さんはもともと、宮古出身だろ……。宮古島は下地島と伊良部大橋でつながって、〝みやこ下地島空港〟ができてからは、リゾート開発ラッシュだ。儲かっていると思ったけど、あちこちに不動産があるわけではないのか」

天音が険しい顔で頷く。それにしても、下地にそんな裏事情があったとは……。

そんな会話をしているうちに、亀助と天音は、昨日訪れた最初の御嶽である〝多原御嶽〟に到着した。昨日とはまるで雰囲気が異なる気がする。鳥居の前で手を合わせた。

二人とも無言になる。今度はすぐ近くにある二つ目の御嶽〝波照間御嶽〟に移動した。再び、手を合わせて頭を下げる。ゆっくりと頭を上げた。

「僕が食い意地張って、罰当たりなことをして、神様を怒らせてしまったのかな……」

亀助はすっかり弱気になっていた。

「亀助さんらしくないですよ」

「でも、こんな展開になると、さすがにまいっちゃうかな……」

一緒に車の場所まで戻っていく。すると、亀助のｉＰｈｏｎｅに着信があった。見知らぬ番号だが、出ると八重山警察署の宮良だ。ＡＴＭで現金を引き出した男の映像が入手できたので確認して欲しいということだった。黒いキャップを被ってマスクをしているので顔は見えないということだが……。その旨を天音に伝える。

「相手は何人だったのでしょうね。亀助さんを襲った人や現金を引き出した人……」

「最低二人か、三人かな。計画的な犯行で、僕を襲った男は昨日、店にはいなかった。僕は罠《わな》が仕掛けられた場所にヘビのようにのこのこ出かけていった……」

天音がじっと黙り込んだ。まさか、玉城が黒幕なのか……。

「亀助さんを襲った人は少し太っていたと言いましたよね。顔はお面をつけていたとしても見たらわかるでしょうか。どうにかその人を探し出したいところですが……」

確かに太っていたし、生臭い臭いがした。生肉を扱う仕事をしているのかもしれない。いや、待てよ。不意に、ノロの春子が言っていたこと、そして、ヨシ子が言っていた言葉が蘇ってきた。ティーアンラだ。料理が好きなおばあの手脂とそうではないのがある。

「そうか、手がかりはあの一皿の中にあったんだ……」

「どういうことですか？」

「天音さん、僕のレシピが正しければ、犯人はヘビの使い手じゃない。イラブーは神の使いなんだ。だから、神は全てを見ていたんだよ。罰当たりなのはあいつだ」

天音は眉間に皺を寄せたままだ。だが、のんびりしている暇はない。

亀助は運転席に滑り込んで、エンジンをかけた。天音も慌てて乗り込んできて、亀助を不思議そうな目で見つめている。亀助は柄にもなく、自分でスピリチュアルなことを言ったことに気づいた。


亀助は、再び《ティーアンラ》を訪れていた。ヨシ子が「ソーキそばを食べる？」と聞いてきたので、迷わず頷くと、彼女はそばを茹《ゆ》で始めた。

亀助が沖縄に来ると必ず食べるのがソーキそばだ。やってきたソーキそばのスープを一口飲んで、イラブーのだしが入っていることに気づいた。

ヨシ子によると、特別メニューだという。昨夜のスープに比べると、豚のだしの方がより強い。だが、上品な滋味深さは健在なのだ。

「体は大丈夫かい？」

ヨシ子の優しさが胸に染み入る。亀助はその心遣いを噛み締めていた。

「ええ、最初から毒も入っていなかったんですから。パニクってお恥ずかしい……」

亀助が大げさにのけぞって笑うと、ヨシ子も頬を緩めてくれた。

「そんなこと言ってたら、また痛い目にあうさ」

ヨシ子に言われて、亀助は苦笑いしていた。ドアが開く音が聞こえて振り返る。すると、下地辰也が入ってきた。亀助が予《あらかじ》めヨシ子に頼んで呼んでいたのだ。

「お呼び立てしてすみませんね。あれ、飲食店を一緒にやっているお友達は？　連れてきてほしいとお願いしたつもりだけど」

「あいつは関係ない……。あんた、相談ってなしたのさ」

下地がカウンターに座っていた亀助の隣に腰をかけた。亀助はさんぴん茶を一口飲む。

「いやあ、石垣島に来てからというもの、イラブー汁を食べさせてもらったり、その毒を注入されたり、本当に貴重な体験をしていますよ」

下地は怪訝な表情を浮かべたまま何も言葉を発しない。

「そういえば、僕も宮古島には何度も行ったけど、下地さんは宮古島出身なんだね。どうりで、オトーリに慣れていてお酒に強いわけだ」

下地が苛立っているのがわかった。

「何が言いたいのさ」

「宮古島は空前のバブルだ。土地も家もマンションも高騰している。さぞかし、下地さんも儲かっているんじゃないかな。それとも、石垣島に拠点を移したことで、甘い汁を吸い損ねて、挙げ句の果てに、甘い考えで飲食に手を出して後悔しているのかな」

下地がさらに苛立つ様子が伝わってくる。

「おまえ、嫌味を言うために呼んだのか」

「実際のところ、親子揃って、借金を抱えているようだ」

下地が亀助の胸ぐらを摑もうとしてきた。

「君こそ、昨日、なぜ玉城さんをこのお店に呼んだの？　どんな意図があったのかな」

下地はじっと亀助を睨みつけていたが、急に口を噤《つぐ》んでしまった。

「単刀直入にいうと、僕は君が犯人だと思う。ヘビの毒を装った脅迫には、玉城さんを疑わせる要素がちりばめられていた。犯人がコンビニに現れた姿を見てもね。でも、逆に僕はそこが怪しいと思った。実際、エラブウミヘビを愛する彼の犯行とは思えなかった」

下地が顔を歪めて、大袈裟に笑い声をあげた。

「俺が犯人だって証拠はどこにあるのさ？」

「神聖なヘビや料理に対するリスペクトのなさかな。まあ、僕を襲わせたふくよかなパートナーの男性は島を出ようと必死に逃走中だろうけど、今頃警察に捕まっているよ。あんなお面だけで隠せるかよ」

下地が舌打ちすると、慌てた様子で背を向けてドアに向かった。亀助も慌てて立ち上がり「ちょっと待てよ」と叫んだ。

だが、すぐにドアが開く。下地が立ち止まる。天音だけでなく、宮良と新城も一緒だ。

「お前の相方はさ、島から出るのにあと一歩で失敗したさ」

どうやら、亀助を襲った男は島を脱出できなかったようだ。だが、ＡＴＭの映像を確認して、顔は見えなかったが、亀助は犯人の一人が下地だと確信していた。顔は隠していても、腕に巻いたお気に入りのロレックスは外していなかった。コンビニの近くのカメラには、下地の父親が運転するベンツの映像も残っていた。

亀助は下地親子のイラブー汁に対するぞんざいな対応がずっと気になっていた。下地の父親はイラブー汁をたたえる口上を述べておきながらせっかくの料理を残していたし、息子は興味すら抱いていない様子だったのだ。

これから警察の取り調べで詳しい犯行の手口は明らかになるだろう。


「本当に絶好の結婚式日和で、いいお天気ですね」

かなり歩きづらそうなヒールを履いてドレス姿の天音が手をかざして空を見上げた。身長は百四十七センチと小柄だが、今日は随分と雰囲気が違うようだ。肩を大胆に出したピンクのワンピースがよく似合っている。きっと、シャネルのものだろう。髪は知り合いの美容室で朝からセットしてもらったそうでアップにしている。石垣島に来て、心なしか少し日焼けしたのかもしれない。

亀助と天音は竹富島に向かうフェリー乗り場に到着した。空は澄み渡っている。

「奈央ちゃんたちのことだから、きっとこんな天気になると思っていたよ。昨日はのんびり過ごして、今頃はガジュマルの木のあたりでリハーサルをしているかな」

出発の時刻になったので、亀助と天音は高速船に乗り込んだ。竹富島の港まで、所要時間はわずか十分程度だ。

荒木と小室は昨日、石垣島に到着して《星のや竹富島》に泊まっている。亀助と天音は一足遅れて、これから竹富島に向かうのだ。結婚式では、ガジュマルの木の下で愛を誓うのがハイライトのようだが、天気にも恵まれたのだから、あの二人はさすがに〝持っている〟なと亀助は感心していた。

昨夜は各自スマホを使い、四人でオンラインの飲み会をした。アルコールを飲んだのは亀助と天音の二人だったが……。「二人の距離は近づいた？」と、荒木が聞いてきたのに対して、「どうなんでしょうね」と、酔って顔を赤くした天音が首を傾げた。

「自分のことが大好きで、周りを振り回してしまうし、デリカシーもないし、世間知らずだし、大変な人を好きになってしまいました……」

天音はさらに続けて亀助への不満を言い出したので、荒木が眉間に皺を寄せた。

「え、ちょっと、ちょっと。それは、本気で言っているの？」

亀助は、咄嗟に聞いてしまったが、天音が「はい」と頷いた。

「それなのに、どうして？」と、荒木が言いそうな言葉を小室が発した。それを受けて、天音が黙り込む。何かを考えているようだった。

「でも、洞察力はすごいですよね。それに、今回もピンチにあまり動じない生命力みたいなものを感じました」

「ま、まあね」と、荒木が相槌を打つ。

「だから、きっと、女の人を幸せにする力はあると思うんですけど、私のことを幸せにしてくれるかどうかはまだわかりませんね」

荒木が「こんなこと言わせて、ちょっと探偵！」と話を振ってきた。

「いや、もちろん、頑張るよ」

だが、天音はじっと黙り込んだままだった。

「ですよね。それを信じるしかありませんよね。では、明日、亀助さんにもガジュマルの木の下で誓ってもらおうかな」

天音はそう言ったのだ。

高速船が竹富島に到着すると、ホテルからの送迎バスが到着していた。亀助は天音の隣の席に腰を下ろす。

「亀助さん、変な質問をしてもいいですか？」

「うん、それはもちろん。お互いに疑問は解消したいからね」

亀助は何度も頷き返した。

「実は、ずっと亀助さんは奈央さんのことが好きなんじゃないかと疑っていました」

「え？　冗談でしょ」と、亀助は思わず顔を上げた。

「トシさんがいるのに、そんなわけないだろってことですよね」

亀助は「もちろん」と頷いた。

「だって、お互いに心を許し合っている感じがするし、本当にお似合いだなって。彼氏とか、婚約者がいるのは関係なしに、実は好きなんじゃないですか」

亀助はすぐに否定しようとして躊躇った。

「まあ、友達としては好きだし、気心の知れた友達ではあるね」

間があいた。

「じゃあ、男女の間に、友情は成立するって考えるタイプなんですね」

「うん、そうだね。まあ、奈央ちゃん以外にそんな関係の友達はいないけどね」

天音が黙り込んだ。

「亀助さんが、私を好きになった理由ってなんでしょう」

「え、急にどうしたの？」

亀助は思わぬ質問が飛んできたので、答えに窮した。

「だって、恋愛って、お互い頑張らないと続かないんですよ」

「うん、そうだよね……。誓うよ、ガジュマルの木の下で」

「誓っても行動が変わらなければ悲しいだけですよ。私ばっかり、いくら頑張っても、ダメなんですよ」

「ごめん。それは、過去にそういう寂しい思いをさせた僕が悪かったよね。謝るよ」

　これから荒木の結婚式だというのに、どうしてこのタイミングでこんな質問を投げ込んでくるのかと亀助は戸惑いを隠せなかった。

「誰かに取られるのが怖いとかそういうのってないですか」

「え、それはあるよ。天音さんが婚約した時は、ショックだったさ」

「本当かしら」

　天音が悪戯っぽい笑みを浮かべる。

「いやいやいや、信じてよ」

「今は、私の方がずっとずっと好きですよね」

「そんなことないって」

　亀助は慌てて答えた。

「どっちかが我慢したり、無理を続けたら、結婚生活は続かないと思うんです。だから言いますが、私が亀助さんをビンタした理由の一番は、女性と一緒に、女性がいるお店に行ったことです。あそこは普通、断りますよ。しかも、ビンタまでしたのに、全然気づいてくれないんだもん」

亀助はハッとして言葉を失った。

「それは、ごめん」と、何とか捻《ひね》り出す。

「あと、亀助さん。今夜は奈央ちゃんが、ホテルを取ってくれていますが、私と亀助さんは同じ部屋ですからね」

バスがホテルに到着したようだ。

そうか、天音は亀助が石垣島で、ホテルに誘わなかったことが不満だったのかもしれない。

バスから降りると、伝統的な琉球赤瓦屋根がいくつも並んでいるのが見える。

「あ、そういえば……」と亀助が呟くと、「なんですか？」と天音が覗き込んできた。

検察事務官を辞めた理由を聞いていないことに気づいたが、今はどうでも良いことだ。

「いや、今日は、ホテルに泊まれるから酔い潰れても安心だな」

しまった……。

亀助は誤魔化すために、何とか言葉を捻り出したが、笑えないネタだった。

「もう知りませんからね。放置します」

天音が頬を膨らませたので、亀助は「だよね」と言った途端、頬が緩んだ。

第四話「銀座・デリバリー誘拐事件」

1

亀助と天音は、手を繋いで銀座の並木通りを歩いていた。

「ちょっと、ちょっと。亀助さん、亀助さん」

デジャブを感じて、亀助は我に返った。天音の足元に目をやる。今日はヒールが高い靴を履いていることに気づいた。

「相変わらず、亀助さんはいつも前だけを見て自分の道を歩いていくんだから」

「そんなつもりはないけどさ。ヒールを履いているのに、気づかなくてごめんね」

すると、天音が亀助の手を摑んできた。

「これからは置いていかれないように、捕まえておくことにする」

亀助の手が引っ張られた。天音が立ち止まったようだ。

「あ、〝スーパーイーツ〟ですね！」

大きな黒いリュックを背負った若い女性が電動アシスト付き自転車で駆け抜けていく。リュックには、アメリカの企業が世界で展開するデリバリーサービスのブランド〝スーパーイーツ〟のロゴが刻まれている。自転車は東京都が運営するレンタサイクルだ。

グルメのデリバリー市場に参入している飲食店は、今ではファストフードだけではない。国の後押しもあり、日本でも高級寿司やフレンチ、イタリアン、中華など、あらゆるジャンルのお店が続々と参入している。

「最近は随分よく見かけるようになったね」

天音が足を止めて女性の後ろ姿を見送った。お互いに敬語をやめようと話をした。まだ戸惑うところもあるようだが、天音が距離を縮めようと懸命なのを亀助はしっかり感じていた。それに応えなければならない。

「都内だと、月収四十万円くらいになる人もいるらしいね。十分に生計を立てられるみたいだよ」

「そんなに……」

亀助も最初に記事を見た時は驚いた。富裕層が多いエリアだけではない。全国の都市部でそういうニーズがあるということなのだ。

「効率的に頑張ればさ、時給に換算して二千円くらいになるみたいだよ。自分の自由な時間を使ってやれるのがいいのだろうね」

「そうだよね。空いた時間にできるのなら、やりやすいよね」

「現代的だし、世の中のニーズと合っているよね。だから、まさに今、《中田屋》でも議論しているところなんだ」

「あら、高級料亭の《中田屋》がテイクアウトやデリバリーをやるの？」

亀助は静かに頷いた。

「今日、予約したお店はこのビルの九階なんだ。入ってゆっくり話そうか」

亀助はビルの前で上のフロアを見上げた。天音も同じ方向を見上げている。一階のエレベーターホールから、すでに高級な趣が感じられる。エレベーターで上がって、降りる。店名を見て、天音が目を丸くした。

「わ、ここ、すごい有名なお店だ！」

銀座を代表するモダンフレンチの名店《エスキス》だ。スタッフに案内されて、テーブル席に着席した。店内は白を基調にしたシンプルな内装で上品な雰囲気が漂う。

ワインはコースに合わせたペアリングでオーダーしていた。ソムリエがやってきて、まずはグラスにシャンパンが注がれる。二人で乾杯をする。シャンパーニュの新星と呼ばれる〝シャルトーニュ・タイエ〟だ。口に含むと、リンゴの蜜のようなふくよかなアロマだ。シャルドネとピノ・ノワールのしっかりとした果実味とミネラルも感じられる。

「それでさ、デリバリー市場についてはさ、老舗の寿司店、和食店はもちろん、高級と名の付くイタリアンやフレンチ、中華も続々と参入しているんだ。もちろん、リスクも大きいから、いろんな意見が出ているけどね」

「あ、確かに。私の事務所のボスも、一万円もするオードブルを頼んだら、容器がすごくしっかりしていて、味も美味しかったと言っていた。クオリティを維持できるのなら、メリットが多いように感じるけど、どんなリスクがあるのかな？」

亀助は、天音が弁護士事務所に勤めているのを思い出した。

「一昔前にさ、共同購入型クーポンのサービスで、スカスカのお節問題が起きて、あっという間にネット炎上しただろ。ああいう品質の問題は起きづらいとは思う。ただ、リスクで言うと、まずは衛生的な観点がある。一番恐ろしいのは食中毒の事故だよね。ちょうど今はまだ残暑もあるしさ、生モノなんかは昔から、控えられてきただろ」

スタッフがやってきて、コースとペアリングの説明をしてくれる。

これから料理のコースが始まるというのに、いきなり微妙な話題を自分から持ち出してしまったなと亀助は反省していた。

「そっか……。寿司店なんかは、生モノが使えない中で、工夫が求められるね」

生モノの話をずらしたい。亀助はグラスの中の気泡を見つめながら頭を捻った。

「そうだよね。あとは、リソースの問題も当然ある。《中田屋》は、正月のお節みたいに予約で管理できればそれ相応の準備が事前にできるだろ。お節やお弁当のノウハウがあるけど、今のニーズはすぐにオーダーできて、すぐに届くというサービスだからね。そこに力を割いて対応すべきかどうかは悩ましい問題だよ」

天音が飲食店のサービスに興味を持っているのが亀助には嬉しい。

すると、一皿目、アミューズの稚鮎《ちあゆ》がやってきた。竹串を使って火を入れたのであろう、鮎が水面を飛び跳ねるかのように躍動感溢れる、うねるような美しい形だ。

ペアリングは〝8000　ドライスパークリング　ブリュット・ナチュール〟だ。日本酒〝陸奥八仙《むつはっせん》〟の酒蔵、八戸《はちのへ》酒造が作ったスパークリングだ。香りを楽しんでから口に含むと、先ほど飲んだシャンパンよりもキメの細かい泡であることがすぐにわかった。白麹《しろこうじ》のスッキリとした酸が感じられ、お米由来の味の膨らみがある。

こんがり焼かれた鮎はマッシュルームと蓼《たで》のソースで味付けされている。鮎と相性の良い蓼酢で食べられるのは一般的だが、さらにマッシュルームのまろやかな味わいで楽しめる。厳選した和の食材を繊細な仏流の調理法で楽しめるのがこの店の真骨頂だ。

「こんな料理はどう頑張っても家では作れませんね」

天音が目を細めたので、「そんなのは望んでないよ」と亀助は頷いた。

「そういえば、《中田屋》の動画広告、最近見る機会が増えたかも」

「あ、見てくれた？」

亀助が中心になって作った動画だ。《中田屋》の伝統を生かしつつ、これからの時代にチャレンジしていく姿勢をコンセプトにしている。

「京都への進出も決まったし、これから数年が《中田屋》にとって勝負になりそうなんだ」

もちろん、ずっと東京を拠点にやってきた老舗料亭である《中田屋》としては懸念も大きい。いかに客単価が高くても、拠点が東京だけに、一店舗だけ京都で営業するというのはスケールメリットを出しづらい。だが、ブランド戦略を考えた時に、ここは一歩踏み出そうという決定をみんなでくだした。

「二足の草鞋《わらじ》を履いている亀助さんはさらに忙しくなりそう。私は構ってもらえるかな」

天音が恥ずかしそうに呟いた。

「もちろん、天音さんのことを疎《おろそ》かにするつもりはないよ」

亀助は天音を見つめた。目が合って恥ずかしいが逸らさない。

「それは嬉しいです」

続いてやってきたのは大ぶりなボタンエビだが、皿の上でさらにビーツと紫蘇《しそ》のソースがかけられた。鮮やかなピンク色で、なんとも写真映えする美しい絵だ。iPhoneを使って、何枚も写真を撮っていく。ペアリングは、〝メルロー・ヴェネツィア・ジューリア〟だ。

「今日はワインもペアリングのコースをオーダーしているからさ。日本で最高峰のソムリエが一皿一皿に合わせて選んでくれるワインとの完璧なマリアージュを楽しめるんだ。だから、無理はしなくていいけど、ペースちょっと意識してみてね」

亀助がそう言ってからボタンエビを口に含むと、濃厚な甘味が広がった。天音に目をやると、食べずに亀助を見つめている。何か言いたいことがあるようだ。ワインを楽しもうとグラスに手をつけたところで、天音が切り出してきた。

「亀助さん、正直に言いますね。私が検察事務官を辞めた理由についてです」

亀助は「え」と思わず漏らした。まさか、こんなタイミングで聞くとは思ってもみなかったのだ。しかし、確かに亀助がずっと気になっていた話題だ。

「うん、やっと話をしてくれる気になったんだね。でも、まずね、その新鮮なボタンエビをどうぞ」

亀助が促すと、天音がホッとした表情で静かに頷く。そして、ボタンエビを一気に口に運んだ。満足気に「幸せ」と呟く。だが、すぐに真面目な表情に戻す。

「すごく恥ずかしい話で、幻滅されちゃうかも……」

「え、一体なんだろう。ミスをしてしまったのかな。それなら、僕だってあるよ」

天音は首を振った。スタッフが皿を下げにきたのでワインを慌てて飲み干す。

「私は子供の頃に流行っていたドラマの影響で、検察官に憧れるようになりました。まさに鶴乃さんみたいに、社会正義のために戦う強い女性に憧れていたんです。もちろん、いかに難しいかもわかっていました。大学の受験が終わって、法学部に入ってからはすぐに、司法試験に備えました。でも……」

「それは、最難関の試験だからね。もちろん、わかるよ」

天音は唇を嚙み締めている。

「司法試験に合格するだけではダメなんです。私は弁護士よりは、検察官とか裁判官に興味があったのです。でも、現実にはなかなか難しそうだと感じました。それで、検察事務官を目指すことにしました」

亀助は「冷静な判断で、すごいと思う」と即答する。

「幸運にも試験に合格して、検察事務官の中でも特にやりたかった仕事につくことができました。なかなかの激務でしたが、やりがいを感じていました」

亀助は新しいワインを口に含んだ。

「無知な世界だけどさ、姉から少しは教えてもらったんだ。検察事務官は、大きく、捜査公判部門、検務部門、事務局部門の三つに分かれるそうだね。その中で、天音さんは希望通り、捜査公判部門に採用されたと聞いたよ。検事と二人三脚で捜査にあたったり、公判に関わったりする重要な任務だったと聞いた」

天音は「すごい理解力で話が早い」と言って、白い歯を見せた。しかし、すぐにその笑顔が曇ってしまった。

「でも、去年に担当したある案件で、少し理不尽な思いをして。詳細はあまり言えませんが、検事は立件するのは難しいので、示談にすべきだと言ったの。私はその旨を被害者にも加害者にも伝えた。でも、それぞれ、なかなか納得してくれなくて、相手に逆恨みをされてしまって……」

なんという板挟みだろう。二方向ではなく、三方向ではないか。

「そんなことがあったんだね。検事は自分で言えばよかったのに……」

天音は少し黙り込んだ。新しい料理がやってきた。キンキのポワレだ。皮目がカリッと焼き上がっているのがわかる。こちらの重たい空気を察してか、スタッフは料理のソースを調整してくれているようだ。ソムリエのペアリングは、ブルゴーニュのシャルドネを使った〝コルトン　シャルルマーニュ〟だ。繊細な味わいの料理に合うバランスの取れた白ワインをレコメンドしてくれたのだろう。

亀助が「冷めないうちに」というと、天音がナイフとフォークを持つ。亀助はキンキの肝と鰯のソースに唸りかけた。淡白なキンキの味をしっかりと引き立てている。

「いえ、それは、よくあることで。もちろん、そんなことでへこたれているわけにはいかないけど、その時期、私は好きな人に振り向いてもらえなくて、落ち込んでいた。そんな時に、私を大切にしてくれる人に出会ったの」

亀助は胃が締め付けられるような思いをしていた。亀助のせいでそうなったのだ。

「ごめん」と言った後、言葉が出ない。天音が首を振った。

「その方はとてもやさしくて、紳士的で、すぐに私との将来のこと、人生のことを話し始めた。私はこの人だったら、幸せになれるかもしれないと思った……」

亀助は自分のことばかりで、天音との将来のことを何も話せていないことを悟った。天音がそれを願っていたのに、気づかずにいたのだ。

適度な酸味が感じられる爽やかな味わいのシャルルマーニュを口に含む。

「お付き合いして、一ヶ月くらいしてから、彼は一緒に住むマンションを探そうと言ってきて、いろんなマンションを内見したの。いつも、私の希望を聞いてから、彼は物件探しをしてくれた」

亀助は恥ずかしい思いでいっぱいになった。自分は一切、そんな話はしていないのだ。

「彼は、私の子供が欲しいと言ってくれて、私たちは、3LDKの新築を探したの。そして、子育てしやすそうな世田谷で、私もいいなと思う物件があって、真剣にローンの検討を始めた。彼は頭金を一千万円出すから、五百万円出して欲しいと言ってきた」

天音の声は震えている。突然、思わぬ方向に話が展開したので、亀助は聞くのが辛《つら》くなっていた。

「もう、だいたいわかったよ……。今日はもう美味しい料理を楽しもうか」

天音が再び首を振って、唇を噛み締めた。

「振り込んだ途端、なぜか突然、連絡が取りづらくなってしまった。私は不安になって、彼が住んでいた部屋に行ってみた。そしたら、別の人が住んでいたの。調べるとエアビーアンドビー、つまり、自分の部屋ではなかった……」

亀助はかける言葉がなかったが、その男を追跡することに頭を切り替えていた。キンキの付け合わせとしてプレートに載っていた花ズッキーニをいただく。嚙み締めながら、その男への怒りが増すのを感じる。白ワインを飲む。

「私はどんどん不安になって、詐欺ではないかと疑い始めました。そして、悔しくて、悔しくて。だって、検察事務官なんですよ。相手だって、それを知っていたんですよ」

「いや、それはあんまり関係ないと思うよ」

「私は振り込め詐欺の事件を担当したことがある。もし、事件にあったら、警察に被害届を出して、振込先銀行にも通報して、振り込んだ預金口座の取引停止を依頼しなければならない。口座が凍結されれば払い戻しがされなくなるから、その口座に預金残高が残っていれば、その口座預金からの被害金の回収が可能となる場合がある……。でも、そんなことはまずない。なぜなら、すぐに引き出されてしまうから。口座名義人が犯人である可能性はほぼないし、犯人が判明しないことも多くて、犯人への返還請求は現実的に困難なの……」

天音は、怒りを押し殺した声で淡々と話し終えた。亀助が促すと、天音はキンキにナイフを入れて口に運び、ワインも一気に進める。

「そして、彼は再び、私の前に現れた。彼は逃げようとしていたわけではなかったの」

亀助は思っていた展開ではなかったので、少し混乱していた。自分の持てる力を使って探し出そうかと考えていたのだ。

「私はとにかく、疑った自分が恥ずかしくて、悔しくて、もうバカバカしくなってしまって。ただ、彼は会社名も職業も嘘をついていたけど、結婚詐欺をしたかったわけではないようで、私と結婚したいと言ってきたの。でも、もう心が折れてしまって……」

亀助は「それこそが彼の手口だったんじゃないか」とは言えなかった。誰よりも、それは天音がわかっていることだろう。

スタッフがやってきた。メインの肉料理はフランス・シストロン産子羊のブレゼだ。ブレゼはフランス語で〝蒸し煮〟を意味する。ペアリングは初めての赤ワインとなる〝ポムロール ドメーヌ・ド・コンポステル〟だ。メルローが主体で、パーカーポイントも高い。グラスを鼻に近づけてから、口に含んだ。タンニンがしっかり溶け込んでいて、スパイスの風味も程よく感じられる。なめらかな口あたりだ。ボルドーワインではあるが、濃さはあまりないと言えるだろう。料理との相性も良さそうだ。

「簡単に騙されてしまった私は検察事務官に向いていない、適性がないと思ったの。また戻ったとしても、詐欺事件に向き合う度に、辛くなってしまう。検察事務官は公務員だから、民間のパラリーガルとは異なる。だから、休暇を経て、退官を決意しました」

亀助は息を吸い込んだ。公務員経験のない亀助に気休めのようなことを言う資格がないと感じるのだ。

「あとはコツコツ貯《た》めた五百万円があっという間に溶けてしまって、ショックだったけど……。亀助さんが、石垣島で襲われて、四百万円以上奪われたのにけろっとしているのを見て羨ましかったな」

天音が笑っている。

「天音さん、辛い話をしてくれて、ありがとう」

「いいえ、やっと話すことができた。これで、やっぱり、そんな人とは一緒になれないと思ったら、振ってね。私はすぐに言うべきことを先送りしてきた。だから、裁きを受けるわ」

亀助は「そんな大袈裟な」と言って、盛大に笑い飛ばした。

「じゃあ、嫌いになっていませんか？　あ、嫌いになってない？」

亀助は首を横に振った。

「亀助さん、もしよかったら、迷惑でなかったら。うちの母がご挨拶をしたいって……」

亀助は動揺していた。

「も、もちろん。そういえば、松江で乙部さんが言っていたことを思い出すよね。まずは、お嫁さんのお母さんとどう距離を縮めるのかが重要だって」

乙部は、どうすれば結婚という大きな一大事業を成し遂げるかを、丁寧に教えてくれた。亀助は自分で発言してから、まだプロポーズして受け入れられたわけではないことに気づいた。天音はただ母親を紹介したいと言っただけなのだ。

2

ジャケットに身を包んだ亀助はタクシーで大手町タワーに乗り付けた。エレベーターに乗り込み、三十三階のボタンを押す。やや緊張感が高まってくる。

天音と、天音の母親である斉藤琴子《ことこ》を《アマン東京》のアフタヌーンティーに誘っていた。三十三階に到着すると、目の前には天井の高い開放感のある空間が広がっていた。一面は窓ガラスになっていて、抜けるような空が見える。

案内された窓に近い席に座る。相手はまだ来ていないようだ。iPhoneのインカメラを使って髪が乱れていないかを確認して、襟を正す。

島根の松江に行った際、乙部から教わったことがずっと脳裏に焼き付いている。結婚とは根回しが大事なのだと、外堀を埋めることが大事だということだった。一歩を踏み出したのは天音の方だが、今日はまさに、その外堀を埋める上で大事な日になると認識していた。

気配がしたので、振り返る。紺のワンピースを着た天音と、ベージュのアンサンブルを着た琴子が笑顔で近づいてきた。咄嗟に立ち上がり、頭を下げる。

「どうもはじめまして。北大路亀助と言います」

亀助は名刺を差し出した。すると、琴子も名刺を交換してくれた。聞いていた通り、大手生命保険会社のものだ。

「亀助さん、いつも娘がお世話になっています。お姉様にも、ですね」

亀助は首を振って「お世話だなんて、こちらの方が」と否定する。

「お噂はかねがね、伺っていますよ。グルメな方だそうですが、お店選びから、さすがですね。とっても素敵なお店を予約してくださってありがとうございます。私たち、朝は抜いてきたんですから」

琴子が天音と目を合わせると、「もう、お母さんたら」と諭された。

確かに、この場所に来てテンションの上がらない女性はあまりいないだろう。こういった状況にも慣れているのだろう。店のスタッフが丁寧な接客で今日のメニューの案内をしてくれた。それぞれに選ぶ必要があるケーキと、紅茶をオーダーする。

ほどなく、スタッフが開いた状態の革のスーツケースに入ったプチシューを持ってきてくれた。六種類から四種類選ぶスタイルなのだ。アマンといえば、京都をはじめ、美しい秘境などに宿がたたずむが、旅に着想した粋なコンセプトこそがアマンの真骨頂とも言える。

琴子も何枚も写真を撮っていたので、亀助はうれしくなった。

四人がけのソファで、亀助の対面に琴子が座り、その隣に天音が座るという配置だ。

琴子は彫りが深く、いかにも自立心の強い八重山の女性だと感じる。天音からは事前に、現役の保険会社のセールスレディだという話を聞いていた。

「うちはとても一般的な家庭なんですが、北大路さんのお家は名前もですが、とても由緒あるお家柄だと聞きました」

「いえ、ただ創業から年数が経っている料理屋をやっているだけでして」

「料理屋さんだなんて……。とても有名な料亭でいらっしゃると聞きましたよ」

これ以上謙遜するのも嫌味になるだろう。

亀助は「ええ、まあ」と答える。

「ご家族の皆様がご活躍で、お姉さんの旦那さんも検事さんとお聞きしました。お忙しいと思いますが、会う機会はあるんですか？」

重太郎と鶴乃が忙しい仕事をしていることもあり、家族で会う機会は減っている。確かに特殊な世界に生きている人たちではある。だが、自分は普通なのだと、亀助は姉との違いを強調したが、相手は苦笑いするばかりだ。

亀助の父親や母親の性格などを聞かれる。やはり、その辺りが気になるようだ。一通り、北大路家や《中田屋》の説明をしたのち、亀助も斉藤家について質問を投げかけることにした。

「あの、天音さんのお母様はお父様とどこで出会ったのですか？」

琴子が恥ずかしそうに顔を赤らめた。

「まあ、お恥ずかしい。お友達の紹介なんですけど、今でいう、合コンかしら」

「それはいいですね。もう、会った瞬間に、この人と一緒になると思いましたか？」

琴子が紅茶を吹き出しそうになった。

「あら、やだ。まあ、どうだったかしら」

琴子が笑ってごまかす。

「なんだか、変なことを聞いてしまいますが、今年、天音さんと一緒にお会いした松江にいる素敵な男性がこんなことを教えてくださいました。なんでも、娘さんが結婚する時に、父親は自分に似た男性を選んだと知ったら喜ぶものだと……」

琴子が笑い出した。天音とは事前に話しているはずだ。

「ええ、聞いていますよ」

「そうでしたか。それで、天音さんにもお尋ねしたいのですが、旦那様、お父様の好きなところで、僕が目指せそうなポイント、ちょっと似ているかなというところがあればぜひ教えていただきたいと思っているんです」

亀助は恥ずかしくて、頭をかきながらなんとか言い切った。

「どこでしょうかね」

琴子が天音と目を合わせて笑っている。

「食いしん坊なところですかね」

琴子が笑いながら言ったので、冗談なのだろう。亀助も、「世の中の半分以上は食いしん坊じゃないですかね」と笑って返した。「それは確かに」と返ってくる。

「ただの食いしん坊ではなくて、大の食いしん坊だけどね」

天音が言ったので、三人で声をあげて笑った。

「食いしん坊で○○とかないですか？」

亀助が問いかけると、琴子が「そういえば」と言った後、「食いしん坊で……、謎解きが好きなの！」と声を裏返した。

「え、謎解きが好きなんですか？」

「そうなのよ。亀助さんの話を聞いて、似ているなって思ったの」

亀助は「そうですか」と頷いていた。父親も、食いしん坊なところが似ていると言われても苦笑いするだろうが、謎解き好きはそこまでいないだろう。

「ところで、亀助さんはおモテになるでしょうけど、この子のどこを気に入ってくれたのでしょうか」

もしかしたら聞かれるかもしれないと考えていた質問だった。いま考えてサラッと答えが出てきた感を醸し出したいところだ。

「そうですね……。魅力がたくさんありすぎて、どれか選ぶのも難しいくらいですが、やはり、芯が通っていて前向きなところでしょうか」

琴子が「まあ、嬉しいわ」と天音に視線を送った。

「まだお付き合いも始まったばかりですから、私はね、焦る必要はないと思うの。つい、この前もね、いろいろありましたから……。やっぱり、結婚というものは、お互いに納得してから、慎重に進めるのが大事だと痛感しましたよ」

微妙な間が流れかけたが、「それは説明してもらいました」と亀助が返す。琴子がゆっくりと頷いた。

「こればっかりはご縁ですから。私は陰からそっと見守っていますからね」

紅茶のポットは三杯分くらい味わえるようになっているが、「せっかくだから」と、いろんな種類をオーダーした。

あっという間に二時間が過ぎてしまった。話好きでコミュニケーション力も高い琴子のおかげで助けられた部分も多い。

店を出て、琴子を見送った後、天音と二人で、有楽町方面まで歩いた。今度は天音の歩くペースに合わせるよう意識したが、すぐに手を繋いできた。そんな彼女のペースにも慣れてきたのを感じる。

「僕は失言とか粗相とか、なかったかな……」

亀助が言うと、天音は「全然」と即答した。そうは言われても、気になるところだ。天音なら、琴子の反応を見て分析できることもあるはずだ。

「どこかに入って座って話そうか」

天音も同意したので、路面店のカフェに入ることにした。

「お母さんの一次面接は、大丈夫そうかな」

亀助が自信なさげに呟いてみた。

「そんなのないし。うちは、前回もそうだったけど、親が口を出さない主義だから。結果、私の見る目がなくて、婚約破棄になってしまったけど。ただ、母は亀助さんに早く会いたかっただけみたい。私がたくさん話をしているから」

天音が目を細めてアイスカフェラテをストローで吸い上げる。

「母がこの子のどこがいいの？　って、聞いてきたでしょ。あの時、さらに深掘りしようか迷ったんだけど、今までは一人だったのに、なぜ、変わったのかな？　鶴乃さんから、あいつは一人が自由で楽だって言っていると聞いたことがあって……」

亀助もそこは何度も自分の中で分析したポイントだ。

「うーん、やっぱり、コースにはシェフが描く物語があるように。料理とか食事って物語だと思うんだ。で、物語は一人では成立しないだろ」

天音はピンときていない様子だ。何か珍獣を見つめるような眼差しをしている。

「あ、いや、僕はライターとしても、《中田屋》の社員としても、食に関わる仕事をしているからさ。毎回、料理とワインをはじめ、お酒のマリアージュについて考えながら、自分のマリアージュについて、これからの人生における食について、考えさせられるようになってきたってわけなんだ……」

「え、と、食を豊かにするためにパートナーを探したいってこと？」

天音は言った後、口を開けたままだ。

「いや、違うな。なんて言うか、まあ、入り口はそうなんだけど……。そういうわけではないかな。シンプルに、人として、成長していきたい。そのためには、守るべき人というか、一緒に人生を歩んでくれるパートナーが必要だと気づいたんだ」

天音に少しは伝わったのか、わずかに頷いてくれた。

「うん。なんか、また食の話に戻っちゃうけど、今後も好き勝手に、孤食を続けるのかなって考えたんだよね。それは良くないという結論に達したんだ。今は先輩や友達とかも誘ったら、今は付き合ってくれるけど、子供ができたらそうも言っていられなくなるだろ。自分の人生を生きなきゃと思う。で、じゃあ一生、一人で食べ続ける人生ってどうなんだろうって考えて……」

天音が「それは、同じことを思ったことがあるかも」と言って、静かに頷いた。

「それで、人生のパートナーについて、真剣に考えるようになったんだけど……。やっぱり、依存しない関係がいいなって思っている。で、天音さんは会った時から、仕事を大事にしているし、自立した女性だなって思っていたんだ。それに、天音さんと一緒に食事をすると、倍どころか、何倍も楽しいなって思うようになったんだよ」

天音が表情を緩める。

「食の美味しさだったり、感動だったり、驚きだったり、そういうのを僕はライターとして読者と共有できるからさ、シェアという意味では今までもできていたんだけど、その場で共有する楽しさみたいなのを実感するんだ。沖縄でも、一人では体験できないことを天音さんと一緒に経験できたし。それに、たまには手料理もいいなって……」

天音の表情を見ていると納得してくれている様子だ。

「嬉しいけど、亀助さんに料理を作るパートナーは大変。舌が肥えすぎているからね」

「あ、それは確かによく言われるんだよね」

亀助の脳裏に過去にそう言った女性の顔が通り過ぎていく。

「やっぱり、過去にも相当な料理のレベルを求めてきたの？」

「いやあ、そんなことないよ。今までは、何か作る？　って、言われたら、無理させるくらいなら、外食行こうかって言うことが多かったかな……」

「それは、ショックかも……」

亀助は気を遣って言ったつもりだったが、きっと、誰もが同じ思いでいたに違いない。

「せっかく提案してくれていたのにバカだよね……。でも、たまには、家で食べるのもいいなって思うようになってきたんだ。もちろん、僕だって作るし、どっちかにしわ寄せが行くのは嫌なんだ」

天音が大きく頷いた。

「料理は嫌いじゃないんだよね？」

「うん、もちろん嫌いじゃないよ。ただ、自分一人のために、時間をかけるモチベーションがなかなか上がらなくてさ。誰かのためだったら、ちゃんと頑張れる。魚も捌《さば》くしさ、昔から、料亭の調理長にはいろんなことを教わったから、やるのは好きなんだよ」

天音が微笑んだ。

「じゃあ、家庭料理だと、何が食べたい？」

「え、作ってくれるの？」

「ええ、まあ。寿司とか、天ぷらとかでなければ、頑張ってみる。やっぱり、沖縄料理が得意かな」

「ああ、そうだったね。僕も教えてほしいな」

「うん。亀助さんは、何が得意？」

「僕は、《中田屋》直伝のポテサラかな……。そういやさ、最近、ポテサラ論争が起きているのを知っている？」

「うん、ニュースで見たよ。ご老人がスーパーの惣菜《そうざい》売り場でポテサラを買おうとしていた女性に向かって、〝ポテサラぐらい作ったらどうなんだ！〟って小言を言ったという出来事だね。その現場に言わせた女性が、ツイートしたやつ」

「そうそう。あれ、どう思った？」

「うーん……。まずは、そういうご老人が増えている。そして、ポテサラを作るのはなかなか大変だというのは納得できる。だから、私は場合によりけりかなって……。忙しい時は、デリバリーでも、テイクアウトでも、お惣菜でも、頼ればいいのになって」

亀助は何度も頷いていた。

「僕も全く同じことを考えていたよ。たまには家で手料理もいいなって思うけど、お互いの状況次第だなって思うんだ。お互いに無理しないようにしていきたいよね」

天音が頷いた。

「ただ、亀助さん、もし子供ができたら、私は特別なポテサラを食べさせてあげたいの。食事はできるだけ、一緒に摂ってあげたいの」

亀助は「それも、同じ意見だな」と言ってから、言葉を繋いだ。

「最近読んだ本にも書いてあったんだけど。昔からよく言われてきていることだけどさ、食習慣と犯罪の間には因果関係があるって……。子供にはさ、親の愛をさ、たっぷり注いであげたいよね。僕がそうだったから」

天音が真顔で亀助の目を見つめてきた。

「私もそれは実感してきたの。犯罪を行う少年少女たちは家庭環境に恵まれていない人が多くて、裕福な家庭に生まれても親と一緒に食事をしていない人が圧倒的に多い傾向にあった。偏食傾向が高いことも特徴的なの」

「つまり愛情を受けて育っていないんだよね……。もちろん、毎日は大変かもしれないけれど、思春期とかに、コミュニケーションを取る上で、食って基本的なものだから。食育ってさ、親こそ学ぶ機会になると思うんだ」

天音は満面の笑みを浮かべて同意してくれた。

3

亀助は豊松、さくらとの打ち合わせのため、《中田屋》を訪れていた。さくらはついに、表参道に《中田屋》の新店舗をオープンさせた。だが、浮かない表情を浮かべているのは聞いていた事件のことだろう。

「最近、困ったことが起こったらしいな」

豊松が話を振ると、げんなりした表情を浮かべた。

「迷惑系ユーチューバーだって？　何があったの？」

亀助もかぶせるように質問を投げかける。

「怪しい客が入ってきて、カバンが汚れたから弁償しろって言ってきたの。なにが困ったって、ずっとスマホでその様子を撮影しているの」

亀助は腸が煮えくり返るのを感じていた。以前、ＳＮＳを使った被害に遭ったことがあるので、さくらの気持ちは痛いほどわかる。

「それは、何かのニュースで見たな。どうせ常習者でさ、よくやる手口なんだろう。結局、払っていないんだよね？」

「うん、あんな嫌がらせをする客に払うもんですか。テーブルにあった醤油を使って、自作自演をしただけなの。きっと、他でもやっているだろうなと思って、警察にも届けたんだけど、とにかく、あの動画を公開されるのが本当に嫌でたまらない……」

「まあ、うちはやましいことはしていないんだから、毅然《きぜん》とした態度で臨もう。すぐにホームページでさ、警察に相談し、法的手段も踏まえて適切に対処したいというメッセージを出そう」

聞けば若い客だったという。亀助は今後もそういう脅迫や嫌がらせが増えるかもしれないなと感じていた。

帰り際、呼び止められてギクリとした。

「ちょっと、亀助や」

きくよの声が聞こえた。振り向くと、艶やかな着物を纏っている。久しぶりに見た気がした。京都以来の再会だ。後ろめたさがあって、積極的に会うのを避けてきた。

「ばあちゃん、京都では悪いことをしたね。顔に泥を塗ってさ……」

きくよは声をあげて笑う。

「初めから期待なんかしてないさ。お見合いなんて、昔からそういうもんさ。ご縁がなかったってことだろ。あんたも好きな人がいるからあんな態度だったんだろうしさ」

亀助のドタキャンで相手は怒ったはずだ。それでも、気を遣ってくれているのだろう。

「ああ、近いうちに紹介できるようにと思っているよ……。ところで、仕事を引退して随分と経っているだろ。旅を続けてみてさ、調子はどう？」

「人生に張り合いがなくて、ダメだね。ハローワークにでも行こうかしら」

「だったら、どこかお店を手伝ってみたらいいかもね。ばあちゃんの接客への矜持《きょうじ》みたいなものは伝えていく必要があるのかもしれない」

亀助は沖縄での出来事を思い返していた。

「なんだよ。あんたは冗談が伝わらない男だね。こんな老体に鞭《むち》を打とうってのかい」

「いやあ、そんなつもりはないけどさ。この前、石垣島に行ったらさ、素敵なおばあたちに出会ったんだ。みんな現役でさ、飲食店をやっていたり、アオサをとっていたり、ノロをやっていたり、それぞれ、毎日が充実している感じだったんだ」

きくよが静かに頷いた。

「確かにね、そういう人生もありさ」

きくよは間違いなく幸せな人生を歩んだと胸を張っているはずだ。

「なあ、ばあちゃんはさ、なんでじいちゃんを選んだの？」

「え、なんだって？　あんた、急に何を言い出すのさ」

きくのは恥ずかしそうにしているが、随分と嬉しそうな様子だ。

「いや、ばあちゃんはモテたって。俳優に、オリンピック選手に、お金持ちに、ライバルがたくさんいたから、口説き落とすのが大変だったってじいちゃんが言ってたよ」

「あの人はおバカさんだからさ。君を一生守りたいなんて言われてさ、こんな人がちゃんと幸せにしてくれるかどうかって。私ゃあ、本当に悩んだよ。実際、約束どころか、自分の命さえ守れずに天国に逝ってしまってさ、なんだってんだよ」

亀助は苦悩する若いきくよの姿がありありと想像できる。そして、きくよが言うように、平吉はきくよを一生守るどころか、早々ときくよを残してこの世を去ったのだ。

「でもさ、ばあちゃんは、なんら後悔ないように見えるよ。それは、なんで？　選んだ決め手はなんだったの？」

「結局はさ、この人とずっと一緒にいたいと思えるかどうかなんじゃないのかね。先立たれてしまったけどさ。実際、先のことなんて何が起こるか誰にもわかりゃあしないよ。それでも、じいさんは自信を持って私を誰よりも幸せにするって言い切った」

亀助が持っていないものかもしれない。相手の人生を背負うという気概というか、度胸みたいなものだ。

「あんたはさ、昔から石橋を叩いて渡ろうとするしね。結婚については、特に難しく考えすぎるところがあるのかもしれないね。ダメだったらその時さ。やり直せばいいんだから」

思い当たるところはある。

「まあ、私の目の黒いうちに決断を見せてくれたら嬉しいよ」

その夜、亀助は虎ノ門ヒルズ駅直結のハイアット系ラグジュアリーホテル《アンダーズ東京》の五十一階にあるメインダイニング《ザ　タヴァン　グリル＆ラウンジ》の窓際の席で美しい東京の景色を眺めていた。

スタッフの仕草が変化したため、待ち人の到着を感じとった。視線を向けると鶴乃が急ぎ足で向かってくる。何度か見たことのある、上下黒いスーツで決めている。亀助は手をあげた。鶴乃は約束の時間に「遅れるかもしれない」と言っていたが、ほぼ時間通りにやってきた。

現在、霞ケ関《かすみがせき》にある東京地検の庁舎で勤務している。亀助が聞くと、「近場がいい」ということで、このホテルのレストランを指定したのだ。

「お待たせ」

鶴乃が目の前の席に腰を下ろす。少し顔色が良くないように感じた。過労だろうか。すぐに目の前の夜景に視線が吸い込まれていくのがわかった。

「すごい夜景だね。下のフロアのレストランは行ったけど、ここは初めてだわ」

「忙しいだろうに、悪いな……。ちゃんと食べているの？」

鶴乃は「たまにぐらい、いいのよ」と軽く流した。前者への回答だろうが、ちゃんと食べていないように受け取れる。

「ドリンクは？」と聞くと、「ちょっと、戻らなければならないかもしれないからやめておく」と言う。亀助は「悪いな」と再び言って、ウーロン茶を二つオーダーした。

すると、すぐ鶴乃に遮られた。

「あなたは飲みなさいよ。私に合わせることないんだから、せっかくのマリアージュを楽しんで。まずはスパークリングでしょ？」

亀助は「じゃあ」と言って、グラスのシャンパンメニューに目をやった。「アール・ド・ルイナールで」と、スタッフに伝える。世界最古のシャンパーニュ・メゾンのシャンパンだ。

亀助は時計に目をやった。二十時だが、遅くとも一時間半で切り上げようと頭の中で予定を組み替える。早速、メニューを差し出した。

「もしこれというのがなければ、メイン以外は好きそうなやつを決めちゃうけど」

鶴乃は「そうね。グルメ探偵に任せようかしら」と返してきた。

「じゃあ、軽めにさ、黒トリュフのグリーンガーデンサラダと……、フォアグラポットのシャルキュトリー、ローストトマトスープ、メインは肉にしようか。ここはさ、シグネチャー雪室熟成肉というのが売りでさ。ようは、北国の雪の倉庫で熟成させているんだ。それのシャトーブリアンとかでどうかな？」

鶴乃は「いいわね。美味しそうだわ」とすんなり受け入れた。スタッフを呼ぼうとしたら、シャンパンがやってきた。すぐさま、料理をオーダーする。

アルコールは片方だけだが、軽く乾杯をする。アール・ド・ルイナールはシャルドネがメインで、ピノ・ノワールの深みが加わり、しっかりとした果実味が感じられるフルーティーなシャンパンだ。前菜のグリーンサラダにも良く合うだろう。

するとルイナールをじっくり楽しむ間もなく、鶴乃は「実はさ」と言って旦那の愚痴をこぼし始めた。しっかり家事の分担をしてくれないのだそうだ。世間一般から見れば、旦那は平均以上に対応しているように亀助は感じていた。だが、どうせ反論がくるので「きっと旦那さんも忙しいんだろうな」と言って、当たり障りのない表現を使って頷く。

「それで、あなたはどう？　沖縄でまた事件に巻き込まれてから、天音ちゃんとは順調なの？　今日は悩み相談かしら」

鶴乃が口角を上げて、首を傾げてきた。亀助は時間がないだけに、本題から切り出そうか一瞬ためらった。店の雰囲気の変化を感じると、ピアノに視線が集まっている。サックス奏者もいる。これから生演奏が始まるようだ。すぐに心地よいジャズの演奏が店内に響き始めた。

「ああ、まあね……。そういえば、やっと、天音さんからなぜ仕事を辞めたのかって話を聞けたよ」

鶴乃はナイフとフォークを置くと、テーブルの上で腕を組んだ。

「気の毒だよね……。私はもちろん、何度も引き止めたんだけど、彼女が決めたことだし、退官してしまったのだから、もう何も言わない」

鶴乃は再び、東京の夜景に視線を投げる。

「全く、ひどい男がいたもんだな。結婚に真剣に向き合おうとする女性の気持ちを踏みにじるなんて、許しがたいな」

亀助は言葉にしてみて、自分にはそれを言う資格があるのではないかと実感した。

「まあね、現実には結構いるんだけどさ。さすがに、私の弟の方がいくらかマシだと思ったかも」

亀助は「おい」と言って、笑い飛ばした。

「覚悟はできたのかしら。悲劇のヒロインを救うヒーローになる決心はできたの？」

亀助は残っていたワインの香りを楽しんでから、一気に飲み干した。

そこへシグネチャー雪室熟成肉のシャトーブリアンがやってきた。お肉の周りには、ハーブのチャイブがビッシリと塗られているので緑色だ。写真を撮ると、切り分けてもらうようにお願いした。ソースは赤ワイン系、ホースラディッシュ、トリュフのマスタードなどもあるので楽しめそうだ。

切り分けられてやってきたお肉を早速いただく。ウェットエイジングだけに、しっとりとした柔らかな肉質だ。何もつけずに素材の旨みを楽しんだ後、トリュフのマスタードで食べる。香り高いトリュフと、ピリッと辛さのきいたマスタードがよく合う。

オーダーしていた赤のグラスワイン、イタリアのサンジョベーゼがグラスに注がれる。芳醇な香りを楽しんでから、一口含んだ。しっかりとしたタンニンが感じられる。エイジングビーフに合わないわけがないだろう。

「ああ、受けてもらえるかわからないけど、覚悟だけはできたよ。今日はその報告だ。

彼女を紹介してくれた姉さんに最初に伝えるのが筋だと思ってさ、電話で言うのもどうかと思ってさ」

鶴乃が目を丸くしてナプキンで口元を拭くと姿勢を正した。

「ほう、めでたいことを言ってくれましたか。ついに亀助殿が覚悟を決めましたか。あれだけ結婚に興味がないと言っていたあなたが、よもや年貢を納めようとは……」

亀助は両手を組んで頭上に上げてから、背筋をピンと伸ばした。大きく息を吐き出す。

「僕の仕事を応援してくれるし、食や旅行など、趣味もよく合う。まだ手料理はいただいてないけど、八重山仕込みの料理の腕もあるようだ。もちろん、愚痴られないようにさ、色々分担はするつもりだよ」

鶴乃は「なかなか良い心がけね」と返してきた。

「でも、急にどうしたの？　何かきっかけでもあったの？」

亀助はサンジョベーゼに手を伸ばした。

「姉さんにも父さん母さんにも指摘されてきたけど、未熟な僕はこのままではダメだと思ったんだ。彼女は遠回しに僕の至らぬところを示唆してくれる……。僕のプライドを気遣って、顔を立ててくれた上で、解決への道筋を投げかけてくれているんだ。彼女と一緒にいたら、僕も少しは年相応の大人に近づけるかもしれない」

鶴乃が突然視線を外して窓の奥の遠くに投げた。長い髪をかきあげる。

「私も父も母も、三十年近く頑張ったのに、みんなそれができなかった。つい、ストレートに言ってしまう家系なの。許してほしいわ。あなたにもプライドがあるし、そのコミュニケーションではダメだった。結果、あなたに変な意地を張らせてしまったのかもしれない……。彼女はそんなあなたを変える存在になり得るということか」

うっすらとだが、涙を浮かべているようだ。鶴乃が涙を見せるのは珍しい。

「変人みたいに言うなよ」

亀助は戯《おど》けて見せたが、「変人だけど」とすぐにつけ加えた。

「わかんないけど、鶴乃姉さんは何かを感じ取って、僕に合うんじゃないかと彼女を紹介してくれたわけだろ。感謝しているよ」

鶴乃が再び、窓の外に視線を投げた。

「嫌味を言い続けてきた私に、あなたがそんな素直に感謝してくれるとはね……」

亀助は、照れくさくなり、「姉さん、せっかくのステーキが硬くなっちゃうよ」と話を逸らした。鶴乃が思い出したようにステーキを食べ始める。

亀助は時計に目をやった。あっという間に、二十一時半に近づこうとしている。

「伝えたかったことは伝えたよ。職場に戻るんだし、そろそろ、行こうか」

鶴乃は、最近母親の機嫌がいいのはきっと、亀助のせいではないかと話し始めた。まだ天音の話はしていないと伝えたが、きっと気づいているはずだという。店を出て、ビルの一階に到着してから別れ際、呼び止められた。

「亀助。私は誰よりも応援しているから」

亀助は鶴乃の目を見つめて大きく頷いた。先に停まっていたタクシーに飛び乗った。

家に到着してからシャワーを浴びる。早く解散したこともあり、まだ二十三時前だ。

天音にLINEでメッセージを送る。

〈明日、予定はある？〉

だが、既読にならない。普段はレスポンスが早い。割と遅くまで起きているタイプだ。

もしかしたら何かあったのだろうか。

4

朝起きてから、亀助はiPhoneですぐにLINEを開いた。天音とのやりとりを見ると、亀助の送ったメッセージは既読になっている。だが、返信がない。

これはどういうことなのだろうか。

その時、iPhoneにかかってきた着信を見て、亀助は出るか迷った。非通知なのだ。悩んだが、仕事の用件かもしれないので出ることにした。

「もしもし、どちらさまですか？」

〈あ、亀助さんだ。やっとお話できますね〉

全く聞き覚えのない男の声だった。

「どちらさま、ですか？」

やや間があった。

〈名乗るほどのものではないのですが、私はあなたのファンですよ〉

「冗談でしょう。何を言っているんですか……」

〈ふふふ〉

妙な笑いが起きている。

「あの……。ご用件はなんでしょうか……」

〈用件ですね。そうだ、あなたの大事な天音さんをお預かりしています〉

「なんだって……。おい、つまらない冗談はよせ」

女性の叫び声が聞こえた。

〈冗談なもんか。僕はこいつが、憎くて憎くて堪《たま》らなくてね。仕事を辞めたからいい気味だと思っていたら、またのうのうと法律の仕事をはじめやがって……。おまけに、御曹司の亀助さんと一緒になろうとしやがって……。はっきり言って、亀助さんにはつりあいませんよ〉

「おい、何を言ってるんだ。天音さんを放せ。望みはなんだ」

不気味な笑い声が響いている。

〈そんな簡単に放さないですよ。望みね……。なんだろう。亀助さんに苦しんでもらいたいかな。ちょっと真剣に考えてみる〉

「いや、ちょっと待ってくれ。本当にお願いだから、天音さんは放してくれないか。君がやっていることは、大変な犯罪だ。僕の一家は警察家系だぞ。絶対に悪いようにはしないから、冷静に話し合おう」

〈いや、そんなことくらい知ってますよ。お父さんは警察庁の幹部で、お姉さんは検察庁の検事でしょ。だからね、私も命がけなんですよ。そんな簡単に、ハイそうですか、ほんの出来心でしたって、放さないですよ……〉

亀助は余計な発言をしてしまったと後悔していた。

「ちょっと待ってくれ。君は、きっと悪い人じゃない……」

笑い声が響いた。

〈こんなことする人が、いい人だと思いますか。面白いなあ、世間知らずな亀助さん……。お金持ちみたいだから、じゃあ、お金をください〉

「金が目的なのか」

〈慰謝料が欲しいな。私はこの女にひどいことをされたからな。あなたがこいつの人生

を背負うなら、代わりに償って欲しいな〉

「いくらだよ」

〈なんか、お金で解決しようとしているのが、バカにされているみたいだ。ムカついてきたな〉

亀助はため息をつく。

「じゃあ、どうすれば許してくれるんだよ」

亀助が声を荒げると沈黙が流れる。もしかしたら電話を切られてしまうのではないか。

〈うーん、じゃあ、勝負しようか〉

「何の勝負だよ？」

〈この女を、あなたの真実の愛で、救い出せるのか。ゲームをしよう。ルールは、警察には絶対に通報しないこと。通報しなければ、この女は傷付けないよ。約束する〉

亀助は、そんなのをどうやって信用すればいいのか、怒鳴りつけたいところだが、心の中で押し殺す。

〈よし、じゃあ、決めた。まずは、大トロ入りの特上寿司ね、それから、洋食のお肉ね、中華のフカヒレスープに、ポテサラ！　ポテサラは重要だな。あとは、スイーツかな……。もちろん、全部、別々のお店で、美味しいやつね。できれば食べログの評価で四点くらいは欲しいな……〉

ざっくりしたメニューだが、亀助は頭に刻み込んだ。一体、何が狙いなのだろうか。

〈これを一時間以内にテイクアウトして、そうだな、日比谷公園……。いや、違うな。数寄屋橋公園、わかるだろ？　交差点の近くにある。あそこに持ってきて〉

無理だろ！　と心の中で叫んでいた。

「いや、ちょっと待ってくれ。一時間で、五品かよ」

〈君ならできるでしょ。すでに店は頭に浮かんでいるだろ。寄り道せずにダッシュすれば、間に合うんじゃないか〉

「頼む。もう少し時間が欲しい」

〈要求が多いな。いいから、ほらダッシュして。急げ。昨日から何も食べていない天音くんにも食べさせてあげたいからさ、全部、二人前ね。電話は切らないでね。そっちの様子を知りたいからさ〉

亀助はすでに窒息しそうな息苦しさを感じていた。

財布をポケットに入れて、社用iPhoneを手にする。まずは予約だ。いや、待てよ。iPhoneのストップウォッチを起動した。すごい勢いで数字が回転し始めた。生唾を飲み込む。一時間で間に合うだろうか。まずはフカヒレスープか。亀助は《筑紫《つくし》楼《ろう》》で検索をかけた。すぐに銀座店のリンクが出てきたのでタップする。そのまま電話をかけた。繋がる。

「すみません、テイクアウトのお願いがあります。フカヒレスープを二人前で。できれば急ぎでお願いしたいのです」

　何とか受けてもらえそうだ。運が良かった。次のところに電話をかけようとして、移動を始めなければまずいと気づいた。タクシーを使うか。しかし、配車を待ったりする時間がもったいない。

　亀助は瞬時に電動バイクのグラフィットを使うことに決めた。充電は満タンだ。犯人と繋げておかなければならないiPhoneは、ポケットに入れたら切れてしまいそうだ。リュックに突っ込む。ヘルメットを抱えて部屋を飛び出す。エレベーターのボタンを押す。この時間さえ惜しいが、そうだお肉を探さなければならない。しかも、洋食と言っていた。

　エレベーターに飛び乗って、一階のボタンを押す。すぐに《南蛮銀圓亭《ぎんえんてい》》を検索する。リンクをタップして電話をかけた。エレベーターが一階に到着する。

　駐輪場に走っているうちに繋がった。

「テイクアウトで、ビーフカツを二人前、お願いします。すみません、急いでいまして、なるべく早めで……」

　スタッフが「基本的に一時間前からお願いしているんです」と返してくる。グラフィットにたどり着き、ヘルメットを被った。「すみません、緊急事態なんです。そこを何とかお願いします。申し訳ないです。北大路です。急ぎの料金も払いますので」と言って、一方的に切った。

なんて、迷惑で、嫌な客だろう……。

亀助はグラフィットにまたがると、すぐにエンジンを始動して発進した。スピードを上げる。心臓が音を立てているのを感じていた。できることなら、《南蛮 銀圓亭》で、ポテトサラダもオーダーしたかった。それが悔やまれる……。

そもそも、どこのお店にしたって、ポテトサラダだけオーダーなんてできないじゃないか。ポテトサラダ、どこにする……。すぐに思い浮かんだのは《資生堂パーラー》のレストランだが、テイクアウトはやっていないだろう。

いや、待てよ。なぜ、《南蛮 銀圓亭》で時間がかかるカツレツにしたんだ。お肉であれば、もっと選択肢があっただろう。「ああもう！」と叫んでから舌打ちをする。今さら、オーダーし直している暇はない。店員に嫌われるだけだ。

そして、何かを忘れている。そうだ、お寿司だ。お寿司をどうする。《南蛮 銀圓亭》は数寄屋橋公園に近いのでラストにしよう。東銀座エリアで、こちらから最も手前にある《筑紫樓》でフカヒレスープを受け取るのだ。その先のエリアで、寿司だ。人が多くて、テイクアウトにすぐ対応してくれそうなのは、どこだ。そうだ、熟成寿司の《鮨 武蔵《むさし》》がある。あそこなら、場所的にも行きやすいし、亀助には以前、事件を解決してあげた貸しが大将にあるから対応してくれるだろう。

亀助は信号で捕まったタイミングで、路肩に移動して停めた。ｉＰｈｏｎｅのボイスエージェント機能〝Ｓｉｒｉ〟を起動して「銀座の《鮨 武蔵》に電話をかけて」と叫ぶ。すぐにかかった。大将はこちらの切羽詰まった状況を察してか二つ返事で快諾してくれた。急いでオーダーを入れる。今度は、近所に、ポテトサラダはないか……。

あった！　そうだ、オーストリア料理の《ハプスブルク・ファイルヒェン》だ。ウィーン風ポテトサラダなら文句もないだろう。

再び、グラフィットのエンジンを起動してスピードを上げる。ストップウォッチを見たい。今、どれくらい時間が経っただろう。時計を見ればいいのか。頭がいっぱいで、そんな単純なことさえも気づかない。Ａｐｐｌｅ Ｗａｔｃｈに目をやると、まだ十分くらいしか経っていないと思われた。程なく《筑紫樓》に到着する。息が切れている。走っているわけではないのに、重りがずしりとのったように足が重たい。

店に飛び込むと、すぐに店員は気づいてくれたようだ。だが、まだ出来上がっていない。時間を聞くと、今、急いで作っているという。お詫びを言って、先に電子決済での会計をお願いした。待つのは時間がもったいないが仕方ない。後回しにしたところで、時間のロスになるだろう。

店を出てリュックを開いて、ｉＰｈｏｎｅを震える手で取り出す。通話は切れていなかった。

「今、急いでテイクアウトしている。絶対に、天音さんに手を出すなよ」

だが、返事がない。亀助はこれだけ必死に集めたところで、ただ時間を浪費させようとしているだけなのではないかと考え始めていた。

向こうだって、リスクを伴うのだ。そんなことをするだろうか。

いや、日比谷公園から数寄屋橋公園に場所を変えてきた。あれは何か意味があるはずだ。日比谷公園といえば、警視庁本庁のすぐ目の前だ。もしかしたら、それも考慮したのかもしれないが……。いずれにしろ、今、亀助にはこのミッションに向き合う選択肢しかない。

〈お、順調かな〉

男の声が聞こえた。

「おい、今、どこにいる?」

笑い声が聞こえた。

〈今、公園に向かっているよ。こっちは間違いなく、時間前に到着予定だ。そちらさんは大丈夫かな……〉

その時、店のスタッフが袋を下げて出てきてくれた。

「ありがとうございます！　無理を言って申し訳ありませんでした」

亀助はｉＰｈｏｎｅをリュックに放り込んだ。《鮨　武蔵》に向かう。ハンドルに袋をぶら下げるが、これが五袋になるのか。〝スーパーイーツ〟の大きなバックが欲しくなってくる。《鮨　武蔵》に到着すると、すでにお寿司が出来上がっていた。大将は、「会計は今度でいい」というので頭を下げて店を後にする。続いて《ハプスブルク・ファイルヒェン》でポテサラを入手できた。このペースで行けば何とか、間に合うはずだ。

ここからは〝銀座鈴《すず》らん通り〟を〝晴海《はるみ》通り〟に向かって飛ばす。事故らないようにだけ注意を払ってスピードを出す。ゴールは見えていた。これなら何とか間に合うかもしれない。

スイーツは選択肢が多くて迷っていた。三越やギンザシックスなど、デパートに入るのは時間がもったいない。だったら、路面店がベストだ。そして、位置的にすぐに思い浮かんだのが《銀座千疋屋《せんびきや》》だ。

亀助は、晴海通りにたどり着くとエンジンを切った。ヘルメットを首にかける。ここからは自転車モードだ。左折して、路駐させてもらう。ロックをする時間をショートカットして店へと走った。店内へと駆け込む。目の前の客が悩んでいる。割り込みたいところを必死に堪えて財布を取り出した。順番が回ってきたので、最初に目に入った〝フルーツポンチ〟を二つ頼んだ。

「すみません、簡易包装で急ぎめでお願いします」

亀助は頭を下げながらプレッシャーをかける。「釣りはいりません」と言って、二千円札を差し出すと、品物を奪い取るようにして駆け出した。左手に寿司とフカヒレスープ、右手にフルーツポンチだ。

グラフィットは無事だ。歩道を押して進むことにした。ここから並木通りに入ってから、五分もかからないだろう。何せ、並木通りは、逆方向に向かって一方通行なのだ。息が切れる。亀助は必死にグラフィットを前に進める。

足がもつれそうになりながら、何とか、《南蛮 銀圓亭》の入るビルに到着した。駆け込むと、お店の人が急いでくれたようで、すでにそれらしき袋がレジのそばにある。頭を下げて、代金を払う。

Ａｐｐｌｅ Ｗａｔｃｈに目をやる。五分前だ。再びヘルメットを被る。グラフィットにまたがってエンジンをかけると、スピードを上げた。並木通りから左折して、晴海通りに入った。目の前には数寄屋橋交差点がある。案の定、赤信号だ……。

また、自転車モードにして押し続けるか。どちらが早いだろうか。悩んでいるうちに、青に切り替わった。フルスロットルで数寄屋橋交差点を抜けた。そして、ついに数寄屋橋公園の目の前に迫った。岡本太郎のデザインした時計台が見える。

息を切らしながら、再び、Ａｐｐｌｅ Ｗａｔｃｈに目をやる。何とか、ギリギリセーフではないか。グラフィットから降りる。フラフラになりながら、公園の中に進んだ。

ベンチにテイクアウトした五品を置く。リュックからｉＰｈｏｎｅを取り出して、耳に当てた。何とか呼吸を整える。

「着いたぞ。どこにいるんだ」

〈さすが、亀助さんだよ。判定はこれからだけど、ファーストステージはクリアかな〉

男は笑っているようだ。

「どこだ？」

〈スイーツは何にした？〉

「千疋屋のフルーツポンチだ」

〈何だよ。もうちょっと特別なやつが良かったな……。わかった。それはいいから、そこに品物を置いて、グラフィットに乗るんだ〉

「天音さんはどこだ？」

〈彼女は部屋に置いてきた。それより、次のゲームだ。今から一時間以内に、《ラ・プレシューズ》のモンブランを買ってきてくれ。さっき、スイーツと言ってしまったけどさ、本当はモンブランが食べたかったんだ〉

亀助は手をかざして《東急プラザ銀座》を見上げた。きっと、男はあの中から見下ろしているのだろう。

〈どうしたんだよ？　早くまた走り出さないと、時間がないよ〉

「このゲームは不利じゃないか。僕はきっちり約束を守ったのに、君はゴールを増やそうとしている」

〈そんなことないよ。それは君の被害妄想だ〉

「じゃあ、ゲームはいつまで続くんだ？」

〈そうだな……。あんまり考えていなかったけど、わかったよ。モンブランと、天音くんを交換しようか。そうしよう〉

「約束だな」

〈ああ、約束だな。だから、頼むよ。約束を守ってくれ。警察には内緒だ〉

「わかった。必ず一時間以内に戻る」

亀助はヘルメットを被るとｉＰｈｏｎｅをリュックに投げ入れた。怒りが込み上げる。

《ラ・プレシューズ》は四ツ谷にもあるが、ここからだと、赤坂プリンスの跡地にできた東京ガーデンテラス紀尾井町《きおいちょう》の店舗が近い。三キロ程度で、十五分もあれば着くだろう。地下鉄を使うよりもグラフィットの方が早い。

念のため、まさか銀座に出店していないかと検索をかけたがそれはないようだ。内堀通りを進む。警視庁本庁の前を緊張しながら通過する。三宅坂《みやけざか》で左折して、国会図書館、自民党本部を抜けて、最短ルートで東京ガーデンテラス紀尾井町に到着した。グラフィットを駐輪場に停めて、施設内に入る。四階にある《ラ・プレシューズ》に到着すると、モンブランを二つ購入できた。リュックに入れる。時計に目をやったが、時間的には五軒を回ったさっきとは異なり、全く問題ないだろう。

トイレに立ち寄って用を足しながら、やはり、冷静になって人の判断を仰ぐ必要があると考えた。手を洗って出ると、休憩用のソファにリュックを置いた。そのリュックを見つめながら、距離をとる。姉の鶴乃に電話を入れた。すぐに出てくれた。

「姉さん、緊急事態だ。天音さんが誘拐されたかもしれない……」

小声で早口に話した。

〈どういうことよ？〉

「変な男から着信があって、天音さんをお預かりしてるって……。僕のこともいろいろ知っていたんだ……。変なミッションを出してきて、あれ買って来い、これ買って来いって。今、それに振り回されている」

〈その相手って、もしかして……〉

亀助はiPhoneを片手に頷いていた。

「おそらく、天音さんが婚約破棄した男の可能性が高い……。聞いただろ。そいつはただの詐欺師ではない。天音さんと本当に結婚したかったらしいからね。何か手がかりにつながる情報はないのか？　他に仲の良かった人は知らないか？」

〈相談を受けたけど、勤めているはずの企業は嘘だった……。どうしよう。とりあえず

お母さんに連絡してみる。あなた、警察には？〉

「いや、そんな暇が一切なかった。あと、警察に通報したら、天音さんがどうなっても知らないと言われているんだ。もう一つのｉＰｈｏｎｅはリュックに入っているが、通話状態でつながっている……」

〈まあ、犯人はそう言うわね。私が通報しても大事になりそうだし、結局、事情を知っているあなたが説明する必要があるわね。誰か、知り合いはいないの？〉

亀助にすぐ思い浮かぶ刑事の顔があった。

「そうだ、何度もお世話になっている築地《つきじ》署の山尾さんと須藤さんがいる」

〈いつもあなたの力になってくれる人ね。二人に相談するのがいいかも〉

亀助はｉＰｈｏｎｅを切ってから、すぐに山尾の電話番号を引っ張り出した。そして、かける前にふと気づいた。プライベートの電話番号が犯人と繋がっているのだ。このまま犯人の居場所を割り出せないものか。

「もしもし山尾さん、すみません。事件に巻き込まれてしまいました」

〈今度はどんな事件でしょうか〉

経緯を説明する。天音については自分の交際相手と伝えた。彼女の元交際相手が疑わしいという推理も加える。

〈なるほど……。署におりますので、我々もすぐに向かいましょう〉

「助かります。さっき行った際は、おそらく、東急プラザ銀座の上のフロアから見張られていたかと……。公園のベンチに置いたところで、新たな要求がきました」

〈であれば、次もまたいる可能性が高いということですね〉

「はい。それで、もう一つの自分のプライベートのiPhoneに男から着信があって、今も繋がっている状況なんですが、位置情報を割り出せたりしないものでしょうか」

〈すぐには難しいですな……〉

「ですよね……。わかりました」

亀助は大きく息を吐き出した。警察という心強い味方が現れたのだ。

亀助は再びグラフィットを停めた場所に戻り、エンジンを始動した。渋滞にハマることもなく、来た道を引き返していく。

あっという間に、警視庁本庁の前を通過して、日比谷公園の辺りに差し掛かる。

約束の時間まで十分程度は余裕がある。亀助はどう動くか迷っていた。例えば、東急プラザに入って、怪しい人物がいないか探るという手はどうだろうか。しかし、鉢合わせしたとしてどう動けばいいのか。今、人質は向こうにいるのだ。

亀助は再び山尾と通話することにした。

「山尾さん。もうすぐ公園に到着予定です。ご相談なのですが、犯人と出くわしたら、どうすれば良いでしょうか」

やや間が空いた。

〈亀助さん、相手を刺激しないでください。我々ももう間もなく到着します。亀助さんと接触した相手は我々が尾行する予定でいます〉

「そうですか。それは大変助かります」

亀助は電話を切った。心強い言葉だ。

公園まで後もう少しに迫った。心臓が大きな音を立てている。グラフィットを停めて、公園の中に進んでいく。先ほど、指示されたテイクアウトの料理を置いたベンチに進んだ。

見知らぬ人が座っている。中年の男性だ。

まさか、この男性ではないだろう。

亀助が一時間前に置いたものは、周辺には見当たらない。ゴミらしきものも含めてだ。リュックからｉＰｈｏｎｅを取り出したが、通話は切れていた。いつの間に切れたのだろう。着信履歴を確認したがその後、かかってきた様子もない。

どこにいる？

ｉＰｈｏｎｅを片手に、何度も時間を確認しながら見渡した。ついに、約束の時間だ。

ｉＰｈｏｎｅを睨みつけるが、着信はない。

どんどん時間が過ぎていく。十五分が過ぎようとしている。

何人か、亀助の様子を見つめている男性が確認できた。

もしかしたら、警察かもしれない。

すると、着信があった。表示は鶴乃の名前だ。すぐに出る。

「もしもし、姉さん？」

〈天音さんの元交際相手を確保したわ〉

「そっか。それでここには現れなかったのか。助かったよ。ありがとう」

亀助は肩の荷が下りて、空いていたベンチに腰を下ろした。

「それで、天音さんは？」

〈男は、何も知らないと言っているらしいの〉

亀助は再び立ち上がった。

5

亀助は、築地署の山尾、須藤と共に、警視庁の本庁にある一室で、ガラス越しに隣の部屋で行われている事情聴取を見つめていた。

「だから、言っているでしょう。私は無実です。彼女に思いがあるのは事実ですが、好きな男性とうまくいっているようだから、幸せを祈っている。スマホでもなんでも調べればいいじゃないですか」

結局、天音はまだ見つからないままだ。元交際相手の男、井上健《いのうえけん》は警察の事情聴取に対して、不審なそぶりを見せていない。言動を聞けば聞くほど、亀助が濡れ衣を着せてしまったのではないかと思えてくる。天音には連絡をとっていないと話しているし、矛盾を感じないのだ。井上が天音に接触した証拠は何一つ見つかっていない。

「アリバイをスラスラと言いましたが、今、調べているところです」

山尾がため息をついた。

「この状況では逮捕状は取れないでしょうね」

須藤が首を傾げた。

確かに、亀助が怪しいと思っただけで、井上の犯行を裏付けるものはなに一つない。

琴子がスペアキーで天音の部屋に入ったところ、電気は消えていたものの、パソコンは起動していたそうだ。琴子から捜索願いが出たので、警察も本格的に動き出した。

部屋に警察官が入ってきた。

「自宅マンションの監視カメラの映像を分析しましたが、特に異変はなかったそうです」

沈黙が流れる。

「すみません、映像を見せてもらえますか?」

亀助はわらにもすがる思いで頭を下げた。山尾、須藤と共に、一緒に別室に向かう。

天音が住んでいるマンションの監視カメラは、エントランス、エレベーター、非常階段に設置されていた。

亀助は早送りの映像を見せてもらった。住人と思われる人、配送業者がマンションに入っていく度に刑事が通常の再生にしてくれる。確かに、怪しい人物は映っていない。

「ちょっと待ってください！」

亀助は、帽子を深く被った男に目が留まった。〝スーパーイーツ〟の配達員は何人かいたが、帽子を被っていたのは一人だけだ。

「このサービスは流行っているので私も使ったことがありますが、この配達員はすぐにマンションに入って行ったんです。普通、こういうのって家主がオーダーもしていないのに、配達員が突然やってきてロックを解除してあげるでしょうか」

確かに、刑事の言う通りだ。

男はエントランスでインターフォンを鳴らすと、カメラ越しに会話をして中に入っていく。そして、それほど長くかからないうちに戻ってきた。

「何階に行ったかわかりますか」

「はい。確か、降りたのが八階、斉藤さん宅の一つ上の階でした」

違うのか。だが、再生された映像を見て、亀助は異変に気づいた。

「でも、帰りの方が重さでリュックが肩に食い込んでいませんか？」

警察が映像を巻き戻した。入る前と、出てきたときで、明らかに形状が変わっている。普通、軽くなるならわかる。だが、出てくるときは逆に重量が増している様子なのだ。

「確かに……。言われてみれば、そんな印象はありますね」

天音は七階、705号室に住んでいる。

「エレベーターは上がる時も降りる時も同じ階でした？　ちゃんと調べてくれましたか」

警察官が「ええ」と言って、ビデオを切り替えた。上がった先は、八階だ。だが、降りた時はなぜか、七階からになっている。

「これって……」

山尾が亀助を見つめてくる。

「明らかに、不自然ですよね……」

再度、分析を進める。警察官が集まってきた。専門の担当者が映像を拡大して分析すると、四十五キロ程度の重さがかかっているという結果が出た。天音の体重に一致する。

「天音さんは身長が百四十七センチ、体重は四十五キロ程度です」

山尾が「じゃあ、この男性の身長と体重を分析して」と指示を出した。

「マンションだけでなく、この付近の監視カメラを調べてもらえないでしょうか。犯人はこの近くに潜伏している可能性が高いですよね。自転車じゃなくて、バイクを使ったかもしれないですね。至急、お願いします」

亀助は天音との会話を思い返していた。普段、天音はデリバリーサービスを贅沢だから使わないと言っていた。しかし、亀助は「今度、サプライズでオーダーしようかな」と伝えている。もしかしたら、その余計な一言でロックを解除したかもしれない……。

天音の部屋に入り込めたとしたら、例えば、スタンガンを使えば一瞬で相手は気絶するだろう。天音の大きさなら、あの巨大なリュックの中に収まるのではないだろうか。そして、電気を消して、鍵を奪ったとしたら……。

亀助は、警視庁にやってきた鶴乃に詰め寄った。

「姉さん、天音さんは退官前に逆恨みをされた出来事があったそうだね」

「ああ、あの事件か……」

山尾も須藤も興味を持って身を乗り出してきた。

「守秘義務を気にしてか詳しくは教えてもらえなかったんだ。どんな事件だったのかな？　その相手って、どんな人間なの？」

「すみません、今回の事件に関わっている可能性が高いのでしたら、教えてください」

山尾が頭を下げる。鶴乃が天井を見上げてから静かに話し始めた。

「拒食症で、同じスーパーでお惣菜の万引きを繰り返していた若い女性がいたんです。

世界的にも注目されるeスポーツのプロゲーマーだった……」

「拒食症で、万引きですか……」

須藤が納得した様子で頷いた。

「それは僕も何かのニュースでみた気がするな……。別に困窮しているわけでも、お腹が減っているわけでもないんだよね。なんでそんなことするんだっけ？」

亀助が問いかけると、鶴乃が腕を組んだ。

「抑うつ気分や精神的に不安定な時に、万引きに手を染めてしまうらしいの。摂食障害の万引きは正常な時に行うのとは違う。栄養を摂らなければならないということはよくわかっている。でも、食べては吐いてしまうのよ。結果、頭の中が常に食べ物のことでいっぱいで、ボーッとして何かに取り憑《つ》かれたように罪の意識などをおぼえることなくやってしまう。だから、本人は万引き当時のことすら覚えていないケースもある。ただ、その女性はバレバレだったの。店員と目が合っているのに万引きをした……」

ロジックとしてはわからなくはない。

「それで、なんで検察側は示談を提案したの？」

亀助は首を傾げた。

「本人は反省していて、何度も謝っていたし、すぐに代金も支払った。ただ、一緒に暮らしている兄の方が、病気なんだから許してあげてってお店の店長とトラブってしまって、お店側は罰してほしいと怒ったの。でも、悪質とは言えないし、起訴するかどうかは微妙なところだった。私もその検事と同じ行動を取ったかもしれない……」

ここは、法律の専門家ではない亀助にとって解釈が難しい世界だ。

「それで、なんで斉藤さんが逆恨みされたのですか？」

亀助が聞きたかったことを山尾が代弁してくれた。

「やっぱり、検察側が示談を提案したわけだから、兄としては示談になるような案件なら、お店側がひどいと怒ったわけです。その事件もあって、その女性はネットで炎上し、大会からも締め出されてしまった。実際はそれだけではないでしょうけど、その兄はそう受け取った。一方で、お店としても一度じゃなく、何度も万引きされた上に、兄が逆ギレしてきたので、納得いかなかったみたいで、両方が怒った。その怒りが、検察側の窓口になっていた斉藤さんに向き、板挟みにあったと、そういうことですね……」

山尾が「それはお気の毒だ」と呟いた。

「ねえ、そのお兄さんは、何歳なの？　何をやっている人？　なんで、親じゃなくて、そのお兄さんが出てくるのかな？」

亀助は、天音とのつい最近の会話を思い起こしていた。

「私の担当した案件だったわけじゃないから、聞いてみないことにはね。でも、住所はもちろん、二人の居場所は調べればわかるはず」

山尾と須藤が「お願いします」と、揃って頭を下げる。

「今度こそ、その兄が怪しいだろ。急がないと！」

亀助が立ち上がると、鶴乃も一緒に立ち上がった。

「そっちはノーマークだったわ……」

鶴乃も納得している様子だ。

「これはきっと、挑戦状なんだよ」

「挑戦状って、何のために？」

「多分、犯人は、天音さんが苦しむのを見たいんだろう……」

鶴乃の証言で、今度はターゲットを変えて捜査が進み始めた。疑いをかけられて申し訳なかったが、元婚約者の井上は解放されることになるはずだ。

亀助は詫びに行こうか悩んでいた。だが、なにを言われるかわからない。

すると、着信があった。表示は非通知。亀助はとっさに、「犯人かも」と言って、スピーカーに切り替えた。

「もしもし……」

山尾、須藤、そして、鶴乃が顔を近づけてくる。

〈僕のレシピが正しければ……、亀助さん、あなたは、今、警察と一緒に僕を探している……。なーんちゃって。ハハハ、ウケる〉

挑発的で、不快なセリフだった。怒りだけがこみ上げる。その思いを必死に抑える。

〈名推理が当たってしまったかな。亀助さん、困るな。約束はちゃんと守ってもらわないと。これでも、あなたのことをリスペクトして、買ってるんだから〉

「いや、そんなこと言えないだろ。君が連絡を絶ったんだから」

〈人のせいにして参ったな……。僕はさ、モンブランをとても楽しみにしていたんだ。でも、君は刑事を公園に送り込んでいた。だから、出ていけるわけないだろ〉

「それは違う……」

〈なにが違うんだよ。亀助さんのせいで、事が大きくなっちゃったよ〉

「いや、そんなことはない。別にマスコミにかぎつけられたわけでもない。まだ間に合うよ。頼むから、警察に自首してくれ」

〈いや、もう遅いんだ……〉

「何が遅いんだよ？」

〈君はわかるはずがないよね。僕たちは、全てを失った〉

〝僕たち〟ということは、例の男と妹を指してのことだろう。奴らは二人で動いているのだ。

「そんなことはないよ。君にどんなに辛いことがあったかはわからない。だが、関係のない天音さんは解放してくれ」

ため息が聞こえた。

〈僕たちの怒りの矛先をどこに向ければいいか、わからなくてさ……。でも、亀助さんは矛先としてはぴったりなんだよね〉

「じゃあ、天音さんを解放してくれ。僕が相手になるよ」

笑い声が聞こえる。

〈それもいいな。ちょっと考えてみるよ〉

通話が突然切れた。

「山尾さん、須藤さん、あいつは〝僕たち〟と言いました。この段階ではまだ、二人の携帯電話番号から位置情報を辿るのは難しいでしょうか?」

山尾と須藤が顔を見合わせた。首を傾げる。

「井上同様に、まだなにも証拠がありませんからね。鶴乃さんが連絡先や住所がわかるでしょうから、まずは、連絡してみましょう」

須藤に指摘されてやっと冷静になれた。その通りだろう。亀助は、井上に無実の罪で濡れ衣を着せたばかりなのだ。

「まあ、住所がわかればまずは行ってみるのもありでしょうね。すぐに向かえるように車で待機しましょうか」

須藤が言い出したので、四人で車に向かうことにした。

警視庁の庁舎を出る。山尾が運転席に入る。須藤が後部座席のドアを開けてくれたので、亀助と鶴乃が乗り込んだ。

須藤は助手席に入る。山尾がエンジンをかけた。最大限の配慮をしてくれている。亀助は頭が上がらなかった。

「山尾さん、須藤さん。今回も、こんなにご協力いただいて、すみません」

バックミラーで視線があった。同時に二人が振り向いた。

「これが我々の仕事ですからね」

須藤の優しい言葉に、亀助はなにも言わずに頭を下げた。沈黙が流れる。

「きっと、亀助さんの彼女さんは無事に見つかりますよ。亀助さんがこれだけ献身的に探しているのですから」

今度は山尾が言って、亀助の目を見て頷いた。

「できれば、事前に紹介していただきたかったですが、また、この事件が落ち着いたら一席設けてくださいね。我々は安月給ですから、そうだな、亀助さんがいろいろ買い集めたメニューの中だと、ポテサラくらいがちょうどいいかな」

山尾に言われて、不意に天音の言葉が蘇ってきた。

「そうか、こんな一刻を争う大事な時に、なんで気づけなかったんだ。手がかりはあの一皿に隠れていたのに……」

亀助は確信して、思わず声を上げていた。

「出た！　そのセリフ。で、何が隠れていたの？」

鶴乃が不思議そうに見つめてきた。

「その女性もそうだし、兄の方もそうだ。きっと、無意識のうちに、家庭料理を求めていたんじゃないのかな……。天音さんと一緒にポテサラについて話し合った時にさ、親の愛を受けられないと非行に走りやすいみたいな話がでたんだ。きっと、あの時、天音さんは、あの兄妹のことを思い浮かべていたんだと思う……」

「そっか……。確か、万引きはいつも惣菜だったからね……」

亀助は頷いた。

「きっと、家族の愛に、飢えていたんだよ……。だから、最初に指令を出してきた時、ポテサラが入っていたんだ。その兄妹にとって、ポテサラは大切な一皿だったんだ。だから、彼女はおそらく、ポテサラを万引きし続けた……」

「そういうことか……」

鶴乃が深いため息をつく。その時、着信に気づいてすぐに携帯電話に出た。

「もしもし……。はい……。月島のマンションですね。これから向かいます」

鶴乃の言葉に、山尾はすでに反応していた。

「マンションがわかったのですね？」

「はい、今から言う場所に向かってください」

山尾はアクセルを踏み込む。須藤がすぐさまサイレンを取り出すと、車の上に乗せる。

「お二人ともしっかり摑まっていてくださいね。飛ばしますよ」

猛スピードで通りを駆け抜けていく。

亀助はシートベルトが身体に食い込むのを感じていた。鶴乃と同様に、上部の手すりを必死に握りしめる。

あっという間に目的地らしいマンションに到着した。すでに何台か、パトカーが停まっている。自転車の警察官も何人かやってきた。

「お二人とも、こちらで待機していてください」

山尾はそう言うと、須藤と一緒にマンションに入っていった。その後も、警察官が続々とマンションに入っていく。亀助と鶴乃はただ黙って、マンションを見上げていた。固唾を飲んで見守ることしかできない。

電話がかかってきた。番号を見ると、山尾だ。

「もしもし」

〈亀助さん、斉藤天音さんらしき女性を保護しました。気を失っていますが、襲われた様子もないようですし、命に別状はないようです〉

「良かった……」

じっとマンションのエントランスを見つめる。ほどなく、救急車のサイレンの音が近づいてきた。マンションの前に停まると、救急隊員たちが入っていった。

犯人らしき二人が警察官に付き添われながら出てきた。特に暴れるそぶりもないようだ。亀助は、堪え切れずに車から出た。すると、男性の方が亀助に気づいたようだ。

「お前はなにがしたかったんだよ？」

亀助が問いかけると、二人とも半笑いを浮かべている。

「ゲームだよ。最高に楽しめたじゃないか。あの女はずっと泣き喚《わめ》いて、最後には失神したよ。君があんなに頑張ったのに、気絶するなんてひどい話だ」

「お前ら……」

なにも言い返さずに白黒のパトカーに乗り込んだ。

今度は、救急隊のストレッチャーに乗せられた天音がやってきた。

「天音さん！」

亀助が呼びかけたが、反応はない。すぐに救急車に収まり、走り去った。

病院の一室で、亀助はじっと天音が目を覚ますのを待ち続けていた。そして、亀助は、天音が記憶喪失になったシーンを想像していた。

「あなたは誰ですか？」と問いかけられるのだ。その時、亀助は、「僕はあなたの婚約者です」と答えようとしていた。何かのドラマみたいだなと思えてくる。

つい、おかしくてニヤついてしまった。

「ちょっと、亀助さん、何を妄想しているんですか？」

突然、声をかけられて亀助は我に返った。

「え、天音さん、大丈夫？」

天音はわずかに頷いた。

「覚えているかわからないけど、スタンガンで襲われて気絶した後、何も食べていないようだ……。大丈夫かい？　お腹空いてない？」

「最近、食べ過ぎだったから、これでちょっと痩せられるかも……」

冗談を言ってくれたのだが、亀助には笑えない台詞だった。犯人として逮捕された兄妹は、摂食障害から犯行に及んだのだ。

「天音さん、体調が回復したら一緒にウエディングを想定してレストラン巡りをしよう」

「え、ええ。それは、とっても嬉しいけど……。そう受け取ってもいいの？」

天音に問いかけられて、亀助は「もちろん」と返した。

「これは、独り言だけど、今、プロポーズの方法を三パターンくらい考えているんだ。君には当然、一番喜んで欲しくてさ」

天音は何も言わずに白い歯を見せた。

「まず一つ目は、僕の好きなお寿司屋さんに協力してもらって、突然、ネタの中に指輪が出てきて、あ、こちらのダイヤモンドはそちらのお客様からです！　ってやつ」

天音が「ふふふ」と笑ってくれた。

「二つ目は、石垣島に忘れ物をしたので、一緒に探しに行ってくれますか？　ってお願いをして、白保海岸で、あ、見つけたって言って指輪を見つけ出すやつ」

天音が「ロマンチスト。今まで見たことがない亀助さんの一面かも」と言って満面の笑みを浮かべた。

「でも、この二つは、新品の指輪を僕とか人の手に触れさせてしまう、汚してしまうかもしれないのが懸念点なんだよな」

天音は「そんなの気にしないけど」と言って笑った。

「やはり、箱を開けるのは天音さん自身の方がいいかなって……。それで、三つ目が、おすすめのスイーツをプレゼントして、開けたら、指輪の箱が入っているやつね。どれだったら、僕の好きな恋人は喜んでくれるかな」

「それ、かわいい」

天音は目をくしゃくしゃにして笑っている。

「ねえ、今、すごいことに気づいちゃった……」

「なに？」

「私、思い切り、スッピンでしょ」

天音が布団で顔を隠したので、亀助は吹き出しそうになった。

「いや、松江の美保館でさ、ほぼほぼスッピンだったよ」

天音がゆっくりと顔をのぞかせた。

「そうだったっけ……。じゃなくて、あの時は、薄くだけど、化粧してたけどね」

二人で笑い合う。

「あ、そうだ。病院には内緒だけど、天音さんの好きなマカロンを差し入れに持ってきたんだよ」

亀助は後ろに隠していた《ジャン＝ポール・エヴァン》のチョコレートカラーの手提げ袋を渡した。

天音が「嬉しい」と言って起き上がった。

「開けてみて」

天音が中から箱を取り出した。三個入りの小さな箱にしてもらった。取り出して、リボンを解く。きっと、もうわかっているだろう。マカロンの重さとは異なることを。開いた途端、天音が目頭を押さえた。荒木に相談して選んだ〝シャネル〟の婚約指輪だ。〝ハリー・ウィンストン〟か迷ったが、やはり、ココ・シャネルをリスペクトする天音にはこの指輪を贈りたいと思った。スイーツと見せかけてのサプライズだ。

天音には事前にさりげなくサイズを聞いていたのだ。

「仕方ないな」

泣き止まない天音を見かねて、亀助は右手で指輪を摘む。天音の左手をとって、薬指にはめた。天音の幸せそうな笑顔を見ていると、自分の方こそ幸せに包まれるのを感じたのだった。

エピローグ

亀助は天音の父親である匠《たくみ》と、母親の琴子を招いて、《中田屋》で食事会をセッティングした。いわゆる、両家の顔合わせというやつだ。こちらは、重太郎、綾に加え、鶴乃と、その旦那も参加してくれた。

バレないようにベルトを一段ゆるめた。ここ最近、連日飲み会続きで、気がつくと、体重が鰻登《うなぎのぼ》りで急増している。いつもの美食仲間との会合はもちろん、親戚でもある高桑啓介《たかくわけいすけ》や、会社の上司でもある島田雄輝、飲み仲間の〝呑助《のみすけ》先輩〟こと長内章《おさないあきら》やテレビプロデューサーの村上仁紀《むらかみよしのり》など、飲むたびに朝までコースで、体重計に乗るルーチンも崩壊しがちだ。松江で出会った乙部は婚約を報告すると、名酒〝王祿〟を手土産に東京までわざわざお祝いにかけつけてくれた。

腹に手を当てたが、しっかり贅肉が感じられた。短期間でこれを落とせるのだろうか。テーブルの上には、板長が腕によりをかけて旬の食材で作ってくれた料理が並んでいる。亀助は緊張とウエストの苦しさからか、お酒があまり進まない。結婚式でスピーチを頼まれても、お酒と食事には影響がないのに、である。こんな経験もなかなかないなと感じていた。

「鶴乃から、娘さんがいかに優秀な方かは聞いております。息子はそそっかしくて、全国各地行く先々で、事件に巻き込まれるから敵いませんよ」

重太郎がいつになく、饒舌《じょうぜつ》に語りはじめた。

「いやあ、なにをおっしゃいますか。天音の件でも、大変お世話になりました。警視庁からの表彰は今回で、何度目なのでしょうか」

亀助は苦笑いしながら、「五回目ですかね」と答えた。

「血は争えないと言いますが……」

重太郎がまんざらでもない様子で呟いた。

「事件が寄ってくるんでしょうな。しかし、お父様、お爺《じい》様譲りの推理力で、次々に難事件を解決していると言いますから、頼もしいですね。私たちもいずれは、そんな場面に遭遇するのでしょうか」

「ちょっと、ご冗談はやめてくださいよ、警察庁の大幹部の方の前ですよ。失礼ですわ」

天音の母親がフォローを入れる。

「結婚式はどうなさるおつもり？　クローズド・サークルの式で事件なんて、やめてくださいね」

綾が亀助と天音に投げかける。笑いが起きなかった。

「お父様、お母様。僕も天音さんも、ささやかなお披露目をできたらなと考えていまして、盛大にやるつもりはありませんが……。もし、何かご希望があればおっしゃってくださいね」

匠と琴子が目を合わせた。

「北大路家のみなさんは、美食家揃いですから、料理は美味しいところがいいですね」

匠が言うと、慌てて琴子が被せた。

「あらやだお父さん、亀助さんが選ぶんですから、そんなの大前提でしょ」

やや間があって、どこからともなく笑いが起きる。鶴乃が堪え切れず、「すみません、ちょっと耐えられません」と吹き出した。それを見ていると亀助まで腹筋が苦しくなってきた。

顔を上げると、目の前の人全てが苦しそうにお腹を抱えて笑っている。

すると、サプライズなのか。着物姿のきくよが部屋に入ってきた。だが、みんなが笑い転げているので、唖然《あぜん》としている。

「おや、まあ、一体なんですか、この騒ぎは」

きくよが言いかけたが、笑いが治まらない状況を見ていると、釣られて笑い出した。

解説

香山二三郎

二〇二〇年一月から拡大が始まった新型コロナウィルスの流行は旅行業界や飲食業界に大打撃を与えた。人の移動や多くの人が集まっての会食は伝染につながるとして御法度《ごはっと》になったが、いったん流行の波が沈静化に向かうや政府が経済窮余の一策に打ち出したのが、「GO TO」キャンペーンだ。

交通費や宿泊費を割引する「GO TO」トラベルに、飲食費を割引する「GO TO」イート。

初めての緊急事態宣言で締め付けられた庶民もこのキャンペーンに乗ったはよかったが、それとともに新たな流行の波が襲来したのは痛かった。

もっともいつかはコロナ禍も収束するだろうし、いつまでも旅行や外食を我慢しているわけにはいかないだろう。そこで推奨したいのが、小説を介しての旅行であり外食だ。

元来旅行や外食はマスコミの鉄板ネタの一つであり、幸いいずれも人気が衰えたわけじゃない。節制が求められている今のうちから、移動する悦《よろこ》びや外食の楽しみ、そしてそれにまつわる様々な情報を仕入れておくに越したことはない。

さてそこで本書である。本書はグルメライターの北大路亀助を探偵役にした連作グルメ・ミステリーの第三弾であり、最終巻――ファイナルである。

亀助なんて歌舞伎役者のような名前だが、アラサーで彼女なしだと言ったら、いかにも冴《さ》えない人物を連想されるかも。しかしてその実態はというと、東京・銀座の老舗料亭・中田屋の御曹司でもある。

亀助は大学を出て出版社に就職したものの大物作家の機嫌を損ねて左遷。暇になったぶん食べ歩きやグルメサイトへの書き込みにのめりこむようになった。それというのも、大学時代の先輩・島田雄輝がグルメサイト〝ワンプレート〟――通称ワンプを立ち上げたから。やがて島田から誘われて転職、今では会社化したワンプの編集・広告部門の統括責任者を務めると同時に、自ら〝グルメ探偵〟としても活動中だ。

「僕のレシピが正しければ」からの「また罪深いシェフの魔法を暴いてしまった」を決め台詞《ぜりふ》とするが、いつしかホンモノの事件に遭遇して推理をすることに。

本シリーズはすでに『手がかりは一皿の中に』と『手がかりは一皿の中に　ご当地グルメの誘惑』の二冊が集英社文庫から出ているが、本書も既刊と同様、書き下ろしの短《たん》篇《ぺん》四篇から成っている。

お話はというと、第一話の舞台は京都。亀助は中田屋専務の従兄弟・中田豊松とともに京都出張に出る。一月ほど前、中田屋に世界的な外資系の高級ホテルから京都出店の誘いが舞い込んだ。中田屋はこれまで東京以外に進出したことはない。京都は日本の料理店発祥の地であり、料亭の数も多い。出資者のアラブ系ホテルグループの日本人担当者・木村吉郎は一日も早い契約を望んでいたが、何故《なぜ》中田屋が選ばれたのかと聞くと、中田屋を薦める料理人がいたと言うだけで言葉を濁した。そんなわけで亀助たちは京都にある外資系ホテルを視察の旅に出たのだ。二人はホテルに着いた後、亀助の祖母で中田屋の前・大女将であるきくよと待ち合わせ、ランチを楽しむ。夕食は木村も交えて、彼に中田屋を紹介した料理人がいる店で取ることになっていたが、木村からなかなか連絡がこない。

やがて木村は……という次第で、またまた亀助は事件に巻き込まれるが、本篇のキモはその謎解きではなく、木村に中田屋を薦めた料理人をめぐる謎。その店「一路平安」は祇園《ぎおん》の路地裏でひっそりと営業していた。美人の女将と料理人の大将、二人だけの小さな店だったが、旬の食材と京野菜を中心にした料理はクオリティが高かった。それで一人一万円とはタダも同然だったが、女将は亀助たちの「おじいさまに大変お世話になりまして……」と言う。自分にとっても母にとっても特別な人だったと。

亀助は、その女将が京都でフグ毒に当たって命を落とした母方の祖父・中田平吉の隠し子なのではないかと推理するのだが、はてさて真相は。ちなみに父方の祖父・鬼平は京都府警伝説の名刑事だったが、凶悪犯による人質事件の際に身代わりとなって殉職している（その息子である父・重太郎も京大を出て警察庁に入り要職に就いている）。料亭の経営者と名刑事と、亀助は祖父たちの血を等分に受け継いでいるのである。むろんお話の方も、グルメ探訪と推理譚《すいりたん》と双方の面白さを兼ね備えており、これまでと同様、著者が実地検分したのであろう実在の一流店が続々と登場する。

もうひとつ、ご注目は、亀助の縁談。祖母きくよの来京目的もそこにあったが、実は本書のもうひとつのテーマも家族の絆《きずな》というか、男女の絆にあり、なのだ。

二篇目の舞台は島根県の松江に移る。亀助は美食仲間の荒木奈央と小室敏郎の婚約を祝って、全部自分のおごりで二人を二泊三日の旅に誘う。で、二人が選んだ旅先が神話の国・出雲という次第で、この回はトラベル・ミステリー色も濃厚。当然ながら、一行がまず足を運んだのが縁結びで有名な出雲大社。その前に腹ごしらえをしに人気蕎麦《そば》屋に向かうと、何故かそこに亀助の姉・鶴乃《つるの》とかつて煮え切らない亀助を振った元検察事務官の斉藤天音がいた。天音はその後他の男性と婚約したが、破局していた。それについて亀助は深くは突っ込まず、再会の旅を楽しむことに。だが老舗旅館で祝宴をした翌日、松江の堀川めぐりに向かった一行は船の進む先に浮かんでいた小箱を発見、その中には赤く染まった人形の首が乗っていた！　老船頭によると、以前にも一度あったそうで、女性陣を震え上がらせた悪質な悪戯《いたずら》に腹を立てた亀助は犯人探しに乗り出す。

松江といえば『怪談』の小泉八雲だが、今回はホラーサスペンス・タッチでもある。ヤマタノオロチ伝説やイザナギとイザナミの話のように出雲神話には怪奇色の強いものもあるが、人形の首事件にはもちろんウラがあって、これまた第一話と同様、家族の絆が関わってくる。むろん亀助と天音の仲もどんな進展があるのか興味深いところ。二人は遊覧船を運営する公社の専務・乙部氏に知られざるおでんの名店に誘われるが、そこで氏が開陳する、結婚を成就させる秘訣《ひけつ》にご注目あれ。

その説教に触発されたか、第三話は羽田から那覇へ向かう機内から幕を開ける。亀助の隣には改めて交際を申し込んだ斉藤天音の姿が。二人は竹富島で催される荒木と小室の結婚式に出るついでに、天音の祖母や親戚が住む石垣島を旅することにしたのだった。もっとも亀助は色気より食い気、イラブー汁を食するという確固たる目的もあった。イラブー汁が何であるかは本文で直《じか》にお確かめいただくとして、二人はその前に神聖な場所として知られる御嶽《おん》に詣でる。その後天音の叔母・ヨシ子の営むスナックで食したイラブー汁は美味だったが、亀助は東京からきた若い客をもてなそうと集まった人々とどんちゃん騒ぎの果てに、トンデモない目に……。

毎度犯罪事件と関わってしまう亀助だが、今回は自らその渦中に置かれることになる。亀助は手がかりを求めて霊力をそなえた祝女《ノロ》に会いにいくが、イラブーは神の使いであり、御嶽でも罰当たりなことをした天罰が当たったのだと言われる。いささか浮かれ過ぎたとはいえ、亀助にとっては手痛い婚前旅行と相成った。それにしても、今までカップラーメンやスナック菓子を食べたことがないとか、付き合った相手はお嬢様ばかりとか、亀助のお坊ちゃまぶりには想像を超えたものが多々ありそうだ。

石垣島の社会事情を背景にした社会派趣向も生かされていた第三話に続いて、最終話もスリリングな様相を呈する犯罪サスペンスに仕上がっている。東京に戻った亀助と天音は銀座でデート、おいしいフレンチをいただきながら中田屋の今後を語る亀助に対して、天音は自分が何故検察事務官を辞め婚約も取りやめたのか、その理由を明かす。互いにすっきりしたところで、亀助は天音の母・琴子との顔合わせに臨む。それも無事に済み、結婚に向けて気持ちを固める亀助だったが、姉との夕食で愚痴を聞かされた夜、天音と連絡が取れないことに不審を覚えた直後、見知らぬ男から「あなたの大事な天音さんをお預かりしています」という電話が入る。天音を真実の愛で救い出せるか、ゲームをしようと。男は特上の寿司《すし》を始めとする数々の料理を挙げ、それを一時間以内にテイクアウトして数寄屋橋公園まで届けろと命じる。

かくして亀助はデリバリーサービスのウーバーイーツならぬスーパーイーツの配達人よろしく電動バイクで銀座周辺の名店を駆け巡る羽目に。一難去ってまた一難というか、今度は天音が犯罪に巻き込まれることになるわけだが、犯人の目的は単純な復讐《ふくしゅう》なのか、容疑者の筆頭は彼女が婚約を破棄した相手か……。ポイントはデリバリーサービスにありで、亀助はその手がかりを見逃さない。さすがグルメ探偵らしい洞察力というべきか。

そんなこんなで、北大路亀助の美食仲間の婚約祝いで始まった本書は、彼自身のお祝いでハッピーエンドを迎える。筆者はかつてシリーズ第二作のレビューで、「亀助のお坊ちゃま探偵のキャラは内田康夫が生んだ浅《あさ》見《み》光彦《みつひこ》の後継者としても注目されるし、このシリーズ、長寿になるかもしれない」と書いた。その点彼が独身生活に終止符を打つとともにシリーズも幕を閉じてしまうのには一抹の寂しさを禁じ得ないが、グルメ・ミステリーで新境地を開いた著者のこと、このジャンルをさらに掘り下げる新作を準備しているに違いない。

ちなみに著者のデビュー作は第十二回「このミステリーがすごい！」大賞を受賞したスケールの大きな社会派犯罪サスペンス『一千兆円の身代金』であった。そちらの路線開拓も終わったわけではなく、新作が待機しているはず。八木ファンはお楽しみに。


（かやま・ふみろう　コラムニスト）

本書は、集英社文庫のために書き下ろされた作品です。

本書の内容は、実在する個人・団体等とはいっさい関係がありません。

図版作成／西村弘美

集英社文庫

手《て》がかりは一皿《ひとさら》の中《なか》に　FINAL《ファイナル》

2021年3月25日　第1刷　定価はカバーに表示してあります。

著　者　八木圭一《やぎけいいち》

発行者　徳永　真

発行所　株式会社 集英社
東京都千代田区一ツ橋2-5-10　〒101-8050
電話　【編集部】03-3230-6095
【読者係】03-3230-6080
【販売部】03-3230-6393(書店専用)

印　刷　中央精版印刷株式会社　株式会社美松堂

製　本　中央精版印刷株式会社

フォーマットデザイン　アリヤマデザインストア　マークデザイン　居山浩二

ISBN978-4-08-744227-4 C0193